講談社文庫

ブックキーパー　脳男(上)

講談社

ブックキーパー　脳男(上)

第一章

1

桜端道《さくらばなとおる》は、彼自身は意識していなかったが、すでに十二時間以上もパソコンのモニターと向かい合ったままだった。

ネット版の地方紙の記事をランダムに検索しているうちに、今年に入ってわずか一ヵ月のあいだに、残虐な拷問を加えられて殺害された人間が三人もいることを偶然発見してしまったのだ。

手口から見て同一犯による連続殺人であることは間違いなかったが、北海道、千葉県、長崎県と現場が遠く離れているために三件の殺人を関連づけて考えた人間はまだ誰もいないらしく、いずれの事件も未解決だった。

気になる点はほかにもあった。

連続殺人という異常な犯罪の動機は性欲に根ざしていて、犯人に自覚がない場合でさえ例外ではない。彼らは被害者の首を切り落としたり、内臓を抉りとったりすることで快感を味わう。

そういう意味では、連続殺人はほかの殺人とは違って殺人のための殺人といってよく、当然といえば当然だが犯人は常人とは違った精神構造の持ち主である場合が多い。

しかし三件の殺人は、被害者の遺体がいちじるしく毀損されているにもかかわらず、性的な要素をどこにも見つけることができなかった。

そこが気になる点だった。

動機が性的なものでないなら、犯人を異常者だと断定する訳にはいかず、そもそも『連続殺人』に分類することさえできなくなる。

すると、この事件の犯人が三人の被害者を殺した動機はなんなのか、と道はモニターをにらみながら考えていたのだった。

しかし、いくら考えても結論はでなかった。

道は考えるのを諦め、被害者周辺の電子データを手当たり次第に拾い集めることにした。

「ちょっと。あんたが着ているシャツ、昨日と同じじゃない」

夢中でキーを叩いていると、いきなり声がしたので道は椅子のうえで飛び上がった。

鵜飼縣《うかいあがた》が向かいのデスクに座って、道の顔をのぞきこんでいた。

「昨日からずっとここにいた、なんていうんじゃないでしょうね」

パソコンの操作に没頭していたせいで、鵜飼縣がどれくらい前から部屋にいたのかわからなかった。

「家に帰らなかったのかって訊いてるの」

「ああ。うん、まあね」

道はシャツの腹の辺りを両手で引っ張って、白い無地のシャツであることをたしかめながら曖昧な返答をした。

そのシャツをどれくらいの時間着ているのか、自分でもよくわからなかったからだ。

「まさか徹夜して仕事をしていたなんていうんじゃないでしょうね」

「仕事というか、たまたま気になるものを見つけて」

道は口のなかでぼそぼそとつぶやいた。縣が片方の眉を吊り上げて、目を丸くするふりをした。

「気になるものを見つけたから徹夜したって？　あんた、いつからそんな仕事熱心な人間になったの」

「いや。別になんでもない」

不意を突かれて言い訳めいたことばをつい口走ってしまったが、そもそもこの女に弁解をする必要などまったくないのだと思い直した。

「気になるものって、なに」

ふたたびパソコンに向かってキーを打ちはじめた道に向かって縣がいった。

「拷問されて殺された人間をたまたま見つけた」

道は答えたが、縣のほうから質問してきたことを、内心意外に思った。ふたりが同じ部屋で仕事をするようになってから半年近く経つが、そのあいだ縣が道の仕事に興味らしい興味を示したことなど、ただの一度もなかったからだ。

ログによれば、鵜飼縣が道の前に現れたのは半年前になる。ログというのは道がことあるごとにパソコンに書きこむことにしている記録で、文字通り航海日誌代わりの短いメモだ。

「見つけたって、どこで見つけたの」

縣がいった。

「ひとりだけじゃなく、三人もいるんだ。それもたったひと月のあいだにね」

「あんたの仕事は、異常犯罪に特化したデータベースをつくることでしょ。そのまま記録すれば済むことじゃない」

「異常といっても、解釈はさまざまだからね。異常のなかに正常が混じれば、正常が異常に見えることだってある」

「朝っぱらから訳のわからないことをいうのはやめにして」

「どう考えても、同一犯による犯行なのに、そのことに誰も気がついていないようなんだ」

縣が道の顔を見た。

「それが気になるっていうの。まさか、誰も気がつかないなら、おれが事件を解決してやろうなんて張り切った訳じゃないでしょうね。あんたは捜査員でもなんでもないのよ」

「いわれなくても、そんなことはわかってる。気になるのは、三件の殺人は拷問行為をともなう典型的な連続殺人のように見えるのに、精神に異常をきたした人間の仕業とはどうしても思えないというところなんだ」

「拷問をともなうって、どんな」

「被害者の体をサディスティックに傷つけている」

「過剰な暴力をともなう殺人の犯人が、かならずしもサイコパスとは限らないでしょうが」

「怨恨とか、突発的に癇癪を起こして後先も考えずに殺してしまったというんだったら、警察にだってすぐに犯人の見当がついたはずだ。でも捜査記録を読むかぎり、三件とも犯人は不明ということになっているし、ぼくなりに調べてみた範囲でも、動機らしい動機を発見することはできなかった。それに殺人現場が国中ばらばらに散らばっているのも引っかかる。なにしろ一件目は北海道、二件目は千葉、三件目は長崎の離れ小島ときてるんだからね」

「北海道に千葉に長崎ですって。たったひと月のあいだに?」

縣が目を丸くした。今度は見せかけのジェスチャーではなく、本当に驚いたらしかった。

「殺人現場だけじゃなく、被害者の性別や年齢もばらばらなんだ。ひとり目の被害者近藤庄三《こんどうしょうぞう》は五十五歳の男性。ふたり目の山本花子《やまもとはなこ》は三十九歳の女性。三人目の桜井守《さくらいまもる》は男性で七十二歳」

「犯人は異常者のようには思えないっていったわね。そう考える根拠はなに」

縣が尋ねた。

「通常の意味での連続殺人犯だったら、似たようなタイプを被害者に選ぶはずだし、獲物を捕獲するために自分のテリトリーを離れて、これほど遠くまで足を延ばすなんてこともあり得ない」

「そうとは言い切れないわ。ヒッチハイカーや長距離トラックの運転手が、行く先々で行き当たりばったりに人を殺したという例だってあるもの」

「そういう事例では、事件とつぎの事件のあいだに不規則な空白が開くことが多い。ひと月とか一年とか、場合によっては十年以上ということだってある。それに反してこの三件の殺人は一件目が今年の一月二十日、二件目が一月二十八日、三件目は二月十五日と、ほとんど切れ目なく連続して起こっているんだ。たった一ヵ月足らずのあいだに日本の隅から隅まで移動して、三人もの人間を効率よく殺してまわるなんて、気紛れやその場の思いつきとはとても思えない。犯人には性的欲望を満たすなどという理由以外の、なにか特別な目的があったはずだよ」

「目的って、どんな」

「それはわからない」

道はいった。

「徹夜して考えたんでしょ。山勘だろうが当てずっぽうだろうが、ひとつやふたつ思いついたことがあるはずよ」

　縣が決めつけるようにいった。

「復讐、かも知れない」

　道はなかば冗談のつもりでいった。

「犯人は、復讐のために三人の人間を殺したということ？」

「三人の被害者は出身地も違うし、同じ学校の卒業生だったという記録も、短い期間だが同じ職場で働いていたという記録もない。たまたま同じ町内に住んでいたことも、それどころか同じ市や県に住んでいたことさえない。いくら調べても、三人には接点らしいものがなにひとつ見つからなかった。それで、ちょっと想像をふくらませてみたんだ。三人にもし接点があったとしたら、それは記録に残らない接点だということになる。記録に残らない接点というのは要するにおおやけにはできない反社会的な性質を帯びた、つまり犯罪がらみの接点のことだから、三人が過去に起こした犯罪がこの殺人事件の原因なのではないか、ってね。たとえば、インターネットの闇サイトかなにかで知り合った三人が、示し合わせてある豪邸に盗みに入ったが、侵入した先で故意か偶然かその家の主人を殺してしまう。ところが殺された主人の息子がたまたま現場を目撃していて、息子は父を殺した三人を執念深くつけ狙い、長い年月の末についに復讐を果たす」

道は一息にしゃべってことばを切り、縣の反応をうかがった。

縣はなにもいわなかった。

「つまり犯人は、三人組の強盗に父親を殺された息子だったという訳さ。もちろん殺人現場を目撃して復讐を胸に誓うのは息子じゃなく、殺された男の娘でも妻でも誰でもかまわないけどね」

「どうしてネットの闇サイトで知り合ったということになるの。三人が昔からの仲間だったということだってあり得るじゃない」

「三人には過去のどの時点においても接点があった形跡がまったくない。公式の記録を見るかぎりね」

「被害者の三人になにかのつながりがあることは間違いないと思うけど、それがどんなつながりなのかは、もっとくわしくデータを調べる必要があるね。犯人の動機が復讐ではないとしたら、ほかに考えられることはなに」

道の冗談半分の思いつきを否定するでも茶化すでもなく、縣は真面目な顔でいった。

「拷問したのかも知れない」

「それは聞いた」

「殺すことが目的だったのではなく、拷問そのものが目的だったのではないかということ」

「それだと、やっぱり犯人はサイコパスってことになるんじゃない」

「ぼくがいっているのは純粋な意味での拷問、つまり情報を引きだすための手段のこと。この犯人が被害者たちを傷つけた目的はあくまでも被害者たちを拷問することで、殺害は付随的な結果に過ぎなかったのではないかとも考えられる」

「根拠は」

「犯人は被害者をサディスティックに傷つけているっていったけど、被害者に加えられたのは見境いなしの爆発的な暴力というより、むしろ抑制的といって良いくらいのものなんだ。犯人は体の一部を集中的に攻撃していて、体のほかの部分には触れてさえいない」

「くわしく説明して」

縣がいった。

本当にめずらしい。鵜飼縣はこの話のどこにそれほど興味をもったのだろうか、と道は思った。

「ひとり目の被害者近藤庄三は指を一本ずつ切り落とされていた。右手が五本、左手が三本の合計八本。ふたり目の山本花子は手ではなく、足の指。指の爪を剝がされたあと、ハンマーのような道具でこれも一本ずつ丹念に潰されている。残念ながらこの被害者の場合は、無傷で残った足の指は一本もなかったけどね。三人目の桜井守は、性器が原形をとどめないほど焼けただれていた。酸を長時間にわたって少しずつ垂らされたんだ」

縣が眉根を寄せて、考えこむ顔つきになった。

「現場は三件とも被害者の自宅で、屋外ではなかったのね」

「ああ」

「通り魔の可能性はないということね」

「そういうこと」

「遺体が見つかったのは家のなかのどこ」

「ひとり目は風呂場。ふたり目はリビング。三人目は地下室」

「死因は」

「ひとり目は脳挫傷。おそらく拷問の最中に逃げようとして転倒し、タイルの床に頭をぶつけたんだろうね。山本花子は失血死、桜井守は心筋梗塞による心停止。いわゆるショック死というやつ」

「そっちのデータをわたしのPCに送って」

縣がいった。道はいわれた通りキーを叩いた。

会話の流れがあまりに自然であったために、縣から仕事の指示を受けたことなどそれまでただの一度もなかったことにも、なんの抵抗もなくその指示に従っていることにも道はまったく気づかなかった。

「これだけ?」

縣はモニターに映しだされたデータをまたたく間に読みとってしまい、道に顔を向けた。

「ほかにもあるけど、メタデータを入れると膨大な量になるよ」

「良いから送って」

道はふたたび黙って指示に従った。

事件を担当した所轄署の捜査報告。第一発見者その他参考人の証言記録。町内会など近隣住民の姓名、性別、住所。被害者本人の学歴、職業。銀行口座番号と支出および収入明細。年金と国民健康保険の支払いと受給状況。入院歴。民間保険の受取人の姓名と続柄。携帯電話の番号、着信と発信履歴。メールアドレス。所有車輛の有無。運転免許証番号。登録されている駐車場の住所。交通違反の有無。その他の逮捕歴。頻繁に利用する交通機関。クレジットカードの利用先と利用日時。購入した商品リスト。SNSの閲覧履歴。オンライン配達サービスの利用履歴。有料テレビの視聴履歴……。

縣はリストをクリックしながら、ディスプレーに表示される文字と数字の羅列を目で追いはじめた。

部屋のなかが静まり返った。

静寂が長くつづき、道は半年前にとつぜん目の前に現れた女の顔をあらためて見つめた。

縣がやってくるまでこの部屋の住人は道だけで働いている人間も道ひとりだった。与えられた仕事は異常犯罪に関するデータベースをつくること、ただそれだけだった。

最終形として求められたのは、殺人に限らず痴漢、ストーカー、買売春、人身売買、児童虐待、詐欺、サイバーテロなどあらゆる犯罪形態を集約する、包括的でありながら汎用性の高いシステムで、なにを異常と呼び、なにを正常と呼ぶのかの判断も道に一任された。

ネットにつながっている記録である限り、どこの国のどんな企業や機関のどんな記録も資料として利用してもかまわないといわれ、期間に関しても条件らしい条件は一切設けられなかった。

ネットにつながっている記録をすべて利用してもいいということは、ネットにつながることができる記録はすべて利用してもいいということだった（少なくとも道の解釈ではそうだった）。

部屋のなかに、立ち上げるだけで日替わりのパスワードのほかに本物の金属の鍵が必要であるような特殊な端末が何台も運びこまれ、それを使うために自宅で作業することができないことが唯一不便な点だったが、ほかにはなにひとつ不満はなかった。

そこに半年前とつぜん鵜飼縣が、分室の室長という肩書きでやってきたのだった。

年齢は大して変わらないように見えたし、しかも職場では半年後輩になるにもかかわらず、女がなぜ自分の上司になるのかが理解できなかった。しかも女がどこの部署からどんな理由で異動してきたのか、誰からも聞かされなかった。

誰も教えてくれないなら自分で調べるしかなかった。

縣とはじめて顔を合わせた日の夜、道は部屋の端末を使って警務部が保管している人事データに無断でアクセスした。

一年前、二十一歳のときにプロのハッカーとしての腕を買われてスカウトされた道は、電子の森のなかに隠れている秘密のルートを易々《やすやす》とたどりながら、驚くようなことはどうせなにもでてきはしないだろう、鵜飼縣という新参者も自分と似たり寄ったりの経緯でここに引っ張ってこられたに違いない、と考えていた。要するに高《たか》をくくっていたのだ。

ところが、モニターに現れた部外秘扱いのデータは、予想すらしなかったほど意外なものだった。

『氏名　有界《うかい》縣
出生地　日本。就学年齢以前（正確な年齢は不明）に米国に移住。アラスカで育つ。

父親は有界勝治《かつはる》。母親は良子《よしこ》。母親の旧姓は中原《なかはら》。

両親がアラスカ某所で行方不明（正確な年月日は不明）となり孤児となったため、

日本に在住する×××に引きとられた。
注）縣が現在使用している同音異字の鵜飼姓は、日本に帰ってからの表記。変名の理由不明。
×××××××××××××××
×××××××××××××××』

縣を引きとった人物の名前は伏せ字になっていて、彼女とどういう関係にあたる人間なのかも書きこまれていなかった。

二行の伏字のあとに、縣が警察学校に入学したという唐突な記述があり、入学した年月日と卒業した年月日は記されているものの、そのとき縣が何歳だったのか不明のままであるうえに、警察学校に入学するまで一体どこでなにをしていたのかを知る手がかりになるような記載は一切ないのだった。

警察学校を卒業した縣は所轄の鑑識係に配属されたが、鑑識の現場を半年間経験しただけで配置換えになっており、しかも新しい配属先は科学捜査研究所となっていた。

所轄署に半年間勤務しただけで科捜研に異動になった理由は書かれておらず、記録もそこで終わっていた。

たった十行足らずの短いファイルだったが、にわかには信じがたい内容だった。

それにしてもアラスカ育ちで、両親がふたりとも行方不明とは。いや、順序が逆か。それにしても両親がふたりとも行方不明で、アラスカ育ちとは。

鵜飼縣は表情をまったく変えることなくモニターに視線を走らせていた。

年齢は二十二歳から二十五歳のあいだ。身長は百七十二センチ。体重は五十三キロから五十九キロのあいだ。頻繁にウィッグをつけ替えるので、髪型と髪の色は毎日のように変わった。

初めて顔を見たときの感想もちゃんとログに書き留めてある。

目鼻立ちが整っているにもかかわらず少しも美人に見えないのは、陽焼けしたのかそれとも生まれつきなのか浅黒い肌のせいだろうと思ったのだが、アラスカでの過酷な生活が少なからず影響を及ぼしているに違いなかった。

いま目の前にいる縣は、襟のついたシャツに黒のパンツスーツという地味な出で立ちだったが、ときどき目を疑うような服装で出勤してくることがあり、スカジャンにダメージジーンズくらいならまだしも、頭から爪先までゴスロリの衣装に身を包んで現れたときには、あまりに啞然としたために、開いた口が午前中ずっとふさがらなかった。

そういうときに道は、この女はきっと前日に酒を飲み過ぎて理性がまだ回復していないのだと考えるようにしていたのだが、なんの脈絡もなく突拍子もない恰好をするのも、氷に閉ざされた荒野で育ったという過酷な過去の木霊《こだま》なのかも知れなかった。顔合わせの挨拶だけはなんとか済ませたものの、この謎めいた女とこれからどう接したら良いのだろうかと考えると、とまどってばかりもいられず、なによりも真っ先に心配しなければならないのは、これまで通り勝手気ままに一日一日を送れるかどうかということだった。

女が上司面《づら》をして仕事の内容を詮索してきたり、手順についてあれこれ口をはさんできた場合にそなえて、道は前もって手段を講じておかなければ、と考えた。

それから縣と向かい合わせのデスクに座ってルーティーンワークをこなしているふうを装いながら、実行中の作業に他人が容易に手をだすことができないよう、プログラムのなかに小さな罠を何重にも仕掛けることに専念した。

しかし意外なことに、一週間二週間と経っても、縣は縣で彼女自身の仕事に没頭している様子で、干渉してくるようなそぶりは無論のこと、命令や指示をすることも一切なく、それどころかそもそも存在自体が目に入っているのかどうか疑わしく思えてくるほど、道に対してまったくの無関心であるようにさえ見えた。

一ヵ月が過ぎても、変わったことといえば部屋の住人がひとり増えただけで、それ以上の変化はなにひとつ起こらなかった。

二ヵ月もすると、ふたりとも一日中パソコンに向かって作業しながら、どちらからともなくことばを交わすようになった。

時間の推移にともなう自分の感情の変化は、ログを読み返してみればたしかめることができる。

その頃には縣に対する警戒心は薄れ、スマホの最新機種はどのメーカーの製品がいちばん優秀か、コンピューターの関連機器を扱っている店ではどこが在庫豊富でしかも安価かなどと、とっておきの情報を気軽に交換し合うようになっていた。

しかし暇つぶしの会話ではなく、実際の事件について意見の交換をするのは初めてだった。

まさしくログに書き留めておく価値のある事件だといえた。

2

警務部の縣のファイルを盗み見た翌日、科学捜査研究所のデータベースに侵入したのは当然の成り行きというべきで、警務部の場合と同様に科捜研のセキュリティーシステムを破ることに躊躇《ちゅうちょ》など露ほども感じなかった。

縣が警察官になった理由は、彼女を日本に引きとった人物と関係があるのだろうと察しはついたものの、所轄署の鑑識勤務からたった半年で科捜研に異動になった背景がどうしても知りたかった。

だが科捜研のデータを引きだすまでは簡単だったが、人事フォルダーを開くと、思ってもいなかった画面がモニターに現れたので、道は失望を味わわされることになった。

そこにはなにもなかったのだ。

不正規のアクセスをあらかじめ予期していたように、人事記録は何者かの手によって消去されていた。バックアップされたデータがどこかにないかサーバー内をあちこち漁《あさ》ってみたが、ノイズの痕跡さえ残っていないほどの徹底的な削除ぶりだった。

結局、縣がわずか半年でなぜ所轄の鑑識係から科捜研に配置換えになったのか、科捜研でどんな仕事をしていたのか、科捜研から一体いくつの部署を経てこの部屋にたどりついたのかについてはまったくわからず仕舞いで、縣に関する謎はますます深まるばかりだった。

「被害者の親族の記録がないけど」

縣の声がした。

モニターに目を向けながら質問しているのだと、道が気づくまで間《ま》があった。

「被害者には親族と呼べるような人間がひとりもいないんだ。三人とも両親を何年も前に亡くしているし、結婚をしたことがないので子供もいない」

「兄弟姉妹もいないの」

「そう。全員が一人っ子だ」

「三人そろって両親もなく、兄弟姉妹も親類縁者さえひとりもいないという訳？」

「そんな人間はたくさんいるよ。世界中を見渡せば何千万人とね」

道はいった。

「三人とも身寄りはなくひとり暮らしだった。近藤庄三は北海道旭川《あさひかわ》市の郊外の一軒屋、山本花子は千葉県松戸《まつど》市のマンション、桜井守は長崎県の離島の一軒屋。家賃はそれぞれ十一万円、十五万円、一万円」

「立地に見合った適正な金額だと思うけど」

道は茶々を入れた。

「近藤庄三の本籍地は岐阜県岐阜市。山本花子の本籍地は群馬県高崎《たかさき》市。桜井守の本籍地が東京都文京《ぶんきよう》区。三人ともいまの住所に移る以前は、生まれ育った場所で学校に通い、地元の会社に就職して長年そこに勤務していた。ほかの土地で暮らしていた記録はない」

道のことばなどまるで耳に入っていないかのように縣がつづけた。

「それなのに三人は、一年という短いあいだにまるで申し合わせたみたいに、住み慣れた土地を離れていまの住所に引っ越している。近藤庄三が岐阜県から北海道に移ったのは三年前の六月。山本花子が高崎市から千葉県の松戸に移ったのは、同じ年の十二月。桜井守は翌年の六月に東京の千駄木《せんだぎ》から長崎に移っている」

そもそも感情を外に表すことをしない人間なのだが、コンピューターを操作しているときの縣はいっそう表情がなくなり、まるで彼女が走らせているプログラムに彼女自身が同期してしまったように、声まで無機質な調子に変わるのだった。

「近藤庄三が勤めていた天徳《てんとく》刃物協同組合という互助組織は、名称は協同組合になっているけど民間の出資会社だったし、山本花子が働いていた高崎市の大垣《おおがき》スポーツセンターというところも、名前だけ見ると町か市が運営している公共施設みたいだけど、これも民間の企業だった。だから倒産したり、人員整理で退職を余儀なくされてもおかしくないということになる。桜井守が四十年間も勤めていた新世界鉱業にいたっては、業務内容さえはっきりしない怪しげな会社だけど、ともかく曲がりなりにも三人は会社員として定期的な収入を得ていたことだけは間違いない。それがとつぜん解雇の憂き目にあってゼロになってしまった。引っ越しをしたのは、どこか別の会社を探して就職する必要に迫られたからだと思うけど」

「収入を得る必要に迫られていたというなら、いまの住所に移ってから、三人が仕事に就いた形跡がないのはどうして」

モニターに視線を向けたまま縣がいった。道はあわててパソコンの画面をスクロールした。

縣がいった通り、三人が新しい働き口を見つけたという記録はどこを探しても見当たらなかった。

「越してからずっと無収入のままなのに三人とも通販サイトで家具と家電製品を購入している。オンラインの利用履歴によると、役所に転入届をだす二ヵ月前。収入の当

てもないのに、引っ越しをする二ヵ月も前に家財道具を買いそろえていたことにな
る」

　縣がいった。

　三人が、半年おきとはいえほぼ一年のあいだに本籍地から引っ越していたことも、引っ越しの二ヵ月前に家具や家電を買いそろえていたことも、道は縣に指摘されるまで気づかなかった。

　道は、その事実がなにを意味しているのかを考えようとした。

　しかし、無駄骨に終わった。

「三人に物件を仲介した不動産会社があるはずだけど」

　縣は道の見落としをとがめるでもなく、平板な口調でいった。

　道は不動産会社の名前をなんとか思い起こしてモニターに呼びだした。

「近藤庄三に物件を仲介したのは、旭川市内のアトラスK座間《ざま》住宅情報センターという会社、山本花子は松戸市内の有限会社ピーボックス21商事不動産部、桜井守は長崎市内の浜吉祥《はまきっしょう》リビング株式会社実相寺《じっそうじ》通り店」

「電話をして」

　縣がいった。

「電話するって、なぜ。念のために謄本と申請書も確認してある。ちゃんとした会社だったよ」

「ちゃんとしているのは書類上だけってこともある。現在も営業しているかどうか、たしかめて」

道はしぶしぶ腕をのばして固定電話の受話器をとりあげた。

デスクの片隅に載っているのは知っていたが、その時代遅れの機械に触れるのはおそらく初めてだった。

道は数字が刻印されたボタンを押した。

そもそもこの黒電話はなんのためにここに置いてあるのだろう。電話ならパソコンからでもかけられるのに。

ワイヤを垂らした電子機器ばかりの殺風景な部屋なので、小物代わりに飾ってあるだけなのだろうか。

埒《らち》もない考えが頭の隅を一瞬だけよぎった。

もてあますほど大きくて重い受話器を耳に当てて待った。

応答はなかった。

「この電話番号は現在使われておりません」

受話器の向こうから録音された声が聞こえてきた。

北海道のつぎには千葉、千葉のつぎには長崎と同じように電話をかけたが、いずれも応答はなかった。

「三軒ともでない」

「もう一度かけて」

縣がいい、道はふたたびいわれた通りにした。

結果は同じだった。

「店じまいしてしまったのかな」

「それとも、三人の契約をするためだけに登記された会社だったか」

「旭川に松戸に長崎の不動産会社が三軒とも幽霊会社だったっていうことかい。そんな偶然があるものかな」

「もちろん偶然ではあり得ないわ」

縣がいった。

「そもそも就職の当てもなければ、たよる親類縁者もいない土地に、三人がそろってとつぜん引っ越した理由がわからない。でも引っ越しの時期が重なっていたことといい、家具と住居が用意されていたことといい、誰かがお膳立てしたみたいに見えることはたしか」

「どういうこと」

道は、お膳立てしたみたいに見えるという縣のことばを聞きとがめた。

「まさか、誰かが三人を殺すために呼び寄せたなんていうつもりじゃないだろうね。殺すことが目的なら、三人を一ヵ所に集めそうなものじゃないか。どうして北海道に千葉に長崎なんて、てんでばらばらの場所にする必要があるんだ。それじゃまるで筋が通らない」

「あんたのいう通り、それじゃまったく筋が通らない。でもそれは、お膳立てをした人間と三人を拷問して殺した人間が同じ人物だと仮定した場合のこと。お膳立てをした人物と三人を殺した人間が別々だったとしたら話はまったく違ってくる」

縣はモニターに視線を向けたままだった。

「お膳立てをした人物と三人を殺した人間が別って、どういうことだい」

「ひとりは三人を逃がそうとしていた人間で、もうひとりは三人を追いかけていた人間」

「三人を逃がそうとしていたって」

道は眉をひそめた。縣のいうことがまるで理解できなかった。

「写真が見たい」

縣がいった。相変わらずモニターに顔を向けたままだ。

「写真？　写真ってなんの写真」

道は聞いた。自分でもはっきりとわかるくらい間の抜けた口調だった。

「三人の被害者の写真」

縣がいった。

「ああ。もちろん」

道はモニター画面に向き直り、キーボードを叩いた。

写真を探しはじめると、道はあることに気づいた。

三人のファイルには、写真をふくめた画像データが極端に少ないのだ。

五十五歳の近藤庄三と七十二歳の桜井守のふたりは年齢から考えてパソコンを使い慣れていなかった可能性があるのでまだ理解できるとしても、三十九歳の山本花子のファイルにさえバーベキューや花火、野外ライブの写真はおろか、自慢の手料理の写真も流行のスイーツといったものの写真すらなかった。

旅行先で撮ったと思われる写真があったが、どんなガイドブックにでも載っているような定番のアングルで撮影された風景写真ばかりで、山本花子自身が写っている写真が一枚も見当たらなかった。

　保存フォルダーをのぞいてみたが、誰かが撮影したものや自撮りもふくめて、山本花子が被写体になっている写真はなく、パスポートに添付された顔写真をかろうじて見つけることができただけだった。

　どう考えても不自然だった。

　道は首をひねりながら、縣のパソコンに送信した。

「山本花子は十九歳のときに取得したパスポートに添付されていた写真。近藤庄三の顔写真も同じくパスポートのもので、二十歳のときの写真。桜井守も同じく二十五歳当時に撮影された写真だ」

　縣は、なにもいわずモニター画面に映しだされた写真に目をやった。

「写真が古すぎて、よくわからない。最近撮った写真はないの」

「三人とも、顔写真はこれしかなかった」

「どういうこと」

「どういうことって、三人のファイルのなかには画像データがほとんどないんだ」

「それにしてもパスポートの写真しかないなんて、どう考えても不自然じゃないの」

　道もまったく同感だった。

「変死事件だから、当然三人とも司法解剖されたはずよ」

「そうか。解剖写真か」

いわれてみればその通りだった。

「画像」で検索しても引っかかってこなかったはずで、そもそも司法解剖報告書をコンピューターにとりこむことを忘れていたのだ。

道は事件資料のなかから司法解剖報告書をさがしだしてダウンロードすると同時に、縣のコンピューターにも同じデータを送った。

モニターに、解剖台のうえに横たわった遺体の写真が映しだされた。胸部の皮膚がめくりあげられて肋骨がのぞいている写真や腹腔から内臓がはみだしている写真があった。

道の法医学の知識は、犯罪全般の知識や警察組織に関する知識と同じようにすべてネットから得たもので、そのためかどうか、入浴中に失神してそのまま空焚きされ、巨大化した死体の写真であろうが、顔面を魚に食い荒らされた溺死体の写真であろうが、それが二次元である限り、どんなにグロテスクなものでも平然と眺めることができた。

道はモニター画面を三分割して、指を切り落とされた近藤庄三の手、足の爪を剝がされたうえに一本ずつていねいにたたきつぶされた山本花子の爪先、焼けただれて黒炭の塊りのようになった桜井守の性器の写真をならべてじっくりと観察した。

縣はと見ると、彼女もモニター画面を一心に見つめていた。

いつまで経っても黙っているので、画面を縣のパソコンの画面に切り替えてみると、縣が見ているのは、解剖台に横たえられた被害者の顔を撮影した写真だった。

拷問された部位の拡大写真を見て、犯人の手口を子細に検討しているものとばかり考えていた道は意外に思ったが、すぐに縣が見たいといったのは三人の最新の顔写真だったと思い直した。

顔を見ているのは意外でもなんでもなかった。

「顔写真を眺めて、なにかわかるのかい」

それにしても縣が同じ画面を見つめたまま微動だにせずひと言も発しようとしないので、我慢ができなくなって尋ねた。

「整形手術を受けた跡がないかどうか確認していただけ」

「整形手術」

道は思わずおうむ返しにいった。どうして整形手術などということばがでてくるのかわからなかった。

「あんたはなにか見つけた?」

縣が道に尋ねた。

「犯人は手抜きをしないで、ていねいな仕事をしたようだ。拷問のことだけどね。ぼくにわかるのはそれくらいだよ。それより、整形手術というのはどういうことなんだい」

道は質問をくり返した。

「身元を隠すために経歴を偽造しただけじゃなく、念を入れて人相まで変えたんじゃないかと思っただけ。でもそんなことはなかったみたい」

縣がいった。

「ちょっと待って。身元を隠すために経歴を偽造したって、一体なんのことだい」

「三人の経歴は一から十まででたらめだってこと」

道には縣がなにをいっているのかとっさに飲みこめなかった。

「犯人が三人を拷問したのは、なぜ」

道に向かって縣がいった。

「それはもちろん、なにかを聞きだすためだろう」

「なにを聞きだすつもりだったの」

「そんなこと、わかる訳がない」

「ええ、その通り。犯人が三人からなにを聞きだそうとしたのかなんて、わかるはずがない」

からかわれているのかと思ったが、表情をうかがうと、縣にそんなつもりはまったくないらしかった。

「でも、わかることがひとつだけある。犯人がなにを聞きだそうとしたにしろ、それは被害者の三人だけが知っているはずのことだったに違いないということ。三人が知っているはずだからこそ、犯人は拷問をしてまでも聞きだそうとした。三人だけが知っている共通の事実があったということは、あんたのいった通り、三人に接点があった証拠。それなのに公式のデータでは三人に接点などなかったことになっている。このことだけ見ても、三人に関するデータがまるで信用できないことがわかる」

「なるほど。だけど、それはつまり」

道はつぶやいた。縣の思考の筋道をきちんとたどれているかどうか自信がなかった。

「過去のつながりを消すために誰かが三人の過去の経歴のすべてをでっちあげた、と仮定したほうが自然だし論理的だというだけの話よ。そう仮定すれば三人が北海道へ千葉へ長崎へとばらばらな土地にとつぜん引っ越した理由も簡単に説明がつく。三人は誰かに追われていて、その誰かから姿を隠すために遠く離れた土地で無関係の他人同士として暮らす必要があったからだ、ってね」

そこまで説明されても、道には縣のいうことが彼女のことば通り本当に論理的なのかどうかにわかに判断がつかなかった。

「三人は誰かに追われていた。そして、その誰かとは別の何者かが三人を逃がすために、本籍地から現在の住所に移るのに必要な書類をそろえ住む家まで用意した、ときみはそういいたいのかい」

道はおずおずと口にした。

「ええ。わたしのいいたいのはそういうこと」

縣がいった。

「経歴のすべてって、つまり彼らに関するデータは全部捏造されたものということかい。本籍地も通った学校も勤めていた会社も」

「三人が身を隠そうとした理由が、彼らを殺した人間から逃げるためだったとすれば、そうしなければ意味がない。だって、名前からなにからすべて新しいものにしなければ、簡単に跡をたどられてしまうもの」

「仮説としてはそうかも知れないけど、三人の経歴が一から十まで捏造されたものだというのはあり得ないと思うな。この三件の殺人に関しては、捜査が難航しているためなのか、たまたまなのかわからないけど、それぞれの所轄署の鑑識が被害者の指紋を採取して、三人がパスポート取得の際に登録した指紋と同一であることをきちんと確認しているんだ」

名前からなにからすべて新しいものにしたにもかかわらず、三人は結局追っ手に見つかって殺されてしまった訳？　そう皮肉をいいたいところだったが、道は縣が気づいていないかも知れない事実を指摘した。

「殺された近藤庄三、山本花子、桜井守は間違いなく本人で、別人ということはあり得ないんだ」

「あんたは三人の指紋をその目で実際に見たの」

縣の反論はたった一言だった。

「あんたが見たのは実物ではなくてサイバースペース上のデータでしょ。警察だって同じ。本人かどうか判断するにはデータベースと照合するしかない。ネット上のデータはいくらでも消去したり、書き加えたりすることができる。事実とデータが食い違っていたら、データのほうが偽装だと考えるしかないわ」

そんなことはいわれなくてもわかっている、と道は思った。なにしろ十代のころには、世界中のありとあらゆる企業や公権力のシステムに侵入して、面白半分にデータを改ざんすることを日常にしていたのだから。

「きみがいう事実とはなんだい」

いい返したいことは山ほどあったが、口からでたのはそれだけだった。

「まぎれもない事実はただひとつだけ。三人の人間が拷問されて殺されたってこと」

縣がくり返した。

「捜査報告書のなかに現場写真がなかったんだけど」

縣がいった。

「ああ、そうだった」

殺人現場の写真をとりこむのも忘れていたことに気づいて、道は自分の間抜けさ加減を呪いたくなった。

捜査資料のデータを探すと、幸運なことに北海道と千葉と長崎それぞれの所轄署の鑑識課は、殺人現場で撮影した写真を一枚ずつ丹念にスキャンしてくれていた。

道はそれぞれおよそ三百枚ずつ、合わせて千枚近くある写真を縣のPCに送った。

最初の写真は、北海道で殺された近藤庄三の死体が発見された家の風呂場を撮影したものだった。

「想像していた現場とはずいぶん違うわね」

画像を見るなり縣がいった。

近藤庄三の家の風呂は、まるで温泉旅館の大浴場だった。

浴槽が洗い場より低い位置に池のように掘られており、広い洗い場はタイル張りではなく、模造石が敷き詰められていた。

風呂場そのものを手作りしたらしく、半円形の浴槽を縁どっている石は、種類もさまざまなら大きさも不揃いだった。

近藤庄三は洗い場の入口近くに、腹ばいの姿勢で倒れていた。

肥満した大男で、尻にも背中にも体毛が目立った。

「第一発見者は誰」

モニターを見つめたまま、縣が聞いた。

「近藤家に毎朝牛乳を運んでいた近所の牧場の経営者」

「その人は被害者と親しい間柄だったの」

「近藤庄三が引っ越してきてから、自分の牧場の搾り立ての牛乳を毎日運んでやっていたほどだから、まあ親しい間柄だとはいえるだろうね。近藤庄三のことは、早めの引退に成功して念願の田舎暮らしをはじめた資産家かなにかだと思っていたらしい」

道のことばが聞こえたのか、それとも聞こえなかったのか、縣は返事もせずにほかの写真に移った。

居間を撮影した一連の写真だった。

居間もまた風呂場くらい広かった。床は板張りで壁際には暖炉がしつらえられていた。電気や灯油を使って火を燃やすような形だけのものではなく、薪をくべて燃やす本物の暖炉だった。

「この暖炉も近藤庄三自身の手作りらしいわね。これだけ見ても近藤庄三が好みにうるさい人間だということがわかる。通販でどこにでも転がっているような家電製品を買いそろえるような人間にはとても思えない」

縣がいった。

なるほど、そういう考え方もあるのか、と道は思った。いわれてみれば、サイバースペース上のデータから想像していた暮らしぶりとはだいぶ違っているのはたしかだった。

部屋のなかはきれいに片づけられ、ゴミひとつ落ちていなかった。

部屋の片隅にある調理コーナーを撮影した写真もあった。シンクやカウンターは磨き上げられ、こちらも汚れひとつなかった。

食器棚には何十種類もの調味料や香辛料の容器が整然とならべられ、冷蔵庫のなかには部位ごとにきちんと分けられた生肉のストックがあった。

「日曜大工だけじゃなく、料理の腕前もよかったみたいね」

感想をひと言だけいうと、縣は別の写真に移った。

庭に建てられたガレージを撮影した写真だった。

これも近藤庄三自身が建てたものらしく ゆうに小さめの一軒屋くらいはある大きさで、シャッターを開けた状態で室内を撮影した別の一枚には、最新型のＳＵＶと大型のキャンピングカーと中型のキャンピングカーが写っていた。合計三台が横にならんで駐車してもまだ十分に余裕があるほど広く、空いたスペースには日曜大工に使う道具や、車の修理に使う工具が置かれていた。

キャンピングカーとは、会社を馘首《くび》になって無収入になった男とはとても思えない贅沢な趣味だな、と道は思った。

「キャンピングカーの後ろを見て」

写真のその部分を見ると、大きな段ボール箱が、梱包も解かれないまま何箱も積み上げられていた。

段ボール箱の側面には大きく通販会社のロゴが印刷されているのが見え、『ショップ・クロニクル』と読めた。

「思った通りだわ。箱のなかに入っているのはオンラインで買った家電だろうけど、永久に出番はなさそう」

縣がいった。

これでオンラインを使った買い物が偽装工作の一環である疑いがますます強まった訳だ、と道は思った。

「最初から気になっていたんだけど、被害者は三人とも、このショップ・クロニクルというサイトで買い物をしている。どんな会社なの」

縣のことばが終わらないうちに、道はキーボードのうえに指を這わせていた。

「ショップ・クロニクル。運営会社はクロニクル・クローン・マーケティング株式会社。本社は東京の六本木《ろっぽんぎ》となっている」

「サーバーも六本木にあるの」

道はふたたびキーを叩いた。

アクセスログをたどるのは簡単だった。

「サーバー本体は愛宕《おたぎ》市にある」

「愛宕市？」

どこかで耳にした名前だったのか、縣が眉間にしわを寄せた。

「全国にいくつかある商品倉庫のなかでもいちばん規模が大きい倉庫がここにあるし、運営組織の本体は、東京ではなく愛宕市にあると考えてまず間違いないだろうね」

道はいった。

愛宕市という名前が気にかかるのか、一分か一分半か、あるいは二分くらいか、縣はしばらくなにか考えているようだったが、結局なにもいわぬまま別の写真に移った。モニターに映しだされたのは、第二の被害者である山本花子の殺害現場の写真だった。

リビングルームには透明なビニールシートが敷かれ、山本花子はその真ん中に置かれた椅子にロープで縛りつけられていた。猿ぐつわをかまされ、足元には大きな血溜まりができていた。

「ビニールシートは鑑識ではなく、犯人が敷いたものだ。流れでた血が下の階の天井にしみださないようにするためだろう」

いわずもがなのことかも知れないと思いつつ、道はいった。

縣は道の説明を心に留めた様子もなく、すぐに別の写真に移った。モニターに映しだされたのは、寝室を撮影した写真だった。

寝室にはベッドのほかにドレッサー、クローゼット、洋服ダンスがあり、いかにも女性の寝室らしい部屋に見える半面、三方の壁には床から天井まである書棚がしつらえられていて、まるで学者の書斎のようでもあり、どこかちぐはぐな印象があった。リクライニングチェアが置いてあり、アンティークのランプとタイプライターの載った木製の机があった。

古ぼけたタイプライターもランプと同じく実際に使うものではなく、部屋を飾るための置物に違いなかった。

道の目を引いたのは、ベッドの脚元に置かれた大きな木製の台に載せられたレコード・プレイヤーと台の両側に据えられた大きな縦長のスピーカーだった。

プレイヤーが置かれているところを見ると、山本花子はただの音楽好きというだけでなく、レコード盤で音楽を聴く趣味をもっていたらしかった。

第二の被害者も第一の被害者と同じように、ネット上のデータから想像していた暮らしぶりとは大きなずれがあることは否定しようもなかった。

三人が殺された現場の写真を見たい、と縣がいった理由が道にもやっと理解できた。

ふと思いついたことがあってあらためて書棚を撮影した写真を見直すと、三方の壁を埋めているのは書棚ではなく整理棚で、ぎっしりと隙間なく収納されているのは書籍や雑誌ではなく、ＬＰ盤のレコードだということがわかった。

ざっと数えただけでも千二百枚以上はあった。

数を数えるのは得意だった。目の前にあるものなら、どれほど膨大な量だろうと、一瞬で数えつくすことができる。

肝心なのは、目の前に同時に存在していることだ。目の前に拡がっているものなら見渡すことができるから。

「音楽が趣味だったらしいね。しかも趣味のためには金に糸目はつけなかったらしい。プレイヤーもスピーカーもオーディオマニア垂涎《すいぜん》の高級品だ」

道は縣にいった。

「金に糸目をつけないなんて、古風なことばを知っているのね。どこで覚えたの」

縣が真顔でいった。

本気で感心しているとは思えなかったので、道は答えなかった。

コンピューターのモニター画面に映しだされる文字や数式や記号を脈絡もなく吸収

しながら成長したので、日本語だけでなく外国語の語彙や成句をふくめた知識は過剰なほどあった。

しかし正規の教育を受けていないせいか、自分の言葉遣いのどこが年齢不相応で、どんな知識が社会常識から逸脱しているものなのか大人になってもわからないままだった。

「どんな音楽を聴いていたか、わかる?」

縣がいった。

道は台のうえに置かれたレコードジャケットに目を凝らした。ドイツ語らしい単語のならびのなかにヒルデガルトという固有名詞をなんとか見つけることができた。

「ビンゲンのヒルデガルトが作曲した歌曲を彼女自身が書いた記譜から再現したレコードだ。とても貴重なものだよ」

「ヒルデガルトってロックバンドの名前なの。それとも有名な指揮者」

ヒルデガルトの名を聞いたことがないらしい縣が尋ねた。

「中世ドイツの修道女だよ。彼女自身が見たイエスや天使の姿を何百枚という絵に描きとめたことで有名だ」

「修道女って、もしかして女の坊主のこと」

外国育ちのせいだろうが、縣もとても人のことをとやかくいえるような言葉遣いではなかった。

「坊主とレコードと一体どういう関係があるのよ」

「ヒルデガルトは幻視を経験しただけでなく幻聴も聞いたんだ。それを楽譜に起こして、自分が建てた女子修道院の若い修道女たちに歌わせた。楽譜といっても、ドレミの音符がならんでいるようなものじゃなく、旋律なんかは口伝えで、奏法や間合いなどの指定は簡単な符号が書きつけられているだけのものだけどね」

「くわしいのね。あんたも音楽が趣味なの」

「ぼくは音楽は聴かない。ネットの知識さ」

道はいった。

音楽を聴かないのではなく、音楽は聴けない。正確にいえば、音楽という表現様式を感覚的に経験することができない、だが。

「それで、このレコードはどれだけ貴重なものなの」

縣が訊いた。

「五線譜に書いた楽譜がまだなかった時代の音楽を、二十世紀になってある合奏団が膨大な資料を研究したうえで古楽器を使って再現したものなんだ。後になってＣＤで再発売されたはずだけど、レコード盤には稀少価値があるはずだよ」

「被害者がこのレコードをどこで手に入れたのかわかると良いんだけど」

「バロック以前、とくに中世のクラシック音楽の、それもLP盤をそろえている店といえばそれだけで数が限られてくるよ。調べればわからないことはないと思うけど、東京にあった国内でいちばん大きな店は三年前に閉店してしまったし、いまとなってはむずかしいかも知れないな」

道はいった。

「意味ありげな口ぶりね。わかるの？　それともわからないの」

微《かす》かとはいえ、縣が苛立ったらしい表情を見せたのはこれが初めてだったか、あるいはいままでに何度かあったのだろうか。

「三年前に店じまいしたその店は、ネットで在庫一掃セールをしたんだ。このヒルデガルトのレコードもオークションにかけられた。世界中のコレクターがちょっと信じられないくらいまで値をつり上げて争ったけど、最後まで残ったのはスイスと日本の同業のレコード店だった」

「だから、勿体《もったい》ぶらないでって。競《せ》り落としたのはどっち」

「日本の店のほう」

「店の名前は」

「ワールド・ルネサンス・レコード」

「その店は日本のどこにあるの」

「たしか」

口にしようとしたとたん、自分がなにをいおうとしているのかに気づいてとまどった。

「なによ」

縣が怪訝《けげん》な顔を向けた。

「愛宕市だ。ワールド・ルネサンス・レコードは愛宕市にある店だよ」

縣が道の顔を見つめた。

「たしかなの」

縣の問いに道はうなずいた。

ふたりはしばらく顔を見合わせていたが、先に口を開いたのは縣だった。

「愛宕市にある店がこのレコードを競り落として店頭にならべておいたからといって、レコードを買ったのが、愛宕市の住人だったとは限らないわ。地元のレコード店のレコードを買うのは地元の人間だけと決まっている訳じゃない」

「そうだね。特殊な固定ファンがいるレコードならなおさらだ。日本全国からどこの人間が買いに訪れたとしてもおかしくない」

「その通りよ」

縣は、愛宕市の名が一度ならず二度までもでてきたからといって、そのことに意味があるのかどうかはまだわからない、といっているのだった。

しかし道は、心なしか脈拍が速まるのを抑えることができなかった。それが一体どこなのかは判然としないものの、目的地らしきものに確実に近づきつつあるような気がしたのだ。

縣はモニターに向き直って、最後の現場写真を画面に呼びだした。

三番目の被害者である長崎の桜井守の殺害現場は、家の地下室だった。

被害者はコンクリート剝《む》きだしの床に据えられた椅子に座らせられた恰好で、山本花子と同じようにロープで縛りつけられていたが、山本花子と違うのは全裸だということだった。

死体には、白いワイシャツが頭から被せられていた。

「被害者が着ていたワイシャツね」

縣がいった。

「死体にシャツをかけて顔を覆ったのは、犯人の良心の呵責？」

「拷問するのに邪魔になるから脱がせたは良いけど、殺したあとで捨て場所に困っただけかも」

縣は道の軽口にとりあおうともせず、別の写真をモニターに映した。

それから縣はつぎからつぎへと写真を替えていったが、ある写真を映しだしたところで手を止めた。

居間にある洋服ダンスを撮影した写真だった。

写真を撮った所轄署の鑑識課員は、殺人現場ではない居間のタンスのなかをなぜか何十枚も撮影していた。なにか「ふつうではない」と感じるものがあったのだろう。

写真をつぶさにたしかめると、鑑識課員がおそらくタンスを開けるなり反射的に何十回もカメラのシャッターを切った理由が理解できた。

長崎の離島の一軒屋で、しかも住人は七十二歳の独居老人だというのに、タンスのなかにはコートやジャケットが隙間もなくぎっしりと吊り下げられていたのだ。

「おしゃれな人だったらしいわね。長崎の離れ小島で、どこに着ていくつもりだったのか知らないけど」

道と同じ感想を抱いたらしい縣がいったが、口ぶりに皮肉な響きはなかった。

仕立てがていねいで高価そうな服ばかりであることは、衣服になどまるで興味がない道にも一目でわかった。

「愛着があって捨てるに捨てられず、引っ越し先まで運ぶことになったんだろうね」

ほかにことばが思いつかないまま、道は根拠もない推測を口にした。

「コートはイギリス製で、ネクタイはイタリアとフランスばかりだけど、背広は違う。背広は外国のブランド品じゃなく、日本で仕立てたものみたい。たぶん名の通った店ね。どこでつくったのかわかれば良いんだけど」

いい意味でも悪い意味でも、ファッションには人一倍精通しているはずの縣がそういって道の顔を見た。

「でも、こればかりはあんたに聞いても無理ね」

「なぜ」

「あんた、おしゃれじゃないもの」

縣がいった。

言い返そうとしたが、できなかった。

縣は、モニターの画面をタンスのなかから地下室の桜井守本人の死体に戻した。

死体そのものではなく、頭に被せられたシャツの写真を見直しているようだった。

道も縣を真似てシャツを見てみたが、縣がなにを調べているのかわからなかった。

「これを見て。刺繍がある」

縣が画面の一隅を拡大していった。

最新のデジタルカメラの解像度は一昔前とは桁違いのレベルになっているので、少しばかり拡大しても画面はまったくぼけることがなく鮮明なままだった。

ワイシャツの裾の目立たない部分に、小さな刺繍があるのが道にも見えた。

アルファベットのEとYを組み合わせたモノグラムのようだった。

「EとYというのはなんだろう。桜井守のイニシャルならMとSのはずだけど」

「桜井守は偽名よ」

縣が釘を刺した。

「そうだった。するとこれは被害者の本名のイニシャルってことか。横山英治、山田栄作……。なんだってありだ。江藤洋三、江本康夫かも知れないし、これだけじゃ名前を特定することはできないな。当り前だけど」

「EとYは被害者の名前のイニシャルじゃないと思う」

縣がいった。

「どういうことだい」

「被害者ではなく、このシャツを仕立てた店のイニシャルってこと」

「店のイニシャルって、つまり店のロゴマークということかい。なるほど、一理あるかも。EとYは店のモノグラムってことか。横山英治洋品店とかテイラー横山栄作とか。でも、こんなロゴマークは見たことがないな」

「有名ブランドのロゴなんかじゃなくて個人商店のものなんだから当り前よ。商標登録だってしていないかも知れない」

「個人商店のロゴマークか」

道がつぶやいた。

「これでなにかわかる方法があれば良いんだけど」

縣がいった。

道の手が、ひとりでに動いていた。

モニターに一群のアルファベットが現れた。さらにキーを叩くと記号や図形が現れ、つづいてアルファベットと記号のデザイン化されたさまざまな組み合わせが途切れなく現れはじめた。

「なにをしてるの」

縣が道に訊いた。

「ぼくの個人的なコレクション」

「わたしにも見せて」

「いっておくけど、役には立たないと思うよ。系統立てて集めた訳ではないし、まだ整理もしていないのでネットにつないでもいない」

「良いから」

「雑誌や書籍からスキャンしたものもあるし、全国各地からとりよせたタウンページや観光案内のパンフレットからとりこんだものもある」

道は説明した。

「うわ。なに、これ」

モニターにあふれでた無数の図像を見て、縣が驚きの声を上げた。

道がさらにキーを叩くと、アルファベットの代わりにひらがなや漢字が現れ、ひらがなや漢字と記号を組み合わせた図形が現れた。

キーを打ちつづけると、アルファベットや漢字などの文字が消え、今度は直線と曲線だけの奇怪なシルエットが現れた。

「ヨーロッパの紋章学の本からも採ったし、日本の家名、屋号や家印《いえじるし》の本からも採った。ファッションブランドだけじゃなく世界中のメーカーやプロスポーツチームのロゴも網羅《もうら》している。マークと呼べるものなら花押《かおう》から地図記号までなんでもそろっているはずだ。マンガやビデオゲームで使われた架空のエンブレムやバナーはもちろん、アメリカやヨーロッパで流行している最新のタトゥーの下絵までね」

　道が雑誌や書籍などの印刷媒体はおろか、テレビ広告だろうと街中《まちなか》の標識やポスターであろうと、目についたものを片っ端からやみくもにデジタルカメラで撮影し、コンピューターにとりこんだのは、特定の目的があってのことでも、後々《のちのち》なにかの役に立つかも知れないなどと考えたからでもなく、世界中のあらゆる図形や絵柄をひとつの画面にならべたいという欲求からだった。

　目の前に拡がっているものなら、見渡すことができる。

　なんとも残念なことに、百万単位の図像をひとつの画面に収めることはできなかったが、その代わりクリックひとつでまたたく間につぎからつぎへと画面を切り替えることはできた。

　もしも光の速度でクリックすることができるなら、無数の図像がならんだ巨大な画面を一望しているのと同じ効果が得られるはずだった。

「わかったわ。もう十分」

　さすがの縣も、意味不明の文様やとりとめのない意匠の氾濫についていけなくなったらしかった。

「いったろう。役には立たないって」

道がいった。

「そんなことはないわ」

縣が道の顔を正面から見つめた。

なにをいいだすつもりなのかわからずに、道は縣の顔を見つめ返した。

「まずこのファイルをネットにつないで。それからキーワードを入力して検索をするの」

「キーワードって、なんだい？」

「『愛宕市』に決まってるじゃない」

縣がいった。

3

答はすぐにでた。

「紳士服専門八木榮太郎《やぎえいたろう》商店。愛宕市力車坂《りきしやざか》二十丁目三十番地」

道は目を見張った。

「本当にでるとは思わなかった」

画面に表示された文字に釘づけになりながら、思わずつぶやいた。

「さすがね」

縣が道の顔を見ていった。

「なにが」

「あんたのプログラムよ」

縣がいった。

「このEとYの組み合わせのモノグラムを撮影した覚えはある？」

縣が尋ねた。

「いや、ない。ぼくのデータベースにこんなロゴマークが入っていることさえ知らなかった」

道は答えた。

「ほらね。それに、キーワードだって『愛宕市』と入力しただけで、『愛宕市の町別企業ファイル』なんて指示はしていない。それにもかかわらず、コンピューターは愛宕市の町別企業ファイルというデータを引きだし、そのなかからEとYの組み合わせのモノグラムを選びだした。つまりファイルのなかのデータとあんたの膨大な画像記録同士がお互いのなかから共通するロゴマークを選びだしたってことでしょ。指標もつけていないのに画像同士が相互参照することによってね。こんなの見たことがない。すごいプログラムだわ」

県がいった。

道は黙りこむしかなかった。県は道が設計したプログラムの特異性を、たった一度走らせただけで見抜いてしまったらしかった。

「これで被害者が三人とも愛宕市となんらかのつながりがあることは確実になったわね」

県がいったが、顔には相変わらずなんの感情も浮かんでいなかった。

「三人の経歴が偽物だとすれば、まず彼らの本名を突きとめることが先決だと思うけど、でも彼らの経歴が一から十まででっちあげられたものだと、本当にそう考えて良いのかな」

道は、どうしてもそのことが気になって仕方がなかった。

「彼らの経歴が本物か偽物かをたしかめるだけなら簡単な方法があるわ。裏づけをとれば良い」

縣がいった。

「ずいぶん簡単にいうんだな。裏づけって、どんな」

「アナログの裏づけ」

「アナログの裏づけ？」

「三人は地元の小学校を卒業したことになっているから、卒業アルバムをとり寄せて、本人の写真が載っているかどうかをたしかめてみれば良いのよ」

「卒業アルバム」

あまりにも意外なことばに、道は顔をしかめた。

「三人はなんていう学校を卒業したことになっているんだった？」

「近藤庄三が岐阜県岐阜市の砂押平《すなおしだいら》小学校、山本花子が群馬県高崎市の駒止桜《こまどめさくら》小学校、桜井守が東京都文京区の御舟西《みふねにし》小学校」

道は、モニターに呼びだしたデータを読み上げた。

「どれも公立よね」

「三校とも公立の小学校だ。この学校の卒業アルバムをたしかめるっていうのかい」

「そう」

「でも、どうして小学校の卒業アルバムなんだ」

「私企業や私立の学校や組織なら、ありもしない名前や住所をいくらでもでっちあげることができるけど、役所や公立の学校なんかの施設は、それが実在するのかどうか、少なくともその地域に住んでいる人間なら誰にでもすぐわかってしまうでしょ。公立の小学校をひとつでっちあげて、それがさも実在しているものであるかのように隙のないデータを積み上げるのは至難の業。要するに、とてもむずかしいってこと」

「さすがに卒業アルバムまでは見なかったけど、卒業生名簿は調べた。それには三人の名前がそれぞれちゃんと載っていたよ」

道はいった。

「名簿に名前があったかどうかは関係がない。アナログの裏づけをとるためには、卒業アルバムの原本をとりよせて、そこに三人の写真が載っているかどうかをたしかめないと。ネット上でなら、名簿にいくらでも名前を書き加えることができるけど、原本のアルバムの写真に細工するとなるとキーボードの操作じゃ無理だからね。なにしろ写真をたった一枚入れ替えるだけでも、アルバムすべてを手に入れて、そのうえで一冊ずつ修正しなければならない。どこにも穴がないようにデジタルデータを積み上げるのはむずかしいけど、アナログを加工するのはもっとむずかしいってこと」

「なるほど」

道はようやく納得してうなずいた。縣のいう通りだった。

「だけど、岐阜県と群馬県と東京の小学校の卒業アルバムをどうやって集めたら良いんだ。ぼくが現地までとりに行くのかい」

「あんた馬鹿なの？　そのためにインターネットがあるんじゃない。いまどきはどこの小学校でもホームページくらいもっているはずだから、あんたがとりに行く必要も、学校から郵送してもらう必要もない。アルバムの写真をスマホで撮ってくださいとお願いすれば良いの」

縣がいった。

「わかったよ」

パソコンを操作しようとすると、縣が道に向かって人差し指を立てた。

「なんだい」

「いっとくけど、いきなりサイトのアカウントにアクセスなんかしちゃ駄目よ。返事が返ってくるまで何日かかるか知れやしないから。まず直接電話をするの。相手がでたら、『そちらの小学校の何年度の卒業アルバムを拝見したいのですが、どうしたら良いでしょう』ってていねいにお伺いを立てる。あんたの頼み方が上手ければ、向こうでその年の卒業アルバムを探してくれるわ。アルバムが見つかったら、『お忙しいところまことに申し訳ないのですが、卒業時に撮影した集合写真のページをパソコンにとりこんでこちらに送ってもらえないでしょうか』ってさらにていねいに頼みこむの」

縣がいった。

「わかった？」

「わかった。わかったけど」

「なによ」

「電話をするときに、こっちの名前をだしても良いものかな」

「名前って、あんたの名前？」

「いや、そうじゃなくて。警視庁の名前をだしても良いかってこと」

「全然かまわないんじゃない。捜査員ではないにしろ、あんたが警視庁の職員であることは間違いないんだから」

縣がいった。

「でも証人保護プログラムみたいだよね。いや、三人の経歴がすべてでっちあげだとしたらの話だけど。ほら、裁判でギャングに不利な証言をする証人を守るためにＦＢＩがまったく別の人間に仕立て上げるっていう、あれさ」

黒電話に伸ばしかけた手を途中で止めて、道がいった。

「証人保護は連邦捜査局じゃなくて、連邦保安局の管轄だけどね」

縣がいった。

FBIには馴染みがあるような口ぶりだった。

FBIにはコンピューター犯罪を扱う専門の部署があって、サイバーテロを未然に防ぐために数千人の職員が日夜仕事に励んでいるらしいが、世界中の警察や情報機関が自国の捜査員や分析官を最新の設備や高度な（つまり違法すれすれの）追跡プログラムを学ばせるためにそこに毎年送りこんでいることを道は知っていた。

ひょっとしたら縣も警視庁の人間としてFBIで研修を積んだ経験があるのかも知れず、縣の謎めいた経歴を考えるとまんざら突飛な思いつきともいえないような気がした。

「いや、冗談のつもりでいったんだよ。ここは日本でアメリカじゃないんだ。警察が証人に別人のIDを与えて新しい土地で生活させるなんて話は聞いたことがないからね。きみは聞いたことがあるかい」

「そうね。あんたにいわれるまで、わたしもそんなことは考えもしなかった」

縣がいった。

「日本の警察にも証人保護プログラムがあるのかどうか、か」

真剣に検討してみる価値がある問題だとでもいわんばかりに、縣がパソコンの画面から目を離して腕を組んだ。

縣の不可解な態度に道は眉をひそめた。縣がなにを考えているのか、わからなかった。

「いまからいって聞いてみよう」

「聞いてみよう？」

道は驚いていった。

「聞いてみようって、一体誰に」

縣は道の質問には答えず、椅子から立ち上がった。

「良い？　電話での言葉遣いはあくまでもていねいにね」

ドアノブに手をかけた縣がふり返っていった。

道の返事も待たずに、縣はドアを開けるとそのままで行ってしまった。

部屋には道がひとり残された。

後ろ手にドアを閉めると、背後でドアに自動で錠がかかる音がした。でるときはなにもいらないが、入室する際には指静脈と目の虹彩を確認する必要があった。

目の前の長い廊下の両側にはガラス張りの部屋がいくつもならんでいて、なかでは大型コンピューターが何台もならべられ休みなく動いていた。

廊下の突き当たりのエレベーターの前で立ち止まり、カードキーをセンサーの溝に滑らせた。扉が開くとケージのなかに入り、七階のボタンを押した。扉が閉まり、エレベーターが上昇しはじめた。

警視庁本部庁舎七階のフロアには、隣りに建つ警察総合庁舎と空中でつながっている通路の入口があった。

第二章

1

鷲谷真梨子《わしやまりこ》は、どこにでもあるような街角を撮った写真の前に立っていた。

『アメリカ　黄金の二〇年代写真展』という案内板を、たまたま目にして入った小さな画廊だった。

一九二〇年代のアメリカといえば、電気と自動車の大量生産の時代であり、バーレスクとミュージカル、禁酒法とギャングの時代だった。

映画のスクリーンのなかでは、巨大な螺旋階段に整列した踊り子たちがあふれんばかりの笑顔をふりまき、もぐりの酒場ではスカートの裾をひるがえしたフラッパーたちが密造酒のグラスをかかげて粋なソフト帽の男たちと喚声を上げている。二〇年代ということばから真梨子が連想するのは、そんな陽気で華やかな光景だった。

ところが目の前の写真は華やかさなどみじんも感じられない、明度《めいど》を欠いた白黒写真だった。

うっすらと雪が降り積もった通りには一台の車も走っておらず、舗道にも通行人がひとりもいない。道沿いの建物にも人が住んでいる気配はなく、煉瓦の壁の冷たい感触だけが伝わってくるようだった。

展示されているのは風景写真ばかりで、そのどれにも人の姿がないのだった。

ふさいだ気持ちを少しでも浮き立たせることができればと思って入った画廊だったが、あわい期待は見事に裏切られた。

しかし真梨子はそのまままきびすを返してでて行く気になれず、寒々しく音のない風景のひとつひとつから目が離せずにいた。

工場の写真もあった。

どこかの郊外だろうか。川の畔《ほとり》に建てられた工場だった。

空には黒い雲が低く垂れこめていた。

煙突から煙も上がっておらず人の姿もないところを見ると、工場はずっと前から操業を止《や》めているようで、広い敷地は雑草が伸び放題で荒れ果てたままになっていた。

川のうえには一本の鉄橋が架かっていたが、線路を渡ってくる列車などいつまで待ってもきそうもなかった。

好景気に沸いていた二〇年代ではなく、一九二九年の大恐慌のあとにきた不況の時代の一齣《こま》を切りとった写真なのかも知れなかったが、変哲もない風景写真であることには違いなく、どうして目が離せなくなるほど引きつけられるのか、真梨子は自分自身でもわからなかった。

夕暮れの公園を撮った写真もあった。

やはり人の姿はどこにもなく、ぽつんと置かれたベンチの端に新聞紙が置かれているだけだった。

それを読んでいた誰かが無造作にそこに投げ捨てていったというのではなく、まるで何者かが罠を仕掛けるように、新聞紙はていねいに畳んで置かれていた。

とっぴな妄想だという自覚はあったが、そう思えて仕方がなかった。

真梨子はたまたまそのベンチの傍を通りかかった通行人がいたら、その人がどう考えるのか思わず想像した。

真梨子の想像のなかでは、ベンチを通りかかるのは着古したオーバーコートを着た年端もいかない少女だった。

これ以上ここにいたくない気持ちがするが、どこにいったら良いのかわからない。

少女は四方を見まわし、そしてベンチのうえの新聞に気づく。

一体どんな記事が載っているのだろう。いますぐ読まないといけないような重大事件が書かれているのだろうか。

誰が置いたのか、まるで罠のようだと思う。この新聞を手にとれ、と誘っているのだ。もし手にとったらどうなるのだろう。

新聞紙を手にしたとたんになにか悪いことが起こるような気がして少女はとりあげることもできず、もう一度近くに人の姿がないか探したが、どこにも人はいなかった。

その公園にきたのははじめてだったし、どうやってここまできたのかも覚えていなかった。見知らぬ町に置き去りにされたような気がして恐かった。

途方に暮れ、道案内をしてくれそうな人を探してあてもなく歩きはじめた。

公園をでてせまい通りを歩き、曲がり角を何度も曲がった。

どこまで歩いても誰にも出会わなかった。

少女は白黒の世界のなかでたったひとりきりなのだった。

立ちくらみがして、目の前が暗くなった。

両親が亡くなってから、真梨子は天涯孤独の身だった。祖父も祖母も、叔父や叔母や姪や甥もいなかった。

真梨子には血のつながった係累がひとりもいなかった。父にも母にも兄弟姉妹がいなかったからだ。

幼いときから、真梨子は自分だけ「親類」というものがいないことを不思議に思っていた。

夏休みや冬休みになると、同級生たちは皆「田舎」に帰って行った。そして新学期がはじまると、父母の実家で「おじいちゃん」や「おばあちゃん」、「従兄弟」や「はとこ」とどれだけ楽しく遊んだかを自慢げに話すのが常だった。「田舎」がないのは真梨子だけだった。同級生がどれほどうらやましかったか、そしてどれだけ淋しかったか知れない。

そしていまも、真梨子はひとりぼっちなのだった。

恋人も友達すらもいなかった。

理由はわかっている。真梨子自身が幼いころから人を遠ざけてきたからだ。人との結びつきをどこかで恐れていたからだ。

少女はいつの間にか別の場所に立っていた。

墓場だった。

墓地は一面白く染まっていた。

暗い空から雪が降りつづけていた。人の声も車がタイヤを軋《きし》らせる音も聞こえてこなかった。世界は無音だった。

入口の門の両脇に石の像があって、少女を見下ろしていた。

頭を垂れた石の像は、死者たちの喪に服しているように陰鬱な顔をしていた。

見渡す限り、低い墓石が無数にならんでいた。

立派な墓石や大きな墓石はひとつもなかった。

背の低い小さな墓石ばかりだった。

あんまり低いので、どこにも影がなかった。

影のない墓石は、死者のつぶやきに辛抱強く耳を傾けているようにじっと動かない。

少女はたったひとりで広場の真ん中に立っていた。

辺りを見まわしてもどこにも人影は見えなかった。白銀の地平まで墓石がつづいているばかりで、どこにも生き物の気配がなかった。

門の前から足を踏みだした。

灰色の花崗岩でできた小さめな霊廟《れいびょう》があった。表面に彫られた文字を読もうとしたが、雪に埋もれていて判読することができなかった。

しかし少女にはそれが母親と父親の墓石のような気がした。

降り積もった雪のせいで辺りはやけに明るく、雪のうえを足跡も残さずに歩いているのは亡霊ばかりだった。

少女はどこかに光が届かぬ暗がりがないか探して視線をさまよわせた。

暗がりがあったら、そこに生き物が潜んでいるかも知れないと思ったのだ。

犬でも猫でも、呼吸をしている生き物ならなんでも良かった。

もしもいたら、生き物の口元に両手を差し伸べて、あたたかくて湿っぽい息を手のひらで感じたかった。

しかし、どこにも暗がりはなかった。

暗がりなどどこにもないことは最初からわかっていた。

生きているものなどどこにもひそんでいないことも。

少女は自分の口元に手をかざし、息を吹きかけた。

いくら息を吹きかけても、手のひらは冷たいままだった。

そのとき少女は、自分も死んでいるのだとはじめて気づいた。

2

氷室《ひむろ》邸は森のなかにあった。

鬱蒼とした木立を抜けて視界が急に開けると、車寄せに駐まっている何台もの警察車輛が見えた。パトロールカーは回転灯を閃かせ、私服の刑事や制服姿の警官たちがせわしなく動きまわっていた。

屋敷の書き割りめいた陰鬱な外観は十二年前とまったく変わっていなかった。密生した蔦が灰色の壁に絡みついた本館も、左右の翼棟のいまにも崩れ落ちてきそうな急勾配のスレート屋根も、記憶にある姿と寸分たがわなかった。

茶屋《ちゃや》は車を降りて平らにならされた砂利道を進み、玄関前の段を上がった。

氷室家の前の当主だった氷室友賢《ともかた》に会うために訪れた日、はじめて見る屋敷の大きさに圧倒されたことを思いだした。

氷室友賢は当時すでに八十歳を超える老齢で一線からはとうの昔に退いたと考えられていたが、一方で氷室家とならぶ財閥であった入陶《いりす》家の事業を陰で引き継ぎ、傘下に何百という企業を抱えて現役のときと少しも変わらぬ辣腕をふるっているのだとも噂されていた。

　邸内で事故が起きたので警官を寄こしてもらいたい、と警察署に電話をかけてきたのはその友賢本人だった。

　所轄署の刑事課にいた茶屋が氷室屋敷にわざわざ出向いたのは、財界だけでなく政界からも一目置かれている氷室家の当主の知己を得ておいて損はないという下心からだったが、もちろんそのときの茶屋には、氷室友賢のほかにもうひとり別の意外な人物と顔を合わせることになるなどと予想できたはずもなかった。

　茶屋は短く息を吐いて、目の前のドアに視線を戻した。

　青銅の呼び鈴を押すまでもなくドアは開いていた。

　足を踏み入れると、建物のなかは恐ろしく暗かった。

　高い窓をおおっている裾に房飾りがついた分厚いカーテンの隙間からもれてくる微かな光だけを頼りに四方を見まわした。重く沈んだ空気はよどんで動かず、湿った木と布の匂いが漂っているだけだった。正面の突き当たりの広い部屋に吹き抜けの二階へとつづいている大階段があった。

　十二年前、その大階段にも目を見張ったことを茶屋ははっきりと覚えていた。十人くらいの人間が横にならんで上れるほどの幅があり、手すりには趣向を凝らした飾り彫りがほどこされていた。しばらく目を離すことができなかったのは、桁外れの豪華さに驚いたというよりも、いくら大きな屋敷とはいえ個人の住居にこんなものが必要だろうかという疑問が浮かんでくるのを抑えることができなかったせいだった。

その大階段のある広い部屋で、茶屋は思いも寄らなかった人物に引き合わされることになったのだった。

ガウン姿のその人物は手首にも足首にも包帯が巻かれており、さらに頭の大きさが常人の二倍もあった。

あまりの不気味さに息を飲んだが、よくよく目を凝らすと、頭が大きいのは鳥籠のようなものをかぶっているためだとわかった。そしてその鳥籠も、包帯でぐるぐる巻きにされているのだった。

火傷の手術を受けた直後で、皮膚に雑菌が侵入しないよう保護のための器具をかぶり、そのうえから包帯を巻いているのだと友賢が説明した。友人からあずかった子供だといった。

友人とは誰かと尋ねると、生前から親交のあった入陶倫行《のりゆき》だと答えた。

入陶家の当主だった倫行は、その一年前に自宅の火事で焼死していた。当時祖父の倫行とともに暮らしていた孫も火事に巻きこまれて重度の火傷を負い、緊急搬送されたことまでは知っていたが、危機的な容態だと耳にしていたのでそのまま病院で息を引きとったものとばかり思いこんでいた。しかし愛宕《おたぎ》市屈指の大財閥の次期総帥となるべく定められた人物は、異様な姿で生き延びて茶屋の目の前に現れたのだった。

それが鈴木《すずき》一郎《いちろう》とのはじめての出会いだった。

それから十年後に、茶屋は連続爆弾犯の共犯として鈴木一郎を逮捕することになったのだが、一郎は精神鑑定のために入院していた病院から逃亡し、行方をくらましたままだった。

「警部」

大階段の下の暗がりから声がしたのでそちらに顔を向けると、背広姿の男がふたり立っていた。背の高い男と小柄な男だった。

「初音《はつね》署の蓮見《はすみ》です」

「栗橋《くりはし》です」

ふたりの男が暗がりから歩みでてきていった。栗橋と名乗ったのが背の高い方で、蓮見と名乗ったのが低い方だった。背の高い栗橋はまだ若く、こざっぱりとした服を身に着けていたが、五十代後半とおぼしき蓮見のほうは、白髪まじりの髪がだいぶ薄くなっており、着ている背広もくたびれていた。ふたりとも懐中電灯を手にしていた。

「被害者は三人だそうだな」

ふたりの刑事のどちらにともなく茶屋は尋ねた。

「はい」

返事をしたのは若いほうの刑事だった。

「他殺であることは間違いないのか」

「はい」

「身元は割れているのか」

「ひとりはこの家の主人である氷室賢一郎《けんいちろう》氏に間違いありませんが、ほかのふたりについては不明で、現在姓名をふくめて特定を急いでいるところであります」

「賢一郎というのは死んだ氷室友賢の息子か」

「はい。友賢氏のひとり息子で、氷室家の現在の当主になります」

一郎と数年間生活をともにしていた友賢の話を聞くためにふたたび屋敷を訪れようとしたのは一郎が愛和会《めいわかい》愛宕医療センターから行方をくらましてからずいぶん経ってからのことで、そのとき友賢はすでに亡くなっており、茶屋と氷室家との関係もそれきり途絶えてしまっていた。

茶屋は、氷室家の全事業を相続したはずの新しい当主のことはなにひとつ知らなかった。

「賢一郎というのはいくつなんだ」

茶屋が尋ねると、若い刑事は正確な年齢をとっさに答えることができなかったらしく、隣りの年上の刑事の顔を見た。

「今年、五十五歳になるはずです」

頭の禿げた蓮見という刑事が答えた。

「家族は」

「おりません」

蓮見が答えた。

「独身主義者だったようで結婚したこともありませんし、どこかに婚外子でもいれば別ですが、わかっている限りでは子供もいません」

「ふたりの男というのは、賢一郎の親戚かなにかなのか」

「そうではないように思われます」

蓮見が答えた。歯切れの悪い口調だった。

「じゃあ、一体誰なんだ」

「それをいま調べているところでありまして」

「この屋敷には三人以外に誰が住んでいたんだ」

「住んでいたのは、殺された三人だけのようです」

「これだけ大きな屋敷だ。使用人がいるはずだろう」

「わたしたちもそう思いまして屋敷中を探しているのですが、誰も見つかっていない状況でして」

「こんなだだっ広い屋敷に男が三人だけで暮らしていたというのか」

「いまのところそうとしか考えられません」

「親戚でなければ賢一郎とほかのふたりの男は一体どういう関係なんだ。秘密結社の集まりか、それともここで修行かなにかをしていたのか」

「いまのところ、なにひとつわかっておりません」

蓮見がいいにくそうに答えた。

「秘密結社は冗談だ。賢一郎はなにか特定の宗教の信者なのか」

茶屋が上からのしかかるように顔をのぞきこむと、蓮見が思わず腰を引いた。

「この屋敷はおまえの署の管轄だ。しかも屋敷の住人が氷室財閥の当主となれば、おまえたち下っ端はもちろん、お偉いさんたちも日頃から神経質なくらい気を配っていたはずだろう。問題が起きたら、所轄署の責任だからな。そうじゃないのか」

「その通りです」

「賢一郎の身辺についても、遺漏のないよう万全を尽くして調べ上げていたはずだ。違うか」

「はい、その通りです」

蓮見が目をしばたたかせた。

「そこでだ。賢一郎がなにか特定の宗教の信者だったという事実はあるのか」

「いえ、ありません」

質問の意味がようやく飲みこめたらしく、蓮見が答えた。

「噂はどうだ。賢一郎が怪しげな宗教にはまっているというような噂を聞いたことはあるか」

「いえ、ありません」

「どんなことでも良い。賢一郎に関してなにか噂を聞いたことは」

「少なくともわたしはありません。おまえはあるか」

蓮見が栗橋に尋ね、栗橋が首を横にふった。

「女や薬物がらみの悪い噂もなかったのか」

「ありませんでした」

「経営者としての評判はどうだ。ワンマンで社員たちから嫌われていたとか、利益を上げるために手段を選ばなかったので、大勢の人間から恨みを買っていたとか」

「そちらの内情の方はわれわれ下っ端の刑事には知りようがありませんので、どうにも」

蓮見がいった。どうにもというのは、どうにも答えようがないということなのだろう。茶屋にしても、蓮見たちからどうしても答えが聞きたいと思ってした質問ではなかった。

「屋敷で派手な宴会を開いたあげく周辺の道路で酒酔い運転の事故が多発したとか、近隣住民と悶着があったとか、それくらいのことは一度や二度あったのではないのか」

茶屋はそれでもしつこく尋ねた。

「そういったことも一度もありませんでした。おっしゃる通り、この屋敷についてはほかの区域に比べて何倍も密に巡回パトロールを行っていました。問題が起これば、ただちに対処できるよう独自の特別シフトを組んでいたくらいです。交通事故であれなんであれ、屋敷周辺でなにか騒ぎがあれば、すぐにわれわれの知るところとなったはずです。ただし見まわりといっても屋敷周辺に限られていて、なかでなにが起こっているかまではうかがい知ることはできませんでしたが」

蓮見がよどみない口調で答えた。

「つまり要約すると、この屋敷で犯罪が起こりそうな兆候などいままでまったくなかったということなんだな」

「そういうことになります。申し訳ありません」

蓮見が禿げた頭を下げた。

「おまえが謝っても仕方がない。使用人がひとりもいなかったとしたら、食事は一体どうしていた。誰が料理をつくっていたんだ」

「肉などの食材は配送業者に毎週運ばせていたようです」

答えたのは若い栗橋のほうだった。

「食材を運ばせて、それからどうしていたんだ。賢一郎が自炊をしていたのか。大富豪で五十五歳の独身男の趣味は、手料理をつくって男友達にふるまうことだったとでもいうつもりか」

茶屋が腹立ちまぎれにいうと、ふたりの刑事は、なんと答えて良いかわからず目を伏せた。

「屋敷にいたのが三人だけなら、一体誰が死体を発見したんだ」

「その配送業者の男です」

栗橋が顔を上げていった。

「そいつはいまどこにいる」

「うちの課長が事情を聞いています」

栗橋が答えた。

「男が死体を発見したのは何時だ」

「配達は午前七時と決まっていたので、それを少し過ぎた時間だったそうです」

茶屋は腕時計をたしかめた。いまから二時間前だった。

第一発見者から死体発見時の様子をくわしく聞きたいと思い、目の前の刑事たちに向かってその男をいますぐここに引っ張ってこいといいかけたが、所轄署の仕事を横どりするのも大人げないと自制心を働かせ、先に殺人現場を見ることにした。

考えてみれば殺人事件の捜査手順としては、そのほうがずっと合理的だった。

「三人が殺されたのはどこだ」

「屋敷の地下室です」

答えたのは蓮見だった。

「地下室だと」

茶屋は思わず聞き返した。

「はい。あちらです」

蓮見が手にもった懐中電灯をもちあげて、部屋の奥を指し示した。ホールの隅の目立たない場所に頑丈そうな扉があった。

「あの扉を開けると小部屋があって、そこが地下室への入口になっています。階段を降りてトンネルを少し進むと奥に大きな部屋があります。どうやらボイラー室の一部を改造したようです。ご案内します。こちらへどうぞ」

蓮見がいい、栗橋とともにならんで歩きだした。トンネルの奥と聞いて、ふたりの刑事が懐中電灯をもっている理由がわかった。茶屋は否も応もなく、ふたりの後ろにしたがうしかなかった。

「三人とも地下室で殺されたのか」

ふたりのあとについて扉に向かいながら、納得できない思いで茶屋は聞いた。

「はい。鑑識の話ですと、殺した後死体を動かしたような形跡は一切ないということですので」

蓮見が答えた。

男が三人だけで屋敷で暮らしていたらしいことも不可解だったが、三人がそろって地下室で殺されたという事実はさらに不可解だった。これだけ広い屋敷なのだ。殺されるなら大広間でも食堂でもどこでもよさそうなものなのに、よりによってなぜ地下室なのか。殺人犯に屋敷中を追いまわされ、無我夢中で逃げこんだ先がたまたま地下室だったということなのだろうか。

ホールの端までくると栗橋が足を止め、樫材の分厚いドアを開けた。ふたりの刑事が先になかに入り、茶屋があとにつづいた。

なかは衣装ダンスほどの広さしかなく、三人の人間が入ると身動きがとれないほどだった。

茶屋が目を見張ったのは、四角い床の真ん中に潜水艦のハッチのような蓋があったことだった。蓋には鉄の輪のハンドルがついていた。

「この下に下水道でも通っているのか」

茶屋は驚いて栗橋に尋ねた。

「まあ、ご覧になってください」

栗橋が腰をかがめ、ハンドルをまわして重い蓋を開けると、黴臭い臭気が立ちのぼってきた。

茶屋は丸い穴のなかをのぞきこんだ。下水は流れていなかったが、錆びついた螺旋階段が暗闇の底までつづいていた。

どれくらいの深さがあるのか、茶屋はしばらく穴の底を見下ろしていたが、視線を感じて顔を上げた。

ふたりの刑事がこちらを見つめていた。疑わしげなまなざしだった。

「なんだ」

茶屋はふたりに尋ねた。

「われわれが先に行きましょうか」

栗橋がいった。

なにを考えているのか、口ぶりでわかった。ふたりは、茶屋の巨体が穴をくぐり抜けられるものかどうか疑っているのだった。

「おれは懐中電灯などもっていないぞ。おまえたちが先に行くのは当り前だろう」

茶屋が語気を強めていうとふたりの刑事はたがいの顔を見合わせ、まず栗橋が、つづいて蓮見が穴のなかに入った。

ふたりの頭が暗闇のなかに消えると、茶屋は片足を穴のなかに入れ、爪先で一段目を探った。爪先が階段に着くと、息を止めて腹を引っこめ、ゆっくりと慎重に穴をくぐり降りた。穴の側面に腹が引っかかったので、さらに大量の息を吐きだして腹を引っこめなければならなかった。仕立てたばかりのスーツに汚れがつきはしないだろうかとそれだけが心配だった。

体をねじり、息を吸っては吐きだし、うめき声を洩らし、悪戦苦闘の挙げ句なんとか穴をくぐり抜けると、ふたりの刑事がすぐ下の段のところで立ち止まって、茶屋を見上げていた。

「なにをしている。後がつかえているんだ、さっさと先へ行かんか」

茶屋がいうと、ふたりは前に向き直ってふたたび階段を降りはじめた。

階段は幅がせまく傾斜が急で、高さは二階分もあった。細くてたよりない手すりをつかんで一歩また一歩と足を踏みだすたびに、茶屋の体重で階段全体がぐらついた。

十二年前に訪れたときには、屋敷の地下にこんな空間が広がっていようとは想像もしなかった。気温は外より低く、空気は冷え切っていた。三人の足音以外、物音は一切聞こえなかった。

いきなり頭の上に冷たい滴が落ちてきたので、茶屋は思わず声を上げそうになった。頭に手をやると、てっぺんが濡れていた。天井を見上げた。頭上に太い管が走っていて、継ぎ目から水が垂れているのだった。

傾斜がきついうえに螺旋階段の曲がり具合が急なので、次第にめまいがしてきた。息が上がり、そろそろ限界だと感じはじめたとき、先頭の栗橋がようやく地面に降り立ち、蓮見がそれにつづいた。

「暗くてなにも見えん」

最後に階段を降りきった茶屋は、思いもしなかった苦行に癇癪を起こしそうになりながらいった。

栗橋が懐中電灯の明かりで周囲を照らした。

地下の穴倉は想像していたよりも広く、天井も茶屋がまっすぐ立つことができる程度の高さはあった。壁は黒く煤け、天井からしたたり落ちてできた水溜まりがあちこちにある煉瓦敷きのトンネルが奥までつづいていた。

「足元に気をつけてください」

栗橋が茶屋に向かっていい、薄暗いトンネルを先に立って歩きだした。

蜘蛛の巣が張った天井からは非常灯がぶら下がっていたが、電球はひとつ残らずなくなっていた。

十メートルほど進んだところに、埃をかぶったボイラーがあった。古びた蒸気管や送気管やらのパイプが床や壁を這い、ガラスが割れた温度計や圧力計がならんでいた。

何年も前から使われていないらしく、蓋が開けっ放しになっている釜のなかは空っぽで、近くに石炭の山も見当たらなかった。

歩きながら栗橋は定期的に懐中電灯の明かりを両側の壁に向けた。足音がトンネル全体に反響しては消えていった。茶屋はふたりのあとをついて歩きながら、まるまると肥ったドブネズミが暗がりからいきなり飛びだしてきやしないか気が気ではなかった。

「ここです」

トンネルは唐突に行き止まりになった。鉄製のドアのついた部屋の前で足を止めた栗橋がいった。

ドアは開いていたが、閂《かんぬき》が差しこまれているうえ、さらに大きな南京錠までかけられているのが見てとれた。開け放たれたドアの向こうから明かりが洩れており、室内で何人もの人間が無言で立ち働いている気配が伝わってきた。

ここが殺人現場に違いなかった。茶屋はふたりの刑事を押しのけて部屋のなかに入った。

部屋に入ったとたん目に飛びこんできたのは入口の正面に置かれたビリヤード台だ

った。

地下につくられたとはとても思えないほど大きな部屋だった。ビリヤード台の脚元にはペルシア絨毯が敷かれ、柄違いの絨毯が奥行きのある部屋の奥まで隙間なく何枚も敷き詰められていた。

十人以上の鑑識課員たちが、見るからに高価そうな絨毯のうえを這いながら微物を採取したり、カメラのストロボを光らせたりしていた。

壁際に大きなソファが置かれ、部屋の奥は重厚な造りの机が据えられた書斎のような空間だった。

そして三人の死体があった。ひとりはビリヤード台の下、ふたり目は壁際に置かれたソファの脚元、最後のひとりは書斎の机の横の壁際だった。

茶屋は殺人の現場を一目見るなり異常だと感じたが、とりわけ異常なのは三体目の死体だった。その死体は床に横たわってはおらず、デスクと壁とのあいだに置かれた椅子にロープで縛りつけられていた。

死体の様子をはっきり見ようとして戸口から二、三歩前に足を進めた。

一体目の死体が身に着けているのは灰色のスウェットスーツだけで二体目もやはりTシャツのうえに薄手のジャケットを羽織っているだけなのに対して、椅子に縛りつけられた死体は三つ揃いのスーツを着こんでネクタイまで締めていた。スウェットも、Tシャツにジャケットという恰好もいまの季節にはとりたてて違和感がある出で立ちとはいえなかったが、三人目の死体の服装とあまりに差が際立った。

それだけでなく、ひとり目とふたり目の男は三人目よりはるかに若いうえに頑丈そうな体つきをしていた。見た目の年齢と服装からして三体目の死体がこの家の主人である氷室賢一郎だと思われたが、ほかのふたりと賢一郎との関係がいよいよわからなくなった。

「作業している最中悪いが、みんな外にでてくれ」

腰をかがめて作業に励んでいる鑑識課員たちに向かって、茶屋は前置きもなしに大声でいった。

作業の手を止めてのろのろと顔を上げた鑑識課員たちは、声の主が茶屋であるとわかると、鑑識道具を七つ道具を入れる鞄にすばやく収め、そそくさと部屋からでていった。不平を述べる人間はひとりもいなかった。

「おまえたちもだ。しばらくひとりにしてくれ」

茶屋はふり返り、すぐ後ろに控えていた栗橋と蓮見にいった。ふたりは不満げな表情を一瞬浮かべたが、抵抗しても無駄だと思ったのか、黙って部屋をでた。

ひとりになった茶屋はあらためて部屋のなかを見まわした。

ビリヤード台に座り心地のよさそうなソファ、部屋の奥には大きな机と本棚、その反対側には酒瓶がならんだバーカウンターまであった。

ここで暮らしていたというのはいいすぎだとしても、三人がこの部屋で長い時間を過ごしていたことは間違いないと思えた。

しかし、なぜこの部屋なのだ。殺害現場が地下室だと聞いた瞬間に浮かんだ疑問に茶屋はふたたび囚われた。なぜなら茶屋は、屋敷のなかにビリヤード台だけでなくバカラの専用テーブルまでそなえられた本格的な遊戯室や、図書館と見紛うような大きな書斎もあることを知っていたからだった。

なぜそちらではなく、ここなのか。

天井から吊り下げられたシャンデリアが煌々と光りを放っていたが、壁にはひとつの窓もなく、広間といって良いくらい広い部屋であるにもかかわらず通気性がいいとはいえないし、バーはあっても流し台やガス台は見当たらず、調達した食材を調理することなどできそうになかった。

屋敷のどこでもいいはずなのに、なぜこの部屋でなければならなかったのか。

しばらく考えてみたが、いくら考えても答えにたどり着けそうもないので、疑問はいったんさしおいて、まず三人の死体をくわしく調べてみることにした。

戸口の脇に椅子と小さなテーブルが置いてあって、ひとり目の男はそのテーブルとビリヤード台のあいだに倒れていた。小テーブルのうえには酒瓶とグラスが載っていた。

茶屋は中腰になって死体をのぞきこんだ。血は一滴も流れていなかった。スウェットの上下もきれいなままで、死体のまわりにも血痕らしきものは見当たらなかった。死体の肩口と腰の辺りをもちあげてみたが、絨毯に血がしみこんだ跡もなかった。

おそらく三十代だろう、髪を短く刈りあげた男の首はあり得ない角度でねじ曲がり、両目は見開いたままだった。死はおそらく殺された本人すら気がつかないほどとつぜん訪れたに違いなかった。

男が日夜欠かさずに体を鍛えていたらしいことは一目見てわかったが、茶屋はスウェットの下から盛り上がっている胸筋に目を留めた。胸のふくらみが左右で微妙に異なっていたのだ。

スウェットのうえから触ってみると、右側の胸は弾力があったが、左側のほうは力などまったく入れていないのに指先がなんの抵抗もなく体にめりこんでしまった。死体が生きていたなら、悲鳴を上げていたに違いなかった。

感触だけでも男の肋骨が折られていることがわかったが、念のためにスウェットを首元までめくりあげた。思った通り左胸が陥没していた。男は首の骨と肋骨を折られていたのだ。

ふたり目の、大きなソファの脚元で倒れている男は、素手ではなくナイフで刺し殺されていた。

男はひとり目の男よりひとまわり大きく、身長百九十センチ、体重百二十キロの茶屋と比べても遜色のないほどの巨漢だったが、肥満体で大きな腹はいまにも破裂しそうなくらいだった。

鍛え上げた体とはいえなかったが、丸太のように太い手足を一目見ただけでも、並外れた剛力の持ち主であることがわかった。指先ひとつでゴルフボールでさえひねり潰せそうだった。

ソファの脚元に大きな血溜まりが広がっており、こちらの脇テーブルにも酒瓶とグラスが載っていた。

茶屋はかがみこんで肥満体の死体が身に着けているジャケットを見た。ジャケットにはふたつの穴が開き、その下のTシャツにも同じ位置に穴が開いていた。

殺人犯は男の心臓と肺とをジャケットの上からナイフでひと突きにしていたが、ひとり目の男とは違い、こちらは即死ではなかった。心臓と肺のどちらが致命傷になったかは判然としなかったが、いずれにしろ最初のひと突きで動きを止められた男は、床に倒れて絶命するまで長い時間血を流しつづけたはずだった。

肥満した男の分厚い脂肪の層の上から、殺人犯が正確に心臓と肺の位置を探り当ててひと突きしているのは驚きだったが、ひとり目は素手で殺し、ふたり目にはナイフを使った理由がわからなかった。

茶屋は首をひねったまま立ち上がり、部屋の奥まで進んだ。

椅子に縛りつけられている氷室賢一郎もナイフを使って殺されていたが、ほかのふたりの被害者と違い、時間をかけて殺されていた。それも桁外れに長い時間をかけて。

賢一郎はただ殺されていたというだけではなく、拷問されていたのだ。

賢一郎は父親だった友賢とは違い小柄な男で、五十五歳という年齢より老けて見えた。椅子の背からのけぞるように上を向いたままになっている顔面には殴られた痕があり、前歯が何本か折れていた。

靴と靴下を脱がされて裸足にされた足先には右足の薬指と小指の二本だけしか残っていなかった。

椅子の下には血溜まりができていたが、大量の血は毛足の長い絨毯があらかた吸いとっており、切りとられた八本の短い足指が転がっていた。

絨毯の上には足の指だけでなく、彫刻がほどこされたデスクの脚元にクロームメッキの重そうな灰皿と吸いかけの葉巻が落ちていた。氷室家の現当主はどうやら葉巻党であったらしい。

賢一郎の苦痛にゆがんだ死に顔を眺めていると、犯行の一部始終が自然に浮かんでくるようだった。

まず殺人犯が予告もなしにいきなり部屋に押し入ってくる。

入口のすぐ脇のテーブルに座っていたスウェットスーツの第一の男があわてて立ち上がり侵入者を背後からおさえこもうとする。むしゃぶりついてきた男のほうにはふり向きもせず、殺人犯は肘打ちの一撃を胸に食らわせた。衝撃と痛みで一瞬ひるんだ男の頭を殺人犯は片腕ですばやく抱えこみ、上半身をひねるようにして腰を落としながら、男の首の骨をへし折った。

それを見た第二の男がソファから殺人犯に飛びかかる。殺人犯は今度はナイフを手にして男を刺す。着衣の上から急所である肺と心臓をひと突きにされた男は床に崩れ落ち、二度と立ち上がることができぬまま穴の開いた臓器から血を流しつづけた。

なんとも見事な手際だった。殺人犯は立ちふさがる障害をたやすく跳ね退けただけでなく、ふたりの屈強な男をまたたく間に無力化してしまった。おそらく一分とかからなかったに違いなかった。

デスクに座って優雅に葉巻をくゆらしていたであろう賢一郎は、驚愕と恐怖で金縛りにあったように身動きひとつとれなくなってしまったが、それでも一直線に自分のほうに向かってくる殺人犯に対し、机の上の灰皿を手にとって必死に抵抗を試みようとした。しかし小柄な中年男の悪あがきなど殺人犯にとってみればお笑い種でしかなかったろう。殺人犯は賢一郎の顔面に拳をたたきつけて、失神させた。

それから椅子に縛りつけて、拷問にとりかかった。

賢一郎はやがて意識をとり戻したが、足の指を一本ずつ切り落とされていくうちに、小柄な肉体に加えられる負荷の大きさに耐え切れなくなった心臓が変調を来し、あっけなく止まってしまった。

ひとり目の男は素手、ふたり目はナイフ、そして三人目はただ殺すだけではなく、残虐な拷問まで加えた。なぜ殺害方法を変える必要があったのか、賢一郎はなぜ拷問されなければならなかったのか。

殺人犯が三人の被害者を殺した状況は目に見えるようでも、殺人の目的がまるでわからなかった。

　賢一郎の顔を見つめたまま考えていると、不意に首筋に人の気配を感じて茶屋は顔を上げた。

　部屋の入口に、黒いレースのワンピースを着た女が立っていた。

　茶屋は眉をひそめた。人払いをしたはずの部屋に、自分以外の人間がいたことに驚いたのだ。

　女は若く、黒い髪をおかっぱにしているせいか十代の少女のようにも見えた。喪服を着ているところを見ると、氷室家の親族なのかも知れなかった。

「賢一郎氏のお身内の方ですか。お気持ちはわかりますが、犯罪現場に無断で入られては困ります」

　滅多にないことだが、茶屋はふつうの人間のように話すことができた。

「見事なもんだね。入口に控えていたふたりの男をあっという間に始末した。それも相手の体重に見合った合理的なやり方でね」

　女がいった。

　茶屋は自分の耳を疑った。女が誰であるにせよ、氷室家とかかわりのある人間が口にするようなことばとは思えなかった。

「おまえは誰だ。ここでなにをしている」

茶屋はすみやかにふだんの詰問《きつもん》口調に戻って聞いた。

「入口近くに座っていたひとり目の男は運動神経がよかったせいで、とつぜん部屋に侵入してきた犯人に一瞬ひるんだものの、なんとか反応して追いすがることができた。相手がふつうの人間だったら、動きを止めただけでなくそのまま押し倒すことも可能だっただろうけど、残念なことに体重が足りなかった。だから犯人は背後をとられてもあわてることなく、肘打ちの一発で簡単に男をふりほどくことができた。おまけに胸に強烈な衝撃を食らった男がくの字に体を折り曲げたもんだから、犯人の前にご丁寧に首を差しだす恰好になってしまった。犯人は絶好の機会とばかりに男の首に腕を巻きつけた。あとは自分の体重をかければ良いだけで、男の首をへし折るのになんの苦労もなかった。そこに猛然と襲いかかってきたふたり目の男を見て、犯人は用意していたナイフを躊躇なくとりだした。ふたり目はひとり目と違って図体が大きくて重そうだったから、組みつかれると引き離すのが厄介だと一瞬で判断したのね。ふたり目の男はひとり目と比べると格段に動きが鈍かったから、ナイフをとりだす余裕は十分にあったけれど、相手は脂肪の鎧をまとっているようなものだったから無闇にナイフをふりまわしても致命傷を与えることができるとはかぎらない。すばやく、それも正確に急所にナイフを突き立てなければ、何十回刺したとしても突進してくる男の動きをほんの一瞬でも止めることすらできないかも知れないのに、なんなくやってのけた。頭の回転が速く運動能力にも優れているだけじゃなく、外科医なみの医学の知識と技倆をもっている人間でなければ到底不可能な離れ業だよね」

女はいった。

「おまえは誰だ。どこから入ってきた」

茶屋は、いきなり現れて殺害の手順を正確に再現してみせた女の観察眼の鋭さに内心で舌を巻きながらも、みじんも表情にはださず質問をくり返した。

「どこからって、ここから」

女が入口のドアを指さした。

「外には刑事がいたはずだ」

「その刑事さんが入れてくれたの。初音署の蓮見さんと栗橋さん」

「なんだと」

茶屋は女の答えに驚いて入口に顔を向けた。

「蓮見。栗橋」

大声で怒鳴るとすぐにドアが開いて、ふたりの刑事が部屋のなかに入ってきた。

ふたりの刑事は戸口に立っている女を見ても驚いたような顔は見せず、それどころか女のすぐ横にならんで立った。悪い予感がした。

「おまえたちがこの女を部屋に入れたのか」

「はい」

蓮見が答えた。

「誰が許可した」

「署長です」

「署長というのは、おまえのところの署長のことか」

「はい」

「どういう理由だ」

「実は昨晩、身体の一部が意図的に毀傷《きしょう》あるいは損壊《そんかい》された死体が発見された場合は例外なく即座に警察庁に情報を上げるようにと全国の警察署宛に下達があり、それから一晩も経たないうちに本事件が発覚した訳であります。被害者のひとりである賢一郎氏の死体に、まるで拷問でもされたような外傷が認められたことから、指示に従って通報いたしましたところ、こちらが警察庁からこられることになりまして」

茶屋に問い詰められることは覚悟していたのだろう。前もって答えを用意していたらしく、蓮見は途中何度かつかえながらも一息でいった。

茶屋はもう一度、レースの飾りがついた黒いワンピースを着た女を見た。スカートの裾は膝の上までしか届いていなかった。

「こちらというのは、おまえの横に立っている女のことか」

「はい」

「そのこちら様が警察庁からきたというのか」

「はい」

蓮見が答えた。額に脂汗が浮かんでいた。

「たしかなのか」

「はい。警察庁には確認の電話を入れております」

茶屋はもう一度女の顔と出で立ちを上から下まで舐めまわすように見た。悪い冗談としか思えなかった。

「それにしても死体が発見されてからまだ二時間足らずだぞ。おまえたちが事件を知った直後に警察庁に報告を入れたとしても、こんなに早くこられるはずがない」

茶屋は女にではなく、蓮見に向かっていった。

「飛行機に乗ってきたから」

答えたのは蓮見ではなく、女のほうだった。

「飛行機を使ったとしてもだ。こっちからの連絡を受けた直後に都合よく飛行機の便が見つかってそれに乗ったとしても一時間やそこらで着くなんてことはあり得んし、さらに名古屋の空港からここにくるまで電車を乗り継ごうと車を使おうと、最低でも二時間はかかるはずだ」

茶屋は故意に女から顔をそむけたままでいった。

「飛行機といっても、専用ジェットだから」

女がいった。

「なんだって」

「警察庁長官官房の専用ジェット機。それに着陸したのも名古屋ではなくてこの近く。ここから車で十五分くらいのところに小型ジェット機なら離発着できる小さな飛行場があるの」

女がいった。茶屋は、存在自体を無視しようとした女のほうを思わずふり返ってしまった。

「納得がいった？　わたしはあんたより三十分前にここに着いて、一通り検証も済ませていたという訳」

女がいった。女の横に立っている蓮見と栗橋を見ると、ふたりが身をすくませた。自分より先に殺人現場を調べた人間がいたというのは初耳だった。

茶屋はしばらくふたりを無言でにらみつけていたが、やがて口を開いた。

「わかった。おまえたちは外にでて良い。おれとこの女をふたりにしてくれ」

あっさり解放されたことがよほど意外だったらしく、蓮見と栗橋は顔をうつむかせながらも嬉々とした足どりで部屋からでて行った。

「あんたの名前をまだ聞いていなかったな」

女に視線を戻して茶屋はいった。

質問に答える代わりに女が口元に笑みを浮かべた。それにも驚いたが、さらに驚いたことに女は茶屋のほうに向かって歩きだした。笑みを浮かべたまま無言で近づいてくる女の落ち着きようは不気味なほどで、茶屋は思わず気圧されそうになった。

茶屋の前で立ち止まった女は、ドレスの胸元から四角い小さな紙片をとりだして茶屋に差しだした。こわごわ手にとって目の前にかざしてみると、名刺だとわかった。

茶屋は、紙片に印刷された小さな活字を苦労して一文字ずつ追った。

「警視庁捜査一課与件記録統計分析係第二分室　鵜飼縣。これがあんたの名前か。一体なんて読むんだ」

「うかいあがた」

「名刺には警視庁捜査一課とあるが、蓮見はあんたのことを警察庁の人間だといったぞ」

茶屋はいった。

「いまは警察庁から警視庁のそこに出向しているの」

女がいった。

この女は一体どこの誰だ。茶屋は名刺と女の顔とを交互に見比べずにいられなかった。

警察庁と警視庁の区別さえつかない一般の人間なら、警察庁から警視庁に出向しているなどとわざわざ断らなければならないような面倒な肩書きを用意するはずがなかった。

「名刺なんかいくらでも好きなように印刷できる。こんなものはなんの証明にもならん」

「名刺を渡したのは、まずわたしの名前をちゃんと覚えてもらおうと思ったから」

女がいった。

「それに、わたしが警察庁の人間であることは確認済みだって、蓮見さんもいっていたでしょ」

「確認といったって、どうせ電話口で名前に間違いがないかどうかたしかめたくらいだろう」

茶屋は女の目を見て悪態をついた。女は踵《かかと》の高い靴を履いていて、それを足すと身長が百八十センチ以上あり、視線の高さが茶屋とそれほど変わらなかった。

「じゃあ、飛行場でどんな騒ぎがあったか教えてあげる」

女がいった。

「驚いたのはね、小さな飛行場に礼装の警官がたくさんいたこと。警察庁の人間が東京からやって来ると聞いて、署長以下初音署の幹部全員がわたしの到着を、いまや遅しと待ちかまえていたの。飛行機から降りたとたん、白手袋の人たちに最敬礼されたんで一体なにが起きたのかと思ったわ。でも驚いたのは署長さんたちも同じだったらしくて、わたしを見て啞然とした顔つきをしていた。それでも、先に飛行機から降りてきたわたしはキャビン・アテンダントかなにかで、お目当ての人物は後からでてくるに違いないと、最敬礼したままで皆しばらく待っていたけど、いつまで経ってもそれらしき人間はでてこず、結局ジェット機に乗っていたのはわたしひとりだけだとわかると、全員が混乱状態に陥って右往左往しはじめた。わたしが身分証を提示しても、誰も相手にしてくれなかったくらい。でもこのままでは埒《らち》が明かないと思った誰かが、最後の手段とばかりにスマホでわたしの写真を撮って、それを警察庁に送ることに決めた。警察庁がすぐに『本人に間違いない』という返事を寄こしたからよかったようなものの、そうでなかったらわたしはその場で逮捕されて、所轄署の留置場に放りこまれていたかも知れない」

「そんなおかしな恰好をしていたら、疑われて当然だ」

茶屋がいったので、女が怪訝な顔をした。

「その恰好のことだ。誰だって、そんな恰好をした女が警察庁の人間だなんて思うはずがないだろう。警察庁には、職員が地方にでかけるときにはかならず変装をしなければならないという決まりでもあるのか」

「これ、わたしの私服だけど」

女が眉間にしわを寄せていった。茶屋のことばがまるで理解できないという表情だった。

「あんた、一体いくつなんだ」

「女性に年齢《とし》を訊くのは失礼よ」

「ずいぶん若いようだが、本当に刑事なのか」

女の抗議などにはとりあわず、茶屋は尋ねた。

「刑事を名乗ったこともないし、そう呼ばれたこともないわ」

女がいった。

「おれにはやはりあんたが警察の人間とは思えん。さっきから気になっているんだが、まずあんたの口の利き方だ。あんたが本当に組織の人間なら、目上の人間に対してはそれなりの言葉遣いをするはずだ。おれはたしかに田舎警察の一介の刑事かも知れんが、階級は警部だぞ」

「目上の人間って、あんたのこと？」

「それだ。おれをあんた呼ばわりするのは止めろ」

「言葉遣いが気に障ったのなら謝るわ。まだ日本語に慣れていなくて。ほら、わたしって帰国子女なもんだから」

女が的外れな弁解をした。

「階級をいえ、階級を。巡査か、それとも巡査部長か」

堪忍袋の緒が切れそうになるのを懸命にこらえながら、茶屋はいった。

「どっちでもない」

「ふざけるな。巡査か、そうでなかったら巡査部長に決まっているだろう」

「だからどっちでもないって。だって、わたし警視だから」

女がいった。

目の前が一瞬真っ白になったような気がした。怒りのあまり頭のなかの神経が二、三本切れてしまったのかと思ったが、そうではなかった。自分でも意外なことに、茶屋は冷静そのものだった。

警察組織についてほんの少しでも知識がある人間なら、階級を尋ねられたときに間違っても警視だなどというはずがなかった。知らない人間から、あなたの仕事はなんですかと問われて、サラリーマンですでも大工ですでもなく、王様をしていますと真顔で答えるようなものだからだ。まともな人間であれば、嘘をつくにしてもそれらしい嘘をつくはずで、真っ赤な嘘だとすぐにばれるような嘘を平然とつくような人間がいたとしたら、それはペテン師でもなんでもなく、ただの狂人だというしかなかった。

茶屋はあらためて女の顔をまじまじと見つめた。

女は表情ひとつ変えていなかった。

茶屋は息を吐きだした。

「あんたの話を聞こう」

この女が正真正銘の狂人だったとしたら、馬鹿正直に会話を交わそうとしたことなど、後で笑い話にしてしまえば良いだけの話だった。

「まず、被害者が拷問された事件があったら即刻報告を上げるよう全国の警察署に通達をだした理由からだ」

「了解。そこに……」

女は、茶屋が使用済みのティッシュペーパーかなにかのように汚らしげにつまんでいる名刺を指さした。

茶屋は自分が名刺を持っていたことに気づいて、初めて見るように目の前までもちあげた。

「そこに書いてある与件記録統計分析係という部署は、事件記録を整理分類する仕事をしていて、既存の記録をより完全なものにするために現在進行形の事件もふくめてコンピューターで毎日データ・マイニングをしているんだけど……」

「ちょっと待て」

茶屋は片手を挙げて女を制した。

「コンピューターだのデータだのというカタカナは抜きで話せ」

「どうして」

「どうしてもだ」

茶屋がいうと、女が不思議そうに顔をしかめた。

「まさか、おれはコンピューターなんか触ったことがないんだなんていいだすんじゃないでしょうね。あんた、一体いくつ」

「おれの年齢は関係がない。それに、おれをあんたと呼ぶのは止めろ」

茶屋がいうと、女はこれみよがしにため息をついてみせた。

「いいわ。ともかくネットでデータを漁っているうちに、わたしたちは偶然似たような殺人事件を三つも見つけてしまったの。三つの事件は発生場所も日本全国ばらばらなうえに、被害者の性別や年齢もばらばらだったけど、わずか一ヵ月という短い期間に集中していて、そのうえ三人ともただ殺されていたというだけではなく、執拗で過剰な暴力がふるわれた跡があった。事件は三件とも未解決だったから、類似した事件がほかにないか調べるように全国の警察署にお願いすることにしたの」

女はそこでことばを切ると、茶屋の顔を見てひと言つけ加えた。

「ネットで見つけたというのは、インターネットに掲載されていた地方紙の記事で事件を知ったという意味。事件を捜査した警察署の報告書を検索してくわしく調べたのはその後のこと。ここまでは良い？」

「事件があったのはどこだ」

茶屋が尋ねた。

「北海道と千葉と長崎。北海道で殺された被害者は五十五歳の男性。千葉で殺されたのは三十九歳の女性。長崎の離れ小島で殺された三人目は七十二歳の男性」

「それが一ヵ月のあいだに起きたというのか」

「一件目が今年の一月二十日。二件目が一月二十八日。三件目が二月十五日」

「同一犯の仕業だとどうしてわかる」

「同一犯の仕業だなんていった覚えはないけど」

「しかし、あんたはそう思っている。そうだろう」

「あんたはどう思う？」

「質問しているのはこっちだ」

「少なくとも、同じような手口の殺人事件に心当たりがある場合は報告するよう全国の警察署に指示をだしたときには、三件とも同一人物による犯行だという確信があった訳ではないということだけはいえるわ」

女が謎めいた言い方をした。

「三人の被害者には、なにか共通点があったのではないのか」

茶屋がそういうと、女が茶屋の顔を見返した。

「たとえば？」

「出身地が同じだとか、卒業した学校が同じだったとか、同じ会社で働いていた時期があったとか、だ」

「いいえ。調べてみたけど、共通点は一切見つからなかった」

女の顔にそれまでとは別の表情が浮かんでいることに茶屋は気づいたが、それがなにを意味しているのかは見当もつかなかった。

「本当に共通点はなにもなかったのか」

「ええ。なにもなかった」

女が答えるまで、ほんの一瞬だが短い間があった。

茶屋は無言のまま、この女がいっていることは本当だろうかと考えた。そもそも地方紙の記事で未解決の殺人事件を三件も見つけたということ自体まゆつばに思えたし、全国の警察署に通達をだした翌日に愛宕市で事件が起きたというのも、できすぎた話のような気がしてならなかった。

「過剰な暴力というのは、具体的にはどんなものだ」

茶屋は尋ねた。

「ひとり目は手の指を一本ずつ切りとられ、ふたり目は足の指をハンマーのようなもので叩きつぶされ、三人目は性器を酸で焼かれていた」

女がいった。

「被害者の指が切り落とされていたり、性器が傷つけられたりしていることがわかって、犯人は被害者に苦痛を与えることで性的な満足を得るサイコパスかとわたしたちは考えた。でも捜査報告書をくわしく調べていくうちに、そう判断するのは早計のように思えてきたの。過剰な暴力というのは、あくまでもそれが被害者の命を奪うための直接の手段ではなかったからそういっただけで、実際には感情にまかせた無秩序なものではなく、どちらかといえば理性的で抑制の利いたものだった。それでわたしたちは一から考えなおさなければならなくなった。快楽のためじゃないとしたら、犯人は一体なんのために被害者を必要以上に痛めつけるようなことをしたのか。犯行の動機はそもそもなんなのかって」

「それで結論はでたのか」

「推測でしかないけど、犯人は被害者たちからなにかを聞きだそうとしたのじゃないかと思う」

「面白半分に暴力をふるったのではなく、拷問をしたということか。殺すことが目的だった訳ではなく、なにかを聞きだすために被害者を痛めつけた、と」

「ええ、そう」

「なにを聞きだそうとしたんだ」

「それはわからない。わからないけど、拷問はまったくの空振りに終わった訳ではなくて、犯人が三人からなにかを聞きだしたことだけはたしか」

「なぜそう言い切れる」

「犯人がここまでやってきたから。愛宕市のこの屋敷までね」

女がいった。

「犯人が三人の人間を拷問したのは、氷室賢一郎の名前を聞きだすためだったといいたいのか」

「まあ、そんなところ」

「犯人の目的は賢一郎を捜しだして殺すことだったというんだな」

「いいえ、それはちょっと違う」

女がいった。

「犯人が三人の被害者から賢一郎氏の名前を聞きだしたことはたしかだと思うけど、犯人の意図が最初から賢一郎氏を殺すことだったとは思えない。だって賢一郎氏もこの通り足の指を一本ずつ切り落とされているから。明らかに拷問された証拠だわ。犯人が賢一郎氏に対しても拷問をする必要があったということは、彼を殺すことが犯人の最終的な目的ではなかったということを意味している」

茶屋は女の断定的な口ぶりが気に入らなかった。氷室賢一郎の殺害が犯人の目的でないとしたら、この先も同じような犯行がつづく可能性があるということだった。

「それではなにもわからないまま、ふりだしに戻ったも同然じゃないか。賢一郎はなんのために殺されたんだ」

「そうでもないわ」

女がいった。

「なにがそうでもないんだ」

「ふりだしに戻ったという意見は、悲観的すぎるということ」

「なぜ、そういえる」

「この愛宕市には、あんたがいるから」

「なんだと」

「双六にたとえるなら、わたしにとってあんたは大きな出目《でめ》なの。三つも四つも駒を前に進めることができるくらいのね」

「一体なにをいっている」

二十歳そこそこにしか見えない若い女が、「出目」などという賭博用語をごく自然に口にしたことに内心たじろぎながら茶屋はいった。

「賢一郎氏のことはどの程度知っていたの？」

茶屋の質問を無視して女が尋ねた。

「なんだと」

「氷室賢一郎氏のことをどの程度知っていたのかって訊いたの」

女はいたって真面目くさった顔で茶屋を見つめていた。

会話のテンポがあまりにも速いので、話についていくだけでも一苦労だった。この女はやはり正真正銘の狂人なのではないだろうかという疑念が、ふたたび頭をもたげた。

「この男の顔を見たのはきょうがはじめてだ。所轄の刑事から聞くまで名前も知らなかった」

茶屋は答えた。

「名前も知らなかった？　県警本部の、ほかならぬ茶屋警部ともあろう人が氷室財閥の当主の名前を知らなかったというの。この町のことなら隅から隅までなんでも知っているはずの茶屋警部が？　まさか、この屋敷にきたのもきょうがはじめてだなんていいだすんじゃないでしょうね」

「待て。それがこの事件となんの関係があるんだ」

「答えて。この屋敷にきたのはきょうがはじめてなの」

女が訊いた。有無をいわせぬ鋭く尖《とが》った口調だった。茶屋はあらためて女の顔を見た。初対面の人間が茶屋自身のことを知っているらしいことが意外だった。

「十二年前に一度きたことがある」

茶屋はいった。

「用件はなんだったの」

「あんたには関係がない」

女は、茶屋の顔に据えたままの視線を動かそうとしなかった。

「屋敷のなかで事故があったので、警官を寄こしてもらいたいという要請があった。そのとき会ったのは、賢一郎ではなく父親の友賢のほうだ」

「屋敷の地下にこんな部屋があることは知っていた？」

「いや、知らなかった」

「十二年前にはなかったかも知れないわね。立派な本棚やバーカウンターまで備えつけられているといっても、いかにも急拵えだもの。賢一郎氏は地下のボイラー室の片隅にどうしてこんな部屋をわざわざつくったんだと思う？」

茶屋が答えずにいると、女がつづけた。

「この部屋に入ってくるとき、ドアを見たでしょ？　閂がついた鉄製のドアというだけでも驚きなのに、さらに大きな南京錠までかかっていた」

「なにがいいたい」

「賢一郎氏以外のふたりの男の素性について心当たりはある？」

女が別の質問をした。

「あるはずがないだろう。あんたにはあるのか」

「あの体つきと顔を見れば、誰にでもわかりそうなものだと思うけど」

「おれには見当もつかんな」

茶屋はいった。

「威嚇的な体格と、誰だろうと相手になってやるといわんばかりの不敵な面構えを職業にしている類の人間。間違いなくふたりの男は賢一郎氏が雇ったボディーガードだわ」

「ほう、ずいぶん自信があるようだな」

「賢一郎氏はボディーガードふたりを従えて、出入口を厳重に固めた地下室に閉じこもっていた」

女がいった。

茶屋は女の顔を見つめながら、短く息を吐きだした。女の推理はまったくの予想外という訳ではなかった。

「なんのためだ」

茶屋は訊いた。

「自分に危険が迫っていることを知って、安全な場所に一時的に身を隠すことにしたんだと思う」

女が答えた。

茶屋は、女のことばの意味を咀嚼するために一拍間を置いた。

「警察庁が通達をだした翌朝にここで事件が起こったのは偶然なのか」

「全国でばらばらに起こった三件の殺人事件に関連性があることをわたしたちが発見したのはつい昨日のことだけど、三件目の長崎の事件からすでに二ヵ月以上経っていた。作為があるんじゃないかと勘ぐるのはそっちの勝手だけど、通達の翌日にここで事件が起きたのはまったくの偶然。たまたまそうなったというだけの話」

女が答えた。嘘をついているようには見えなかった。

「通達をだしたときには、同一犯の犯行という確信はなかったといったが、いまはあるのか」

「いまは確信している。この現場を見たから」

女が部屋のなかの三人の死体を見まわしていった。

「三人の殺され方を見たんだから、あんたもそう思ったはず」

女が茶屋の顔を見ていった。

「なにがいいたい」

「賢一郎氏は地下の隠し部屋に屈強なボディーガードをふたりも従えて閉じこもった。それで身を守るには十分だと思ったのかも知れないけど、あまりにも浅はかな考えだったとしかいいようがない。危険が迫っていることは知っていたけど、敵が誰なのかわかっていなかった。自分がどんな人間を相手にしているのかをね。賢一郎氏を殺した犯人が、まるでプログラミングされた機械みたいにどれほど迅速かつ無駄なく動いたかは、この現場を一目見ただけでわかる。犯人は門と南京錠で封印された鉄製のドアなどものともせず易々《やすやす》と部屋に侵入するとふたりのボディーガードをあっという間に倒し、脇目もふらず標的である賢一郎氏のもとへ一直線に向かった。目的を達成するためには手段を選ばず、目の前に立ちはだかる者を無力化するには命を絶つことがもっとも効率的だと判断すれば、躊躇なく実行する。人を殺すことになんのためらいも良心の呵責も感じない冷血さだけでなく、状況を把握すると同時にそれを瞬時に行動に結びつける運動能力と医学の正確な知識をそなえている」

女はそこでことばを切り、部屋のなかの三人の死体をもう一度ゆっくりと見まわしてから、ふたたび茶屋に顔を向けた。

「わたしは、こんなことができる人間をひとりしか知らない。もちろんあんたにも心当たりがあるはず」

茶屋は無言だった。

女のいう通り、茶屋には思い当たる人間がひとりだけいた。

3

「えらくお高くとまった街になったもんだな」

助手席の中村《なかむら》が、通り沿いのイタリア料理店を横目で見ながら鼻を鳴らした。

そのレストランは、建物の正面の入口からアーチ形のひさしが縁石まで突きでていて、その下に赤い絨毯まで敷かれていた。

ハンドルを握っている木村《きむら》もまったく同感だった。

ふたりが車で走っているのは、かつては零細な町工場がひしめき、トタン屋根と板壁のあいだを縫って走る水路が一年中異臭を放っていた地区だった。

ところがいまでは高層マンションが建ちならぶ愛宕市内でも指折りの洗練された高級住宅地に変貌していた。

「おれがガキのころここには場外馬券売り場があってな、親父につきあわされてよくきたもんだ。そこに群がっているのは、薄汚れたジャンパーを羽織って、耳にちびた鉛筆をはさんだ労務者ばかりだった。それがいまじゃこの有様だ。周りを見てみろよ。ひとり残らず垢抜けた服を着て、われこそは勝ち組でございといわんばかりの顔で颯爽と歩いているじゃないか。労務者みたいな風体の人間なんか人っ子ひとりいやしない」

「おれもガキのころ親父に連れられてよくこの街にきた。うちの親父は映画好きでな、ここに映画館が入ってたビルがあったんだ」

木村がいった。

「ああ、そこはおれも知っている。ビルのなかに映画館と銭湯とそれに小さな演芸場もあった。その演芸場でなんとかという歌手のリサイタルを聴いたことがあるよ。名前は忘れたが、猫みたいな顔をした女だったことだけははっきり覚えている。ひどく背の低い女だったから、ひょっとしたら子供だったのかも知れないな」

中村がいった。

中村と木村はこの地域を所轄している鞍掛《くらかけ》署の刑事だったが、ふたりとも地元の生まれというだけでなく幼いころ素行が悪く、義務教育が終わるか終わらないかの年齢《とし》にはたがいに大きな暴走族グループを率いて縄張りを争っていた。

ふたりのグループが警察の手によって強制的に解散式を挙げさせられた後、木村はなんとか高校を卒業し、白バイを操縦したい一心で警察学校の試験を受けた。元不良少年が職業として警察官を選ぶのはめずらしいことではなく、仲間内でも警察官を目指した人間は少なくなかったが、試験に合格したのは木村ひとりだけだった。合格することができたいちばんの理由は試験の成績がよかった訳でもなんでもなく、前科がなかったことであり、それもひとえに実刑になりそうな罪をことごとく手下の人間にかぶせてきた賜物《たまもの》だった。

かろうじて警察に入ったものの白バイ警官になることはできず、十年以上も地域課の警官として県内の交番を転々とする毎日だったが、二十九歳になった年に、顔つきが気に入らないというだけで職質をかけた男がたまたま指名手配中の殺人犯だったという幸運に恵まれて刑事になることができた。

そして刑事として鞍掛署で勤務をはじめてから四年経った一年前、昔なじみの中村が転任してきたのだった。

グループを解散してから仲間たちの消息についてはなにひとつ知らなかった木村は、かつての好敵手が自分と同じように警察の人間になっていると知って腰を抜かすほど驚いたが、顔を合わせた瞬間に十代のころの面影がよみがえってきて十数年の空白などあっという間に消し飛んでしまった。それは中村にしても同様だったらしく、ふたりはすぐに打ち解け、腹蔵なく胸の内を語り合う仲になった。背広を着たまま、「族仲間」に戻ったようなものだった。

ふたりでいるときには血気盛んだったころの昔話になるのが常で、映画館や演芸場が入ったビルの話をするのもこれがはじめてではなかった。

道路は空《す》いていて、運転は快適だった。木村は制限速度を超えて車を走らせていたが、交差点の手前で一台の乗用車が右側から猛スピードで近づいてくることに気づいてもアクセルペダルから足を離そうとしなかった。

乗用車がけたたましくクラクションを鳴らしてハンドルを切ってから木村もようや

くハンドルを切ったが、操作が乱暴だったために車がスリップした。センターラインを越えて反対車線に飛びだした瞬間、大型のトラックが目前に迫ってきた。木村はもう一度急ハンドルを切って無人の歩道に乗り上げ、あやうく正面衝突を免れた。

大事故にならなかったことを確認すると、木村は何事もなかったように車道に戻って速度を上げた。

道路際に建設中のビルがあった。

木村はハンドルを左に切り、何百メートルもつづく広大な建設現場の脇を突っ切った。

ナビゲーションの画面で目的地の場所をもう一度たしかめた。

道は間違っていなかった。

ゴミひとつ落ちていない清潔な住宅街を抜けると、にぎやかな商業地区の真ん中にでた。

デパートやブランド品を売る店の前を通り過ぎ、大型バスがならぶバス・ターミナルを過ぎ、公園を過ぎた。

公園の背の高い樹木が途切れた辺りで、街の雰囲気がとつぜん変わった。

徐々に道幅がせまくなり、住宅も店舗も小さくて飾り気のないものになったかと思うと、五分と走らないうちにふたたびしゃれたカフェテリアや煉瓦色の建物のなかに貴金属店が現れたりするのだった。

洗練された都会的な再開発地区と昔ながらの古い街並みが錯綜しているある意味迷路のような地域で、道ひとつへだてただけで街の印象ががらりと変わった。一方にはシャッターを閉じた商店街とガラスが割られたままになっている空き家がならび路上には人影も見えない地区があり、一方にはいかにも裕福そうな親子連れが戸外で遊んでいる平穏な地区があった。

手入れの行き届いた庭のある小ぎれいな住宅地を後にすると、正面に美術館が見えてきた。先月開館したばかりの新しい建物だった。

「さあ、着いたぞ」

木村は速度を落とし、噴水つきの大きな池をまわりこんだ先にある駐車場に車を入れた。昼前の早い時間にもかかわらずすでに百台以上の車が駐まっていたが、広い駐車場にはそれでもまだだいぶ余裕があった。

「こんなところにおれたちの獲物が本当にいるのか」

奇抜なデザインの建築物をフロントガラス越しにまぶしそうに見上げながら、中村がいった。

「わからん。とにかく捜すしかない」

木村が答えた。

「応援を呼ばなくて良いのか」

「老いぼれをひとり生け捕りにするだけだ。おれたちふたりで十分だろう」

ふたりは車を降り、模造石を敷き詰めた中庭を横切って建物のなかに入った。

ロビーの真ん中に巨大な彫刻が置かれていた。円柱や直方体が積み木のようにでたらめに組み合わされた意味不明の形をしていて、おまけにピンク色に塗られていた。

中村と木村は彫刻の前で思わず立ち止まり、無言で顔を見合わせた。

広いロビーにはほかにもいくつもの彫刻がならべられていたが、どれもふたりの理解を超えていた。

吹き抜けになっている二階から四階までは、一階ロビーをのぞきこむようにぐるりと一周する回廊状になっていて、ゆるやかにカーブした側壁に大小さまざまな絵画や映像作品が展示されていた。

ロビーだけでなく二階からうえのいずれの階も見学者であふれていた。

「この町は一体いつからこんな暇人《ひまじん》ばかりになったんだ」

中村がつぶやいた。

「感心している場合か。しっかり目を開けていないと見逃すぞ」

木村がいった。

「誰が感心なんかしているものか。おれは呆れているんだ」

中村が言い返した。

木村はまわりを見まわし、このロビーにいる人間の総勢は百人くらいだと見当をつけると、深呼吸を一度して歩きだした。中村は黙ってその後にしたがった。

ふたりは、作品に見入るようなふりをして人々の顔をひとりずつたしかめた。

ロビーを隅から隅までゆっくりと時間をかけて歩いたが、あらかじめ教えられていた人相や年恰好に合致する者は見つからなかった。

目指す人間がロビーにいないことがわかると、ふたりは二階へつづく階段を上った。傾斜はゆるやかだが、五十段以上ある長い階段だった。半分まできたあたりで、ホールの端からエレベーターに乗れたことに気づいたときにはすでに手遅れで、あきらめて残りの段を上がるしかなかった。もともと不良は健康のために運動などしないものなのだ。

ようやく階段を上がり切ったときには息が上がっていた。ふたりは足を止めて二階の回廊を見まわした。

転落を防ぐための内側の仕切りは透明なプラスチック製であったため、向かい側の廊下を歩く見学者たちの姿もふくめて左右すべての方向を見渡すことができた。

数分ほどその場に立って見学者たちのおおよその外見と人の流れを確認してから、ふたりはふたたび肩をならべて歩きだした。

すれ違う人々の顔を気づかれぬようにうかがいながら歩いた。ベンチに座ってパンフレットを読んでいる見学者の顔も、作品に見入っている見学者の顔もさりげなく盗み見た。

捜している人間に行き当たらないまま回廊を一周し終えると、洗面所に入って個室のなかまで調べることも忘れなかった。

ふたりは三階に上がる前に、見過ごした人間がいないかどうかもう一度たしかめるために仕切り板の前にならんで立ち、二階の回廊と一階のフロアをのぞきこんだ。

人の群れは少し前よりさらに増えて、押し合いへし合いしながら各々勝手な方向を目指して歩いていた。

ふたりは群衆を上から見下ろしながら呼吸を整えた。混雑した人混みのなかでの人捜しは予想していたより何倍も重労働だった。

「本当にここなのか」

　中村がいった。

「ああ」

「どうしてこんなに人が多いんだ」

「ぼやいてもはじまらん。時間をかけて捜すしかない」

　ふたりはしばらく黙って立っていたが、やがて無言のまま歩きだし、三階へつづく階段を上りはじめた。

　幼い子供が喚声を上げながら脇をかすめて階段を駆け上がっていき、背中の曲がった年寄りが危なっかしい足どりで前も見ずにこちらに向かってくる。人の数は刻々と増えるばかりで、まっすぐ歩くことすら次第にむずかしくなってきた。

　それでもふたりは、すれ違う人間の顔にひそかに視線を投げることを怠らなかった。

　階段を上り切ると、二階と同じようにいったん立ち止まって三階の回廊全体を見渡した。

　側壁に据えつけられた何台もの大型スクリーンには、奇怪な映像がめまぐるしい速さで映しだされていた。

ある画面には俯瞰で撮影された南米のジャングルが、別の画面には見渡す限りの広大な平原が、また別の画面には高層ビルの足元で大勢の男女がダンスを踊る映像が流れていたが、大空高く飛ぶコンドルの眼がとつぜん緑の葉のうえに載った丸い水滴に変わったり、別の画面では踊っているはずの男女がいつの間にかプラカードを掲げシュプレヒコールを叫びながら行進する人々に変わったかと思えば、さらに枝から枝へと飛び移るジャングルの吠え猿の群れになったり、陽光に照らされた大平原がいきなり真っ暗になって漆黒の夜空に何十本もの稲妻がつづけざまに走り、すさまじい雷鳴がとどろいたりした。

映像の断片が視界の隅に入るだけでめまいを起こしそうだったが、人気の展示らしく見学者の数は二階の回廊よりもさらに多くなっていた。

ふたりとも思わずため息をつきそうになったが、いったんはじめた仕事を途中で放りだす訳にはいかなかった。ふたりは目と目を見交わして気合いを入れ直し、スクリーンからスクリーンへと気ままに移動する人の群れに紛れこんだ。

スクリーンが明滅するたびに見学者たちの横顔が赤や青に染まり、人々の話し声や笑い声が、映像にかぶって流れる音楽や雷鳴の音と重なり合って木霊のように反響した。

「いた」

人波にもまれるようにして歩いていた木村がとつぜん叫んだ。

「どこだ」

すぐ後ろを歩いていた中村も思わず大声を上げた。

「あそこだ」

首をねじって中村を見ながら、木村が前方のエレベーターホールを指さした。

回廊の端で、作品の鑑賞を終えたらしい見学者の一団がエレベーターの到着を待っているのが見えた。

「どいつだ」

「茶色のレインコートを着た年寄りだ」

木村が答えると、中村は足を止めて目を凝らした。

エレベーターの前でひしめき合う男女の背中と背中の隙間に、ひときわ背の低い人間の真っ白な後頭部がちらりとのぞいた。

「間違いないのか」

「年齢は七十歳から八十歳、白髪頭《しらがあたま》で身長は百五十センチ前後。あの男に間違いない」

木村がいった。

エレベーターが到着し、扉が開くと同時に待ちかねた人々が我先に乗りこみはじめた。

「上か、下か。どっちだ」

「下だ」

木村がいうが早いかふたりはまったく同時に体の向きを変え、階下に降りる階段を目指して駆けだしていた。

人の流れに逆らって階段までたどりつくと、下から上がってくる人々を乱暴に押しのけながら猛然と駆け降りた。

仲むつまじく手をつないで二階から上がってきたカップルがあやうく衝突しそうになって悲鳴を上げ、周囲の人間があわてて横に飛び退いた。

非難の声には一切とりあわず、ふたりは三階から二階、二階から一階へと脇目もふらずに走り抜けた。

一階に降り立ったとき、ロビーの反対側のエレベーターの扉がちょうど開いて乗客を吐きだしはじめた。

階段の降り口とエレベーターのあいだにはおおよそ五十メートルほどの距離がある

うえ、人の群れが壁となって立ちはだかっていた。

首を伸ばして前方をうかがうと、エレベーターから降りてくる茶色のコートを着た小柄な年寄りの姿が見えた。

「いたぞ」

木村が大声で怒鳴ると、中村が自分にも見えたという印にうなずき返した。エレベーターを降りた老人が建物の出入口へつづいている通路に向かって歩きだした。

ふたりは、飛び抜けて小柄な老人の背中を一瞬たりとも見逃さないよう神経を集中しながら、目の前を行き交う人々をつぎつぎと押しのけた。女がなにやらわめくのも、男がふり返って怒鳴るのもかまわず群衆のなかをしゃにむに前進した。

ようやくの思いでホールの中央近くまでたどりついたときだった。出入口の入口の側がとつぜん騒がしくなったかと思うと小学生と思《おぼ》しき子供の集団がなだれこんできて、あっという間にホールの半分を埋め尽くした。人のかたまりがにわかにふくれあがり、一歩足を前に踏みだすことさえたちまち困難になった。木村と中村のふたりは、奔流のような人の流れからなんとか逃れようと身をよじったが、甲高いはしゃぎ声の大渦にたちまち包囲され、呑みこまれてしまった。

茶色のコートの小柄な老人は出口にもう一歩というところまで近づいていた。

子供だからといって容赦している余裕はなかった。

ふたりは行く手を阻む小学生たちを両手でかきわけて強引に進路を切り開いた。

じりじりと前進し、もう少しで出口というところまできて、女子児童のひとりが木村の肘にぶつかったはずみで床に倒れた。

少女が金切り声を上げ、周囲は騒然となった。

倒れた少女にかまわず進もうとする木村を見て、すぐ横を歩いていた見学者の男が木村を引き止めようとして肩をつかんだ。

木村はその手を邪険にねじり上げると、物もいわず胸をひと押しして男を突き倒した。悲鳴と怒号が巻き起こり、ホール全体にどよめきが広がった。

何事が起こったのかと、茶色のコートの老人が後ろをふり返った。

老人と木村の目が合った。

老人は騒動の中心にいる男の顔をしばらく不審げに眺めていたが、やがてその男が必死の形相で自分を追いかけてくるらしいことに気づくと、表情を一変させ身を翻した。

「気づかれた」

木村は中村に向かって声を張り上げた。

中村が答える暇もなく四方八方から手が伸びてきて、木村は頭をこづかれ、中村は誰かに肩の辺りをしたたかに殴りつけられた。ふたりはうめき声を洩らしながらも身をかがめて目前の出入口に向かってひたすら突き進んだ。人垣の向こう側にいる年寄りを捕まえることしか、ふたりの頭にはなかった。

小学生たちを引率してきたらしい教師が血相を変えて詰め寄ってきたが、木村はこれも無造作に突き飛ばした。

老人が出口を通り抜け、それにつづいて木村と中村も殺気立った群衆をやっとの思いでふりはらい、建物の外にでた。

ほんの数秒の差だった。

美術館の裏手は幅の広い直線道路だった。ふたりは美術館の敷地と道路を隔てる柵にとりついて、周囲を見まわした。

目指す相手はすぐに見つかった。

茶色のコートの年寄りは、おぼつかない足どりで舗道を走っていた。

舗道の五、六十メートル先に、こちらに背中を向けて歩いている男がいて、老人はその男になんとか追いつこうとして懸命に走っているようだった。

もう捕まえたも同然だった。

ふたりは柵を乗り越えて駆けだした。

ようやく男に追いついた老人が、男の上着の袖をつかむのが見えた。こちらを指さしながら何事かを必死に訴えている。なにをいっているのかはわからなかったが、偶然通りかかった人間に助けを求めているようだった。

舗道にでた中村と木村は、走るのを止めてゆっくりと老人と男に近づいた。

男がこちらに向き直り、年寄りは怯えた表情で男の背中に隠れた。

木村と中村は、通りがかりの男とその背後に隠れた老人に歩み寄った。

「こっちへ来い」

木村が腕をのばして老人の手をつかもうとすると、男がわずかに体を横にずらして木村の手を制するような動きをした。

意外な反応に驚き、木村はまじまじと男の顔を見つめた。

二十代後半か三十代前半に見える若い男だった。

人相にはどことといって特徴がなく体格もごくふつうで、ことさら腕力に自信があるようにも見えなかった。

「警察だ。その男に用がある」

とつぜんのことで男には事情が飲みこめていないのだろうと考え、木村は上着の内ポケットから警察手帳をとりだし、男によく見えるように目の前に突きだした。

力ずくで年寄りを引き寄せることもできたが、無駄な騒ぎは起こしたくなかった。男に手帳を見る時間を十分に与えたうえで手帳をポケットに戻し、もう一度老人のほうに手をのばした。

男がふたたび同じ動きをして、木村の手をさえぎった。

「なんのつもりだ」

木村と肩をならべて立っていた中村が、気色ばんで男をにらみつけた。

「邪魔をすると、公務執行妨害になるぞ」

中村が声を荒らげたが、男は表情を変えず、中村に顔を向けようともしなかった。

木村が背後にまわりこもうとして足を踏みだすと、男は老人をかばいながら正面に向き直って木村と正対した。

中村と木村は顔を見合わせた。聴覚かどこかに問題でもあるのかと訝《いぶか》ったが、いずれにしてもまともにやり合っていては埒が明きそうもなく、強制的に排除するしか手はなさそうだった。

「そこをどけ」

そう叫ぶなり中村が男に飛びかかった。

両腕をつかんで、男に柔道の内股をかけようとした。

足を蹴りだそうとした瞬間、男に軸足を軽く蹴られ、中村は体の平衡を失って膝から崩れ落ちた。

男は身構えることすらせず、最小限の動きしかしなかった。

痛みさえ感じる間もなくあっけなく地面に転がされた中村は、自分が倒されたことに遅まきながら気づくと屈辱と怒りで顔をゆがませた。

木村が殴りかかると、男は木村の動きをあらかじめ予想していたかのように、ほんの少し上体を反らしただけで攻撃をかわした。

中村がうなり声を発しながら立ち上がり、男に向かって肩から突進した。

男は体をかわすと同時に足払いをかけ、中村の背中を手のひらで軽くひと押しした。中村は勢いあまってたたらを踏み、ふたたび無様《ぶざま》に地面に転がった。

木村がもう一度渾身の力をこめて殴りかかったが、なんの手応えもなく空振りに終わった。男が上半身だけをわずかに動かしたことさえ木村には見えなかった。

「動くな。手を挙げろ」

中村が膝立ちの姿勢で男に向かって叫んだ。

手には銃が握られていた。

拳がむなしく空《くう》を切ったまま中途半端な体勢で棒立ちになった木村は、銃をとりだした中村の気の短さにまず驚いたが、さらに驚いたのは男がまったく表情を変えず、そればかりか平然と中村に近づこうとしたことだった。

「止まれ。止まらんと撃つぞ」

中村が怒鳴り声を上げたが、男は立ち止まる気配を見せなかった。

中村が撃鉄を起こした。

木村はふたりの様子を呆然と見つめるしかなかった。

映画やドラマならいざ知らず、本物の銃を目の当たりにした者など滅多にいないはずだった。

その銃を突きつけられて顔色ひとつ変えないばかりか、行きずりの年寄りのために身の危険すらかえりみようとしない男の心理がまったく理解できなかった。

ひょっとしたら違法薬物でも体に入れて正常な判断能力を失《な》くしているのか、と思ったときだった。中村に息がかかるほどの距離まで歩み寄った男が目にも留まらぬ速さで腕を伸ばし、そして肘をたたんだ。

一瞬の出来事だった。体重をかけた重い一撃ではなかったが、喉仏をまともに捉えていた。中村はうめき声を上げ、両手で首をおおいながらうずくまった。

木村は体勢を立て直して背後から男に飛びかかり、羽交い締めにした。いかつい体格をしている訳でもない男の、どこにそんな力が潜んでいるのか見当もつかなかったが、木村は上半身のひとひねりで簡単に跳ね飛ばされた。尻もちをつき、木村が立ち上がろうとすると、いつのまにか正面にまわりこんでいた男の拳が伸びてきて、木村の喉元を突いた。

木村は背中から地面に倒れこみ、首もとを押さえながらのたうちまわった。たちまちのうちにふたりの刑事を地面にたたきふせた男は表情ひとつ変えることなく、何事もなかったかのように小柄な老人をともなってその場を離れた。

木村は喉元を押さえながら懸命に顔を上げ、遠ざかっていく男と年寄りを目で追った。

ふたりの後ろ姿は偶然に行き合った者同士ではなく、まるで旧知の間柄のように見えた。

男はあわてている気配などみじんも感じさせなかった。横断歩道まで歩くと、信号が青になるのを待って悠々と道路を渡った。信号が変わるのを待つあいだも後ろをふり返って木村たちの様子をたしかめることすらしなかった。

木村たちに与えたダメージがどの程度のものか、正確に見きわめたうえでの落ち着き払った行動としか思えなかった。

道路の反対側にはバス停があり、ちょうど路線バスが停車したところだった。西に向かうバスだった。

ふたりの姿がバスの大きな車体の陰に隠れた。

木村は焼けつくような喉の痛みをこらえて半身を起こし、応援を呼ぶために携帯電話をとりだした。

停まったバスがふたたび動きだすと、男と年寄りの姿も消えていた。

「どうした。目的の人間は見つかったか」

電話がつながり、相手が性急な口調で尋ねてきた。

美術館の裏手から西に向かうバスに乗った。

木村はそう告げるつもりで口を開いた。

だが、声をだすことができなかった。

4

なにが起こったのかさっぱりわからないまま、百　武勲《ひゃくたけいさお》は署の正面玄関をくぐった。調べの手が足りないので上署してくれ、と係長の久米《くめ》にとつぜん呼びだされたのだ。

抜き打ちで日程にない集団補導でも行われたのかと思いそう尋ねると、そうではないという返事だった。

所属している鞍掛署の生活安全課少年係に、調べの手が足りなくなるほど一度に大勢の人間が引致されてくる事案などほかに思い浮かばなかった。

首をひねりながら庁舎のなかに入ったが、生活安全課の席には誰もいなかった。所轄署では、一般の市民が訪れる機会が頻繁にある交通課や地域課、それに生活安全課などの席は一階のフロアにならんで配置されていることが多く、鞍掛署も例外ではなかった。

ところが生活安全課には課員の姿がなかった。それどころかあらためて見まわしてみると、いつもは人のざわめきでうるさいくらいのはずのフロアがしんと静まり返って、忙しなく行き交う人間すらひとりも見当たらないのだった。

窓口にひとりだけ制服警官がいた。

「うちの人間はどこに行った」

百武は、所在なげな顔で座っている若い警官のところに歩み寄って尋ねた。

「三階です」

百武に見覚えはなかったが、若い警官のほうは百武の顔を見知っていたようだった。

「三階」

「はい」

「全員、三階に行ったのか」

「はい」

「どういう訳だ」

「それは、自分にはちょっと……」

「わからないのか」

「はい。申し訳ありません」

若い警官がいった。

途方に暮れたような表情から、署内で尋常ではないことが起きているらしいことだけは感じとれた。百武はそれ以上若い警官を問い詰めることはせず階段に向かい、三階まで駆け上がった。

署庁舎の三階は、フロア全体を刑事課が占領していた。捜査上の手続きなどの必要から、一階と三階とで日頃から往き来があるのは当然だったが、生活安全課の課員全員が刑事課の部屋に入ったことなど一度もなかった。

一体なにが起こったのか見当もつかないまま部屋に足を踏み入れたとたん、異様な光景が目に飛びこんできた。

長机だけでなく何十脚ものパイプ椅子が引きだされ、生活安全課の課員たちが総出で取り調べに当たっていたが、聴取をしている相手は年端もいかない中高生などではなく、ひとり残らず七十か八十歳はゆうに超えているだろうと思えるような高齢の男性ばかりだったのだ。

病院の外来でも老人ホームでさえ、これほど多くの年寄りが一部屋にかたまっているのを見たことがなかった。

百武は自分が見ている光景が現実のものとは信じられず、部屋の入口で思わず足が止まってしまった。昨夜深酒をしたせいでまだ寝ぼけているのだろうかという考えがとっさに浮かんだほどだった。

「きてくれたか」

啞然としているところに背後から声をかけられた。

ふり返ると係長の久米が立っていた。

「これはなんの騒ぎですか」

「こっちへ」

久米が声をひそめて手招きをしたので、百武はそのあとについて廊下にでた。

「非番だったのにすまない。しかしきみのようなベテランの手がどうしても必要でね」

廊下にでた久米がいった。

「取り調べをしているのはうちの課員ばかりのようですが、刑事課の連中はどこに行ったんです」

「全員出払ってる」

久米がいった。

「出払ってる」

「そうだ」

「一体何人いるんです」

百武が尋ねたのは、取り調べを受けている被疑者たちの人数だった。

「いまのところ三十人だ」

「いまのところ」

百武は顔をしかめた。

「これからもっと増える」

「それであの年寄りたちはなにをやらかしたんです。まさか、年寄りばかりの集団万引き団を捕まえたなんていう話じゃないんでしょうね」

「ああ、そうじゃない」

久米は真顔で答えた。

「それならなんの被疑者です」

「なんらかの犯罪の被疑者という訳ではないんだ」

久米が、一段と声をひそめていった。

「ひとりひとり見てもらえばわかると思うが、あの人たちは全員が高齢者だというだけでなく、身長が百五十センチ前後、そして白髪という特徴がある。彼らはそれが理由でここに連れてこられて聴取を受けているんだ」

「意味がわかりませんが」

久米がなにをいっているのか理解できず、百武は疑問をそのまま口にした。

「七十歳以上の高齢者で身長は百五十センチ前後、そして白髪という外見の人間が集められたということだ」

久米がくり返した。

「つまり、罪も犯していない人間を外見だけで引っ張ってきた、というんですか」

百武は驚いていった。

「もちろん署までわざわざ引っ張ってきたのは身元が曖昧だったり、職質を受けた際挙動が不審だった者にかぎられている。事情を聞いて、その結果身元がはっきりすればすぐにでもお引きとり願う」

「訳がわかりませんが」

説明を聞けば聞くほど、なにがどうなっているのかますますわからなくなるような気がした。

「われわれはある人間を捜しているんだ」

久米がいった。

「人捜しをしているというんですか」

百武が尋ねると、久米がうなずいた。

「人捜しなら、生活安全課の仕事じゃないですか。なぜ署が総出でやらなければならないんです」

「われわれは聞きとりの担当を命じられたのだよ。刑事課だけでなく地域課と交通課の人間も全員が駆りだされて、身長百五十センチ前後で白髪の年寄りを捜してまわっている。特徴に合致する人間がいれば、見つけ次第ここに連行してくる手筈になっている。これからもっと増えるといったのはそういう訳だ」

「で、わたしはどうすれば良いんです」

百武は混乱するばかりだったが、これ以上久米の説明を聞いても無駄だと見切りをつけ、同僚の誰かにくわしい事情を聞くことに決めて尋ねた。

「とりあえず、兎沢《とざわ》君の手助けをしてやってくれないか」

「わかりました」

百武はそう答えてふたたび部屋のなかに入り、兎沢の姿を探した。

兎沢の長い顔はすぐに見つかった。

百武は部屋の隅まで歩いて行き、大勢の年寄りのなかのひとりを相手にしている兎沢に近づいた。兎沢が顔を上げたので目礼すると、兎沢も億劫そうに目礼を返してきた。挨拶すら面倒だといわんばかりの無気力な態度だった。

長い顔と垂れた目が特徴の兎沢は、課員たちからミスター・エドというあだ名を奉られていた。『ミスター・エド』というのは、百武が子供のころに流行ったアメリカのテレビドラマで、人間のことばを流暢にしゃべる馬が主人公のコメディーだった。

兎沢のあだ名の由来は長い顔が馬を連想させるということももちろんあったが、ほかにも理由があって、それには牧場に放し飼いにされている馬のように一日中ぶらぶらしているばかりで仕事らしい仕事はなにもしないくせに、ほかの署員たちと人並みに会話だけは交わすという嘲笑の意図がこめられていた。

兎沢はちょうど老人の聴取を終えたところだった。

「これでけっこう。もう帰っても良いぞ」

兎沢がいうと、向かいに座っていた老人は、礼をいっているのかあるいは苦情をならべているのか判然としない意味不明のことばをもごもごとつぶやきながら席を立った。

百武は、のろのろと部屋からでて行く老人の背中を見送ってから兎沢の隣りの椅子に腰を下ろした。

長い顔の血色の悪さはいつものことで、毎朝髭を剃ることさえ面倒なのか口のまわりには無精髭が目立ち、皺くちゃの上着も傍によると臭いがしそうだった。

「ご苦労様です」

百武は型通りの挨拶をしたが、兎沢の横顔を見ているだけで、軽侮の念がわき上がってくるのをどうしても抑えることができなかった。

兎沢は今年五十歳になる百武よりもさらに八歳も上の年齢で、鞍掛署に転任してきてまだ半年も経たない百武にも、定年の日がくるのをひたすら待っているだけの怠惰な男にしか見えなかった。

「係長に呼びだしを食らって、いまでてきたところです」

兎沢がなにもいわないので、百武はいった。

「これは一体どういうことなんです。係長から事情を聞こうとしたんですが、さっぱり要領を得なくて」

兎沢は黙ったまま手元の紙になにやら書いていたが、やがて手を止めると大きなため息をついた。たった二、三行の文字を書きこんだだけで疲労困憊したという様子だった。

「人を捜していると聞きましたが、そうなんですか」

百武がさらに尋ねると、兎沢がようやく顔を向けた。

「ああ、そうらしいな」

「一体誰を捜しているんです」

「わからん」

兎沢がいった。

「わからないって、兎沢さんたちにもわからないんですか。それじゃあ、この人たちになにを訊いているんです」

「名前と住所を聞いている。なにか身分を証明するようなものをもっていたらそれを見せてもらう」

「それだけですか」

「ああ、それだけだ」

百武は兎沢の顔を見つめたが、どんよりと濁った目にはなんの表情も浮かんでいなかった。

百武は兎沢から視線をはずすと、大部屋を見まわした。部屋の反対側の隅で西野《にしの》という若い刑事が制服警官に大声でなにかを指示しているのが見えた。

「すいません、ちょっと便所に行ってきます」

百武は兎沢に向き直っていった。

「昨日、飲み過ぎてしまって」

必要もない言い訳をつけ加えてから席を立つと、人混みをかきわけながら部屋を横切った。

「あれ、百武さんは今日は非番じゃなかったんですか」

近づいてきた百武に向かって西野がいった。

百武を見たとたん、西野の顔つきが変わったことに百武は気づいた。

百武が兎沢の顔を見るときとまったく同じ、あざけりの表情だった。

課員たちの百武に対する態度は、半年前に転任してきたときからまったく変わっていなかった。

県警本部の刑事だった百武が、市の中心部から離れた小規模署である鞍掛署になぜ落ちてくるはめになったのか、それを知らない者は生活安全課の課員だけでなく署内にひとりもいなかった。

「係長に呼びだされたんだ。ちょっと良いか」

いうなり西野を廊下に連れだした。西野は露骨に警戒する顔つきで百武にしたがった。

「どういうことだ。なにが起きている」

百武は西野に尋ねた。

「なにが起きてるってご覧の通り、人捜しをしているだけですけど」

西野が小馬鹿にしたような口調で答えた。

「それはわかっている。おれが訊いているのは誰を捜してるのかってことだ」

「そんなこと、わかりませんよ」

「係長からはどんな指示を受けたんだ」

「引っ張ってこられた人間を片っ端から調べろって」

「なにを調べるんだ」

「なにをって、七十歳以上の年寄りで身長が百五十センチ前後で白髪頭かどうか、ですよ。特徴に合う人間だったら名前と住所をちゃんと控えておくようにって、それだけです」

「おれが訊きたいのはそんなことじゃない。七十歳以上で身長が百五十センチ前後の白髪頭の年寄りというのは一体誰を指しているのかということだ」

「そんなことわかりませんよ。係長だってわかっていないんじゃないですか」

「見当くらいつかないか」

「まったくつきませんね。もう良いですか。あとがつかえてるんで、席に戻らないと」

「待ってくれ」

百武はきびすを返して部屋に戻ろうとした西野の腕を思わずつかんだ。

「暴力ですか」

西野が冷笑を浮かべた。

「済まん」

百武は腕をつかんだ手を離した。

「あれ、酒臭いですね。昼間っから酒を飲んでるんですか。酒に酔って署内で不祥事を起こしたとなったら、つぎは島流し程度じゃ済まないと思いますけど」

百武の顔を見つめながら西野がいった。

「ひとつだけ教えてくれ。うちは聞きとりを担当するように命じられたんだと係長がいっていたが、誰に命じられたんだ」

百武は尋ねた。

久米からいきなり電話を受けたときは、どうせありふれた署内のごたごたが起きたのだろうと高をくくっていたが、どうやらそうではないらしいことだけはわかってきた。

百武には、西野の当てこすりを堪《こら》えてでも引き下がれない理由があった。

「決まっているでしょう」

「署長か」

西野が、そうだという代わりに唇をゆがめて見せた。

「署員たちに誰を捜させているのか、わかっているのは石長《いしなが》署長だけということなんだな」

「はっきりそうだとは言い切れませんけどね。理由もいわずあれをしろこれをしろと命令を下すのは署長のお家芸みたいなもんですからね。今回もおそらくそうだろう、というだけです。じゃあ、これで失礼します。いろいろと忙しいものですから」

西野はそういうと、百武の返事も待たず大部屋に戻っていった。

百武は廊下にひとり残された。

いますぐ二輪《にわ》に連絡すべきだろうか。それとも署内を探ってもう少し事態をはっきりと把握してからのほうが良いだろうかと考えたが、どちらが賢明なのか判断がつかず逡巡した。

すべてのはじまりは、競艇に注ぎこむための金を懇意にしている暴力団員からなんの気なしに借りたことだった。最初は三万円だけだったが、二回目は十万円になり、三回目には五十万円になった。

それが雑誌で記事になった。

金を借りたからといってあくまで友人のあいだの貸し借りで、金を貸してくれた人間に便宜を図ったり、ましてや手入れの日どりなどの警察情報を流したことなど一度たりともなかった。相手は暴力団員には違いなかったが、百武にとっては昔なじみの友人のひとりに過ぎなかったのだ。

しかし、そんな言い訳が通用するはずもなかった。

百武は暴力団対策課からはずされただけでなく、県警本部から所轄署に左遷された。しかも刑事課ではなく生活安全課などといういままで経験したこともない部署だった。

どん底の精神状態だった百武が二輪に会ったのは、鞍掛署に転任してからひと月ほど経ってからのことだった。

ギャンブルと名のつくものはすべて断とうと決心してはいたが、ほかに時間を潰す趣味もなく酒浸りになっていた。

それでも鬱憤を晴らすことはできず、とうとう我慢ができなくなって近所のパチンコ店にでかけてしまった。

そこを二輪に見つかってしまったのだった。

処分を受けた後も監察は自分の監視をつづけていたのだ、と悟ったときにはすでに遅かった。

百武は免職を覚悟したが、二輪が意外な提案を口にした。

百武を狙っていた訳ではないから心配することはない、と二輪はいった。県警本部の監察課が標的にしているのは鞍掛署、とくに署長の石長なのだと。

そしてつづけてこういったのだった。あんたにとっては気の毒というしかないが、おれたちはあんたの左遷を絶好の機会として捉えている。なぜなら一年以上鞍掛署を探っているにもかかわらず、いまだに石長の不正の証拠を挙げることができずにいるからだ。あんたがわれわれの意向を汲んで有益な情報を送ってくれたら、かならずあんたが県警本部に戻れるようにすると。

おれには兎沢を軽蔑する資格などまったくないのだ、という思いが百武の胸に棘のように突き刺さった。

家に帰れば、スイッチを入れっぱなしにしたテレビを、酒を飲みながら眺めるともなく眺めながら毎日を過ごしている自分は、怠惰で無気力な男だと見下している兎沢となんら変わりないどころか、むしろ懲罰を受けるような過ちを犯していない兎沢の方が人間として何倍もましだと思わずにいられなかった。

しかし、刑事に成り立ての三十代に若きホープと謳われた百武の内部には、何度捨てようとしても捨てきれないプライドがくすぶっていた。

監察の思惑に沿って上手く立ちまわりさえすれば、県警本部に戻れるという、裏づけも保証もない口約束にすがろうとしている自分がみじめで仕方がなかったが、その一言に逆転を賭けるしか方法がなかった。

妻にも見限られ、父親を汚職警官だとののしった高校生の娘も妻の家で暮らしていた。いまさら出世をしようなどという野心は頭の隅にもなかった。

スパイの役割を引き受けたのは、妻のためでも娘のためでもなく、百武自身のためだった。

自分はやはり優秀な刑事なのだとほかの誰でもなく、自分自身を納得させたい一心だった。

百武は上着から携帯電話をとりだした。

いまのところわかっているのは、鞍掛署が署を挙げて罪を犯した訳でもない人間を引致しているということだけだった。

署員たちは引っ張ってくる人間の外見だけしか知らされず、なぜ引致して聞きとりをするのか理由を知っているのが署長の石長だけだとすれば、引致の理由そのものが石長の個人的な事情にかかわっている可能性もあった。

私情で警察組織の一部である鞍掛署の警察権力と人員を行使しているとすればそれ

だけでも大問題のはずだった。

真相を探りだすのはまだこれからだが、鞍掛署の動きを逐次報告することにしよう。百武はようやく心を決めて、暗号化して登録してある二輪の番号を押した。

第三章

1

ドアを開けて部屋に入ってきた女を真梨子《まりこ》は唖然として見つめた。

女は黒髪を短く切りそろえ、喪服のような黒いドレスを着ていた。

とつぜんメールが送られてきたのは、午前中のまだ早い時刻だった。それには、鈴《すず》木《き》一郎《いちろう》の件でぜひお目にかかりたいとあり、警察庁監察官　鵜飼縣《うかいあがた》と署名があった。

警察庁の人間が自分にどんな用があるのだろうかと思いはしたものの、鈴木一郎の名を無視することはできなかった。

真梨子は声を失ってからも、パソコンのキーボードとモニターを使って診療をつづけていた。迷った挙げ句、診療時間の後なら都合がつくとメールを返信した。

そして約束の時刻にメールの送り主が現れたのだった。

しかし、部屋に入ってきた女は十代の少女のようにしか見えず、とても警察庁の人間とは思えなかった。

真梨子はコンピューターのキーボードに指を置き、部屋の入口に立ってこちらを見ている女宛にメールを送った。

〈わたしは、なにかのいたずらに引っかかったのかしら〉

手にしていた携帯電話の画面を見た女が返事をしようと文字を打ちこもうとするのを見て、真梨子はもう一度メールを送った。

〈声をだすことはできないけれど、耳は聞こえる。そちらは自由にしゃべってもらってかまわない〉

「いたずらじゃないわ。わたしは本当に警察庁から派遣されてきた監察官なの」

女がいった。

「座っても良い？」

〈どうぞ〉

真梨子がキーを打つと、女が傍にあった椅子を引き寄せて腰を下ろした。

「それにしても大きな病院ね。地方都市にこんな巨大な施設があるなんて思わなかった。立派な病棟がいくつも建っているだけじゃなくてテニスコートや公園まであるなんて、まるでリゾートホテルみたい」

真梨子は、キーボードに両手の指を這わせた。

〈夜になると一般外来の高層ビルはライトアップされて、それはきれいなのよ。それで一体どんな御用〉

携帯の画面を見た女が口元をほころばせた。

「意外にせっかちなのね。想像していた女性とはちょっと違った」

〈想像していた？　わたしのことを前から知っていたような口ぶりね〉

「ええ、先生のことはなんでも知っている。先生のことだけじゃなく、茶屋《ちゃや》さんのこともね」

〈茶屋さん？　県警の刑事の茶屋さんのことかしら〉

「ええ、今朝会ってきたところ」

〈どこで会ったの〉

「氷室《ひむろ》家の屋敷で殺人事件があってね。わたしが東京からこの愛宕《おたぎ》市にやってきたのはそのためなの。氷室一族のことは知っている？」

〈氷室家で誰かが殺されたの？〉

めた。
真梨子は思わずコンピューターのモニターから顔を上げ、女の顔をまじまじと見つ
女がいった。
「当主の氷室賢一郎《けんいちろう》」

「それに彼のボディーガードをしていたと思《おぼ》しき男がふたり」

女は真梨子の顔を見返しながら、平然とつけ加えた。

〈ボディーガード?〉

「ええ。賢一郎氏は身の危険を感じて、ボディーガードふたりと地下につくった隠し部屋にひそんでいたところを殺されたの」

〈それは本当の話なの?〉

「ええ、本当の話」

〈あなたが警察庁の監察官というのも?〉

「ええ、本当。疑っているなら茶屋さんに連絡してたしかめれば良いわ」

真梨子は女の顔を見つめながらしばらく考え、ふたたびキーを打った。

〈それにしても、わたしのことをなんでも知っているなんて誇張が過ぎる。あなたが読んだのは新聞記事か警察の報告書くらいだと思うけれど〉

「先生って、首筋にほくろがあるのね。それは知らなかった」

真梨子は思わず首筋に手をやった。そこには女のいう通り小さな星形のほくろがあった。

「誇張じゃなく、本当に先生のことはなんでも知っているの。去年先生が誘拐されて監禁された事件で、現場からいっしょに救出された女性がいたでしょう。その子は誘拐犯によって顔中をめった切りにされていた。先生はその子の顔を元通りにするために、世界一の腕だと評判の高名な外科医をわざわざポルトガルから呼びよせて形成手術を行わせた。すべて先生の自腹でね。どう？」

〈不愉快、の一言ね〉

「それだけじゃなく、わたしは先生が書いた鈴木一郎のカルテも全部読んでいる」

〈そんなはずはない。この病院内のコンピューターシステムはクローズド・サーキットになっていて、外とはつながっていないから〉

「でも、過去の診断例や外国の医学レポートを参照したいと思ったときにはネットを使うんじゃない？」

　真梨子は眉をひそめた。

〈そこからここのシステムに侵入したというの〉

「ええ、それがわたしの仕事だから」

女がいった。

〈違法なハッキングが？〉

「未解決事件のなかでもとくに異常な犯罪の統計と解析が仕事で、ハッキングはその手段。例え話をしましょうか。五年前この愛宕市で熊本伸吉《くまもとしんきち》という男が何者かに殺され、その十ヵ月後に王小玉《おうしょうぎょく》という男が、さらにその九ヵ月後に立栗道男《たてぐりみちお》という男が殺された。熊本伸吉は盗品の売り買いを専門にしていた故買屋で、王小玉は売春組織、立栗道男は違法薬物を扱う組織の元締めだった。事件はいずれも未解決。異常だというのはね、三人ともこの愛宕市の裏社会の大立者だったということと、殺害方法が人間離れしていたこと。殺人犯を特定することができなかったのは、ここの警察がまんざら無能だったという訳ではなくて、殺害方法があまりに突飛《とっぴ》すぎて、人間の仕業だとはとても考えられなかったから」

〈それが鈴木一郎となにか関係があるというの〉

「おおあり。犯人は鈴木一郎だから。先生だって知っているでしょ」

〈いいえ〉

「茶屋さんから聞いたんじゃないの？」

真梨子はモニターから顔を上げて、もう一度女の顔を見つめずにはいられなかった。しかしいくら見つめても、女はやはり十代の少女のようにしか見えなかった。

〈鈴木一郎のことを聞きたいなら茶屋警部に訊けば良い。なぜわたしのところにきたの〉

「先生。わたしは鈴木一郎が大財閥入陶《いりす》倫行《のりゆき》の孫で、倫行の死後は彼の盟友で氷室一族の前の当主だった氷室友賢の庇護の下《もと》にあったということも知っているの」

女がいった。

真梨子はモニターに視線を戻し、長いあいだ顔を上げられずにいた。不意を打たれ、驚愕した表情を女に読みとられたくなかったのだ。

「茶屋さんは何年も前からこの町の政財界の重鎮たちと個人的なコネクションというかコンタクトがあって、氷室友賢の屋敷にも出入りしていた。先生がこの病院で鈴木一郎の精神鑑定をしていたずっと前から鈴木一郎の存在を知っていた可能性があるの」

〈どういうことかわからない〉

「今回の殺人事件でも、茶屋さんはまるきり無関係な第三者だとはいえないということ。だからわたしが知っていることを、なんでもかんでも彼に洗いざらい話すことはできないの」

キーボードのうえに置いた指を真梨子が動かさずにいると、女がつづけた。

「今朝の事件に話を戻すとね、殺されたボディーガードはふたりとも屈強な大男で、格闘技の経験もありそうだった。ところが殺人犯はふたりをあっという間に倒している。ひとり目は首の骨を折られ、ふたり目は肺と心臓を上着のうえからひと突きにされていた。ナイフを何度も突き立てて、そのうちのふたつの傷口が偶然にも肺と心臓に致命傷を与えていたなどというのではなくて、傷口はたった二ヵ所しかなかった。一度目は肺を、二度目は心臓を正確にひと突きにしていた。それもジャケットのうえからね。殺人犯は格闘しながら相手の心臓の位置を正確に見きわめたうえで一撃を加えたとしか考えられない」

〈たいへん興味深いお話だとは思うけれど、捜査中の事件を部外者に洩らすのは勤務規程に違反することではないの。医師が患者の個人情報を他人に洩らすことを禁じられているように〉

「先生は特別」

女は微笑を浮かべていった。

〈どうして事件のことを話すの。殺人事件の話をされてもわたしにはなにもわからな

い〉

「先生の意見を聞きたいのは別のこと。ボディーガードのふたりとは違って氷室賢一郎は拷問されていたの。気絶しているあいだに椅子に縛りつけられ、身動きがとれないようにされたうえで靴と靴下を脱がされて裸足にさせられた。このあと賢一郎氏の身になにが起こったか、先生にも簡単に想像がつくでしょう?」

〈いいえ、まったくわからない〉

「足の指を一本ずつ切断されたの。ゆっくり時間をかけてね。八本目を切りとられたところで、賢一郎氏の心臓が耐えられずに停止してしまった」

真梨子はきつく目を閉じた。

女が無言でこちらを見つめていることがわかった。真梨子がふたたびキーボードのうえに両手を戻すまで、女は口を開かなかった。

やがて真梨子は目を開けてキーボードのうえに指を載せた。

〈犯人は賢一郎氏からなにかを聞きだそうとしたということね。なにを聞きだそうとしたの〉

「それがわかれば苦労はしないんだけどね」

女がいった。冗談でも口にするような軽い口調だった。

〈わたしに訊きたいというのはどんなことなの〉

「先生に聞きたいのは、殺人犯が鈴木一郎だという可能性はあるだろうか、ということ」

〈もう一度いうけれど、どうしてわたしにそんなことを訊くの〉

「鈴木一郎のことをいちばんよく知っているのは先生だと思うから」

女がいった。

〈いったでしょう。医師には守秘義務があるの〉

「じゃあ、別の言い方をする。鈴木一郎は単に人を殺すだけじゃなくて、拷問を加えたりすることもあると思う？」

真梨子はキーボードから顔を上げ、女の顔を見つめた。たがいになにを考えているのか探るように、ふたりは長い時間見つめ合ったが、やがて真梨子はキーボードのうえに視線を戻し、キーを打った。

〈ええ、あり得るわ〉

携帯の画面を見た女がわずかに表情を変えた。真梨子の答えは予期しなかったもののようだった。

「本当にそう思う？」

〈ええ〉

「たしかに鈴木一郎は冷酷な殺人犯だわ。わたしが調べたかぎりでも彼は少なくとも四人以上の人間を殺している。でも、武器を使ったことは一度もないの。今度の事件ではボディーガードのひとりがナイフを使って殺されている。そこがわたしには引っかかるの。そのうえ拷問となると、まったく彼の流儀ではないような気がする」

〈あなたはなんでも知っているようだからお訊きするけど、それは科学的な根拠でもあったうえでの発言なの〉

「科学的な根拠とはいわないまでも、犯罪の分析がわたしの専門だからね、的《まと》を大きくはずすようなことはしない。今度の事件は明らかに鈴木一郎の殺害方法のパターンからはずれている」

〈鈴木一郎は目的のためなら手段を選ばないわ。目的を達するためのいちばんの早道が拷問だと考えれば、ためらうことなく実行するでしょう。それがもっとも合理的だから〉

女が携帯の画面に視線を落とした。

女は画面に現れた文字を見つめたまま、その文章の真意を測るかのように長いあいだ口を開こうとしなかった。

〈鈴木一郎の行動原理は、それが合理的であるかどうかだけ。素手しか使えない状況であれば素手をもっとも効果的に使える方法を考えるし、ナイフを使うのが最善な方法だと考えればためらいなくナイフを使う。鈴木一郎の判断基準はそれだけよ。拷問が彼の流儀じゃないなんていうのは、まったくのナンセンスでしかない〉

「ナンセンスか。わたしにわかるように説明してくれるとうれしいんだけど」

女がいった。

〈彼は拷問以上に残酷なことだってする。被害者の心をあやつって、死を自ら選ばなければならない心理状態に追いこむことさえね。拷問なんて生やさしいものじゃない。被害者は自らの肉体を自ら傷つけながら命を絶つように仕向けられるのだから。目的を達成するにはそれがもっとも効率的な方法だと思えば、鈴木一郎はどんな残虐な行為でも平然と実行する。ほんの一秒でもためらうことなく、ね。彼には慈悲も憐憫も道徳心もない。人間の姿をしているだけ〉

「まるで見てきたようにいうのね。わたしの知らないなにかがあったみたい。そうなの？」

女の問いに真梨子は答えなかった。

真梨子の表情をうかがうように女が目を向けたが、真梨子は顔を上げなかった。

〈帰ってちょうだい〉

真梨子はキーボードに顔を向けたまま、それだけを打った。

「わかった。お邪魔さまでした。先生の意見、すごく参考になった。お礼をいうわ。わたしに会ってくれたこともね」

女はそういって椅子から立ち上がった。

「先生といっしょに救出された女性。ケースワーカーだったそうだけど、手術にはたいへんなお金がかかったでしょう？　なぜそこまでしてあげたの。なにか理由でもあったの」

戸口で立ち止まった女が、こちらにふり返って思いだしたように尋ねた。

〈彼女は友達だから〉

「それだけ？」

〈あなたの名前、あがたって読むの？〉

真梨子は女の問いには答えず、反対に質問のことばを打った。

「ええ、そう」

女が答えた。

〈アガタって、列聖された殉教者の名前ね。ご両親はクリスチャンなの？〉

「なんのこと？　縣というのはね、田舎って意味。わたし田舎の生まれだから。キリスト教とはなんの関係もないわ。その証拠に、ほら、ちゃんとこうしておっぱいもあるし」

女が服のうえから自分の胸を両手でもちあげる真似をして見せた。その仕種だけで、ことばとは裏腹に女が聖女アガタの伝説を十分承知していることがわかった。

「先生って西洋かぶれじゃないの？」

女がいった。

「もうひとつ縣の意味をいうとね、中国ではその昔罪人の首を切ると、見せしめのために逆さにして高いところにぶら下げる風習があったの。逆さ吊りにされた生首ってことね。わたしの両親がクリスチャンかどうかは聞いたことはないけど、相当悪趣味な人間だったことだけは間違いないよね」

女が笑みを浮かべていった。

「先生こそ敬虔《けいけん》なキリスト教徒な訳？」

〈ええ、キリスト教徒よ。でも敬虔な信徒とはいえない〉

「ひとつ訊くけど、外国の神様を信じて、いままでなにかひとつでもいいことはあった？」

〈さあ、どうかしら。なかったかも知れない〉

「へえ、そうなの。それって神様に裏切られたってことじゃない。人生の半分くらいを無駄にさせられたってことでしょ。馬鹿にされた訳じゃない。仕返しをしてやろうと思ったことはない？」

〈どういう意味〉

「仕返し、復讐よ」

〈復讐するって一体誰に〉

「決まってるじゃない。神様よ。先生を騙して裏切った張本人」

〈どうしてそんなことをいうの〉

「だって、そうしたくてたまらないって顔をしているから」

それだけいうと、女はドアを開けて部屋からでて行った。

真梨子は、女が立ち去ったあとも呆然として閉じられたドアを見つめつづけた。

2

三年前に自動車事故を起こして死亡した森下孝《もりしたたかし》の生家は、宮島《みやじま》町三丁目の商店街のなかにある中華料理店兼住宅で、孝の父親がいまもここに住んでいるはずだった。

店の前に立った有坂優子《ありさかゆうこ》は、なかに入るべきかどうか逡巡した。

事故に関する記事は市立図書館の新聞閲覧室で読んでいたが、二十歳の青年の起こした事故そのものに事件性があるとは思えず、たとえ父親を訪ねても、どこから話を切りだして良いのかわからなかった。

しかし、昨夜自宅の郵便受けで見つけた手紙のことがあった。

愛宕市内のある雑誌社経由で送られてきた署名のない手紙で、便箋には、三年前の十月一日、午後九時ごろに愛宕市の県道で起こった死亡事故を調べてくださいとだけ記されており、雑誌から切り抜いたと思われる車の写真が一枚添えられていた。

フリーランスのジャーナリストである優子はこの半年というもの埋め草記事程度の短い原稿しか書いておらず、このままでは早晩新聞社からも雑誌社からも名前を忘れ去られてしまうのは目に見えていた。

二行足らずの手紙と雑誌の切り抜き。差出人が誰かもわからず、人がひとり死んでいるとはいえ三年前の交通事故ときていた。ジャーナリストとして行動を起こす動機としては、どう考えても薄弱だった。だがいまの優子には、たとえ無駄骨だったとしても、万に一つの可能性にかける以外の選択肢がなかった。

優子は深呼吸をひとつして心を決め、『遊遊軒』と書かれたのれんが掛かった店の引き戸を開けた。

森下孝の父親、森下康市《こういち》はカウンターの奥で夕方の営業のための仕込みをしている最中だった。

「お客さん、すいません。五時からなんですよ」

森下がまな板から顔を上げていった。五十がらみの痩せた男だった。

「お忙しいところお邪魔してすいません。孝さんのお父様でしょうか」

優子が尋ねると、包丁を使う森下の手が止まった。

「おたくは？」

「有坂優子と申します。フリーのジャーナリストをしております」

優子はカウンターに歩み寄って森下に名刺を手渡した。

森下は包丁を置き、タオルで手を拭ってから差しだされた名刺を受けとった。

「それで、わたしになんの用です」

名刺を一瞥してから森下がいった。

「息子さんの三年前の事故のことで、お話をうかがいたいと思いまして」

優子がそういうと、森下がまじまじと優子の顔を見つめた。

「孝の事故のなにを訊きたいんです」

優子が何者で、目的がなんなのかを探るような口調だった。なにを訊いたら良いのかまだよくわからなくて、とはとてもいえないようなきびしい顔つきだった。

「事故に不審な点がなかったか、警察の対応は適切だったかどうか、そういうことをうかがいたいと思いまして」

森下はもう一度タオルで手を拭い、それをていねいに調理台の隅に置いてから、カウンターのなかからでてきた。

優子に店の椅子を勧めると、森下も向かい側の椅子に座り、もう一度名刺を見た。今度は一文字一文字をたしかめるような真剣なまなざしだった。

「フリーのジャーナリストということは記者さんということでしょうか」

名刺を見つめながら森下がいった。

「そうです」

「孝の事故のことを記事にしていただけるならなんでもお話しします」

森下のことばに、無駄骨ではなかったと優子は勇気づけられたような気がした。

「録音させてもらってもかまわないでしょうか」

森下がうなずいたので、優子はバッグのなかからICレコーダーをとりだしてテーブルのうえに置いた。

「森下さんは事故のことを納得しておられないのですね？」

森下がうなずいた。

「納得しておられないのは、たとえばどのような点でしょうか」

「なにもかもです。警察の捜査も新聞の記事もなにもかもがでたらめだった」

「新聞記事には、孝さんがスピードをだしすぎてハンドル操作を誤ったのが事故の原因とありましたが」

優子はいった。

「それがまずひとつ目のでたらめなんです。孝がハンドル操作を誤っただなんて、とんでもありません。あいつは日頃から運転は慎重でしたし、第一あの中古のオンボロ車《ぐるま》じゃ、精一杯アクセルを踏みこんだとしても、五十キロかせいぜい六十キロをだすのが精一杯だったはずなんです」

「孝さんが慎重なドライバーだったとおっしゃるのですね。それはたしかなことでしょうか」

「もちろんです。孝の事故の前の年のことですが、孝が高校生のときの同級生で、車の免許もいっしょにとったくらいの親友が、スピードのだしすぎが原因の事故を起こして亡くなったんです。それはもうひどい事故で、遺体の半分も回収することができなかったと聞きました。それからしばらくのあいだ、孝は車を運転することができなくなってしまいました。孝は慎重どころか、むしろ運転するのを怖がっていたくらいなんです」

前年に起きた同級生の事故のことはかならず調べることにしよう、と優子は心のなかでメモをとった。

「ひとつ目とおっしゃいましたね。ふたつ目もあるのですか」

優子はいった。

「事故現場には孝の運転する車のほかにもう一台車がいたんです。その車が信号を無視して横合いからいきなり飛びだしてきた。それを避けようとして孝はハンドルを切ったんです」

森下がいった。

優子が読んだ記事には、もう一台の車のことなどまったく触れられていなかった。

森下のいうことが本当ならば、記事は事実とまったく異なることになる。にわかには信じがたい話だった。

「でも、現場にいなかった森下さんが、どうしてそのことをお知りになったのですか」

「目撃者がいたんです。新聞に事故の記事がでた日に、記事は間違っている。わたしは信号を無視して交差点を突っ切ってきた車を見た、という電話がかかってきたんです」

「匿名の電話でしたか」

優子が尋ねると、意味をとりかねたらしく森下が訝しげな表情を浮かべた。

「電話の主は名前を名乗りましたか」

優子はもう一度尋ねた。

「ええ。貝沼《かいぬま》さゆりさんという隣町に住んでいる学生さんでした。何度かわたしの店に食べにきたことがあるそうで、森下というわたしの名字にも、手伝いをしていた孝の名前にも覚えがあった、と。それで店の名前から電話番号を調べてかけたのだといっていました」

「その貝沼さんとは、その後直接会って話をされましたか」

「はい。彼女のアパートに行って長いこと話しました。事故が起きたのは午後九時ごろで、彼女はアルバイト先の菓子店から帰宅の途中だったそうです。信号無視した車は外国の高級車で色は赤だった、と彼女ははっきりいっていました。その車を運転していた男は孝の車が横転したのを見ると、あわててブレーキを踏み、車から降りてきて、しばらく孝の車のなかをのぞきこんでいたそうです。おそらく孝の怪我がどの程度なのかたしかめようとしたのでしょう。そこに警察の車がきたそうです。午後九時といっても、現場の通りでは車の流れが絶える時刻ではありませんから、通りかかった車のなかの誰かが警察に通報したのだと思います」

「その男は警察官とことばを交わしたのでしょうか。それとも男は警察の車を見てあわてて逃げたのですか」

「いいえ、男と警察官がしばらく話をしていた、とさゆりさんはいっていました。わたしが思うに、事故の当事者ではなく、たまたま事故を目撃した人間のようによそおったに違いありません。そのうち救急車やらほかにも何台ものパトカーがやってきて、事故現場の捜索がはじまると同時に、男は警察の車に先導されて行ってしまった。さゆりさんは男がてっきり逮捕されたものと思ったんだそうです」

「現場の捜索がはじまると同時に男がパトカーに先導されて連行された、と貝沼さんはいったのですか」

「はい、そういっていました。間違いありません」

思った以上に大きな事件かも知れない、と優子は思いはじめていた。

男が目撃者をよそおったとしても、いや目撃者だと名乗りでたとしたならなおのこと、警察が男を現場の実況見分に立ち会わせないはずがなかった。見分がはじまる前に目撃者を現場から引き離すなどとても考えられないことだった。

「どうかされましたか」

黙りこんでしまった優子を見て、森下がいった。

「いえ、なんでもありません。貝沼さんは、その男のことが記事にはまったく書かれていなかったことに驚いて、あなたに電話してきたという訳ですね」

「はい」

「それからあなたはどうされましたか」

「わたしといっしょに警察に行ってくれますかとお願いすると、さゆりさんはもちろん行きますとこころよく応じてくれました」

「おふたりは警察に行かれたのですね。どこの警察署ですか」

「鞍掛《くらかけ》署です」

森下が答えた。

「そこの交通課に行って話をしました。応対にでたのは加山《かやま》という男です」

「階級はわかりますか」

「たしか警部補だったと思います。必要なら名刺をもってきますが」

「いえ、いまはけっこうです。あなたたちの話に、その警官はどういう反応を示しましたか」

「たった一言、そんな事実はありません、という答えが返ってきました」

三年前の怒りがぶり返したのだろう。森下が拳を握りしめた。

「信号を無視して交差点から飛びだしてきた車の存在も、その車を運転していた男を署に連行した事実のいずれも否定した、ということでしょうか」

「そうです」

「それを聞いてあなたはどうされましたか」

「合計で五度、鞍掛署に足を運んでほかの人たちにも同じ話をくり返しましたよ。さゆりさんもいやな顔ひとつせずわたしにつきあってくれました。しかしわたしたちがどれだけ真剣に訴えても、応対にでてきた職員は、そんな事実はありませんの一点張りで、わたしたちの話をまったく聞き入れようとしませんでした。事故が起きたのは十月一日でしたが、五度目には年が変わって三月になっていました。さゆりさんは大学の四回生で、卒業の時期でした。さゆりさんの実家はもともと東京で、こっちに住んでいたのは大学に通うためだったのです。彼女は就職するために東京に帰らなければならなかった。彼女は、引っ越しの前日にわざわざ店まできてくれて、これからは手をお貸しすることができなくなって申し訳ありませんとわたしに何度も頭を下げてくれました。もちろんわたしに彼女を引き留められるはずがありません」

語尾が細くなり、声がかすれた。

唯一の証人を手放さなければならなかった森下の無念さは、察するにあまりあった。

「貝沼さんは車のナンバーを見ていませんでしたか」

「さゆりさんに会ったときに、わたしも真っ先にそれを訊きました。しかし男の車はさゆりさんからナンバープレートが隠れる位置に駐まっていたので、ナンバーを読みとることはできなかったそうです」

「そうですか。貝沼さんが東京へ帰ったあと、森下さんはどうされたのでしょう」

「何人かの弁護士さんのところに相談にも行きましたし、さゆりさんのように事故を目撃した人がいないか、コンビニの防犯カメラに事故の様子が写っていやしないか、と現場の県道の周辺を半年以上必死に歩きまわりましたが、残念なことに収穫はありませんでした。弁護士さんのほうも同じです。なかにはわざわざ鞍掛署まで出向いて、交通課の課長と副署長まで引っ張りだしたうえに、とても弁護士とは思えないような強談判《こわだんぱん》をしてくれた先生もいましたが、こちらがなにをいったとしても、相手がそんな事実はありませんの返答を変えない限りはどうすることもできない、と」

森下が、テーブルに目を落としたままいった。

話は一段落したようだった。

この場でほかに質問しておくべきことはないだろうか、と優子は考えた。

いまのところはこれで十分であるように思えた。

「貝沼さんの携帯の番号を知っておられますか」

優子は森下に尋ねた。

「ええ、メモしてあります。ちょっとお待ちください」

森下はそういうとカウンターの奥に消え、しばらくしてから小さな紙片を手にして戻ってきた。

「貝沼さんが東京に帰られたあと、連絡をとられたことはありますか」

「いいえ。これ以上迷惑はかけられないという気持ちのほうが大きかったものですから」

優子は携帯の番号が書かれた紙片を受けとると、レコーダーとともにバッグに入れて立ち上がった。

「記事にしてもらえますか」

森下がすがるようにいった。

「ええ、大きな記事になると思います。でもその前に裏づけをとらなければなりません。その作業にどれくらい時間がかかるかはここではっきり申し上げることはできませんが、全力を尽くすことだけはお約束します」

優子はいった。

「よろしくお願いします」

森下が頭を下げた。

店をでると優子はすぐに携帯をとりだして、貝沼さゆりの番号にかけた。

貝沼さゆりの携帯の画面には非通知とでるであろうから、彼女が電話にでてくれるかどうか不安だったが、すぐに応答があった。

「はい、どなた様ですか」

「有坂優子と申します。三年前の死亡事故のことを調べてください、と書いた手紙をわたしに送ってくれたのはあなたたね」

貝沼さゆりが息を飲む気配が伝わってきた。

「はい、そうです」

一瞬絶句したあとで貝沼さゆりが答えた。

「三年前の事件のことをいまになってむし返そうと思ったのはなぜ？　それから手紙といっしょに入っていた車の写真にはどんな意味があるの。なにかの雑誌の切り抜きのようだったけど」

「その車の写真を雑誌で偶然見つけたことが、あなたに手紙を送った理由なんです」

貝沼さゆりがいった。

「つまり、ここに写っている車があなたが事故現場で見た外国の高級車だということね。三年前にあなたは車の種類を特定することができなかったから」

「はい、その通りです。この三年間、孝さんの事故のことを忘れた日は一日もありません。お父様にはいまでも本当に申し訳ない気持ちでいっぱいです。でも、いくら力になりたくてもわたしにできることはなにもありませんでした。そんなときに弟が読んでリビングのテーブルに置きっ放しにしていた雑誌を片づけようと思ってパラパラめくっていたら、その写真を見つけたんです。三日前のことです。こんなものが助けになるかどうかわからないけど、とにかく自分がやれるだけのことはやるべきだ、と」

貝沼さゆりの口調には迷いがなかった。

頭の良い女性に違いない、と優子は思った。

「わたしに手紙を送ってくれたのはなぜなの」

「わたし、いまは小さな商社に勤めているんですけど、実をいうと推理小説家になるのが夢なんです。だから大学生のときは警察小説や犯罪実録ばかり読んでいました。それに週刊誌なんかに警察関係のスキャンダル記事がでたときはかならず買うようにしていたんです。そのなかにあなたの書いた記事が何本かあって、どれも警察の腐敗や業者との癒着を扱ったものでした。まさにわたしが書きたいテーマでした。それであなたのファンになったんです」

貝沼さゆりは意外なことばを口にした。うだつの上がらないフリージャーナリストにとってはずいぶん面映《おもは》ゆいことばだった。

「失礼ですけど、有坂さんはおいくつなんですか」

貝沼さゆりが会話の文脈とは関係なく、無邪気な口調で質問をしてきた。

「三十九歳よ。来月には四十歳になるわ」

優子はいった。苦笑いが浮かぶのをどうすることもできなかった。

「それで、どうなんでしょう。それが事件の真相を暴くきっかけになるでしょうか」

貝沼さゆりがいった。

「いま森下さんにお話をうかがってきたところ。これからどうするかはまだ決めていないわ。この事件は警察の腐敗とか業者との癒着なんかよりもっと悪質でもっと根深いものなのかも知れない」

「そうなんですか」

「わからない。ただの勘よ。ひとつ訊くけど、この写真の車を運転していた男は、孝さんの車が横転するのを見ると、車から降りて孝さんの車のなかをのぞいていたそうね。どんな風体の男だったか覚えている」

「ええ、もちろん。四十代か五十代で、身なりもよかった。小説家の卵がこんな陳腐なことばを使っちゃいけないかも知れないですけど、いかにも紳士然とした男でした」

「わかった。ありがとう。またなにかあったら連絡させてもらうわ」

優子は携帯を切り、小説家は紳士然としたということばを使ってはいけないのだろうかとほんの一瞬だけ考えた。

3

有坂優子は、ランチタイムが終わり客がほとんどいなくなった喫茶店の壁際のテーブルに座って、人を待っていた。

思わず鼻をつまみたくなるような名前の喫茶店だったが、優子が事務所として使っている部屋が入っているマンションと、優子の待ち合わせの相手である吉野《よしの》智宏《ともひろ》が所属している出版社のちょうど中間の位置にあった。

優子のマンション寄りでもなく、吉野の出版社寄りでもなく、真ん中にあるということが重要で、それが店を選んだ唯一の理由だった。

優子は吉野智宏とふたりで何度も仕事をしたことがあったが、そのたびに小競り合いのくり返しになるのが常だった。取材方針から決定原稿の署名にいたるまで、なにかにつけ主導権を握ろうと、吉野が躍起になるせいだった。

そこで優子は、ふたりが対等の関係であることをはっきりと示すために、どちらのホームグラウンドからも均等な距離にある場所で、新しい仕事の最初の打ち合わせをすることにしたのだった。

力関係には人一倍敏感な吉野なら、優子の意図を容易に理解するはずだった。

入口のドアが開いて、長身の吉野智宏が現れた。ジーンズに白のTシャツと黒のニット帽、それにフードつきの白いダウンジャケットというつもの出で立ちだったが、季節はずれというしかなかった。

「優子さんが『愚麗酔乱弩《ぐれいすらんど》』なんて強烈な名前の店を指定してきたんで、腰を抜かしましたよ。これってどういう意味なんです？　愚か者が泥酔して大弓を乱れ打ちするって意味ですかね。グレイスランドといえば、エルビス・プレスリーでしょうけど、プレスリーってそんなイメージだったんですか」

優子の向かい側の席に座るやいなや、吉野は挨拶もなしに一息にまくしたてた。

「さあ、どうでしょうね。わたしもあなたと同じようにプレスリー世代ではないから」

優子はいった。

「ま、それはどうでも良いですけど、ぼくが知らないうちに優子さんの趣味が変わったなんてことはないでしょうね。打ち合わせ場所がこれから、『異魔人《いまじん》』とか『来夢来人《らいむらいと》』なんて名前の店ばかりになるなんて、考えるだけでもおぞましい。それだけは勘弁してくださいよ」

「あら、どうして。わたしは、『愚麗酔乱弩』も『異魔人』も『来夢来人』も、どれも素敵だと思うけど。とくにこういうクソ雑誌を読む場所としては最高にふさわしい名前だわ」

優子はテーブルのうえに置いてあった発売されたばかりの週刊誌を吉野のほうに突きだした。

吉野は週刊誌の表紙に一瞥をくれたが、すぐに優子に視線を戻し、これはなんです？とばかりに目を丸くしてみせた。

「特集ページに、『風俗取り締まり関連情報ファイル大量流出か!?』という記事が載っていて、署名は吉野智宏となっているんだけど、これってたしかわたしがとってきたネタじゃなかった？　あなたにこの話をしたのは三週間前だったわよね。あなたそのとき、なんていったっけ。間違いなくホームラン級のネタですね。裏づけになるような事実関係をもうひとつかふたつつけ加えたら、さらに強烈な記事に仕上がりますよ。ぼくに心当たりがあるから、原稿を出版社に渡すのはもう少し待ってくれませんか。かならず手土産を持って帰りますから。あなたはそういったの。まあ、あなたの口車にまんまと乗せられたわたしもわたしだけど、それから二週間アホ面下げて事務所の椅子を温めつづけた結果がその記事だったという訳」

優子は、週刊誌の表紙を人差し指で叩いた。

「だって優子さんには、指ケ谷《さしや》署の署員が逮捕されたストリップ劇場の支配人に留置場内で酒を呑ませた、というとっておきのネタを先月無料で差し上げたじゃないですか」

まったく動じるふうもなく吉野がいった。吉野は三十五歳で、優子とは四歳しか違わなかったが、童顔のせいで大学生のようにしか見えなかった。

「冗談でしょう。あんな小ネタじゃ、コラム欄にしか使えない。それで貸し借りはなしにしましょう、だなんて虫がよすぎるわ」

優子はいった。

店のマスターが注文を聞きにきて、吉野がコーヒーを頼んだ。

細身のマスターは五十代後半か六十代前半に見えたが、それでもプレスリーが活躍していた時代に手は届いていないはずだった。

「すいませんでした。謝りますよ。追加取材しているうちに熱くなっちゃって、優子さんのネタだったか自分のネタだったかわからなくなっちゃったんです。で、訳がわからないまま夢中で原稿を上げて、その勢いのまま出版社へもっていっちゃった、という訳なんです。本当にすいませんでした」

「謝って済む話だなんて、まさか本気で思ってやしないでしょうね」

優子はいった。

「わかりましたよ」

吉野が肩をすくめた。

「分け前を渡せば良いんでしょう」

「いいえ、お金はいらない。その代わりあなたにやってもらいたいことがあるの」

「恐いなあ。優子さんのお願い事の方が、お金の話より何十倍も恐いんですけど。黙って金を寄こせっていわれた方がどれほど気が楽か知れない」

吉野が芝居がかった口調でいった。

「やってくれるの、それともくれないの」

「また、そんな恐い顔をする。もちろん、やりますよ。正直なところをいえば、きょうはその覚悟できたんです。なにしろ優子さんとぼくは、たがいに利用し利用される仲ですからね」

これほど身勝手な言い分を悪びれもせずに口にする人間を優子はほかに知らなかったが、いまさら腹も立たなかった。こういうところが吉野の個性であり真骨頂であることを、吉野と何度も仕事をしてきた経験で学んでいたからだった。

「で、なにをすれば良いんです」

吉野がいった。

「調べものをひとつしてもらいたいの」

「むずかしい調べものですか」

マスターが戻ってきて、吉野の前にコーヒーの入ったカップを置き、ふたたびカウンターのなかへ戻っていった。

「あなたにとっては、そうむずかしい仕事ではないはずよ」

優子は愛宕市の全警察署から要注意人物として警戒されけむたがられていたが、優子と同じように警察を批判する記事を多く書いているにもかかわらず、吉野の方はどういう訳か、警察関係者にともに酒を酌み交わすほどのつきあいがある知り合いが多く、数人の県警本部の幹部もそのなかにふくまれているほどだった。

「それじゃあ、くわしい話を聞かせてください」

優子は、死亡事故を起こした森下孝の父親と、現場にたまたま居合わせた貝沼さゆりから聞いた事をそのまま吉野に話した。

「なるほど。たしかに市議会議員のどら息子の交通違反を見逃したなどというレベルの話ではありませんね。明らかに組織ぐるみの隠蔽工作だ。本当だとしたら国の警察組織全体の根幹を揺るがしかねない大スキャンダルですよ。でも、一歩引いて客観的に考えればこういう見方をすることもできるんじゃありませんか。貝沼さゆりという女性が森下の父親に電話をかけたことがすべての発端になっていますよね。出発点が虚構だったとしたら、すべてが虚構ということになってしまう。どうでしょう優子さん、貝沼さゆりが嘘をついているという可能性はありませんか。彼女、推理小説家志望だといったんでしょう？　妄想をふくらませるのは得意なはずだ」

吉野がいった。

「電話で話したかぎりでは、嘘をつくような人には思えなかった。それに、たまたま目撃した事故を素材にして小説を書こうと思い立ったとしたら、どうしてわたしに事故のことを調べてください、などという手紙を送ってきたの。事故から三年も経っているのよ。いまさら見ず知らずの人間を巻きこまなくても、ひとりでいくらでも好きなことが書けるでしょうに」

優子はいった。

「そういやそうですね。じゃあ、貝沼さゆりは真実を語っているという前提で話を進めましょう。まずなにから手をつけましょうか」

「当然最初に鞍掛署の交通課へ行って話を聞かなければならないのでしょうけど、わたしがのこのこでかけていっても、森下さんのお父さんや貝沼さんが署員から聞いた以上の話を聞きだせるとは思えないし」

「わかりました。そちらはぼくにお任せください。本当をいいますとね、この話は相当信憑性が高いと思うんです」

吉野が真顔でいった。

「どうして」

「まあ、勘といえば勘ですけどね」

煙に巻くような口ぶりで吉野がいった。

「それから、これ」

優子は貝沼さゆりが手紙に添えて送ってきた雑誌の切り抜きをバッグからとりだして、吉野に渡した。

「貝沼さんが事故現場で見たという車ですね」

「ええ、そう。それで車の持ち主を調べだすことはできる?」

「ええ、簡単にできると思います」

切り抜きを指先でもてあそびながら吉野がいった。

車の持ち主さえわかれば、その先どうやって取材を進めれば良いのかもわかる。

とにかく、四十代か五十代で身なりの良い紳士然とした男の身元を突き止めることが先決だった。

「鞍掛署について、なにかよからぬ噂とか耳にしたことはある？」

優子は尋ねた。

「ありますよ」

さも当然であるかのような口調で吉野がいった。

「評判があまりよろしくない署なの？」

優子は、吉野がまったくためらいなく答えたことに疑問を覚えて尋ねた。

「ええ、そうですね。評判は最悪といって良いでしょうね。市民たちのあいだだけでなく、ほかの所轄署からも」

「ほかの所轄署からもって、それはどういうこと」

「鞍掛署は愛宕市のすべての所轄署から軽蔑され、白眼視され、忌み嫌われているってことです」

「なぜ」

「退職警察官の天下り先のポストを豚のように漁っているという噂です。最近では自動車教習所や警備会社にまで手をのばして、県警本部まで怒らせているらしいです」

「自動車教習所とか警備会社の理事職といえば、県警本部の幹部のお決まりの天下り先よね。本部の退職幹部以外は誰も手を触れることができない不可侵のポストじゃない。そんなところにちょっかいをだしたというの？」

「そういうことです」

吉野がいった。

「でも、どうしてそんなことができるの。だって、通常の定期異動の人事権と同じように、天下り先の人事権も本部の警務部が一手に握っているはずでしょう。県警本部の警察職員の天下り先だけでなく、各所轄署の幹部の天下り先さえ。所轄署レベルの組織がいくら頑張ったところで、どうにかなるものではないはずだわ」

「それがどうにかなっちゃっているらしいから、いろいろなところからやっかみやら怒りやらを買っているのだと思いますね」

吉野はそういって、おもむろにコーヒーカップをもちあげた。

優子は吉野に協力を頼んでよかったと思うと同時に、ここまでは完全に吉野にリードされている、と内心考えざるを得なかった。

4

木村と中村は終夜営業のレストランにいた。時刻は午前一時になっていた。夜になって雨が降りだし、真夜中近くに暴風雨となった。

道路に面したガラスに硬貨ほどの大きさの雨粒がたたきつけられ、稲妻が光った。夜空に稲光が走るたびに、薄暗い店内が真昼のように明るく照らしだされた。

木村たちのテーブルの向かい側には、禿頭《とくとう》の小肥りの男が腕組みをして座っていた。男は五十歳くらいで、ゴルフ帰りらしくスラックスに胸に大きな記章が縫いつけられた緑色の派手なジャケットを羽織っていた。

「それからどうした」

禿頭の男が顎をしゃくって、木村たちの話の先をうながした。

「待機していた平井《ひらい》たちにすぐに連絡して、経路にあるバス停に人員を配置しました」

木村は少しだけ話を粉飾した。本当はようやく声をだすことができたのは、年寄りたちふたりが乗ったバスが発車してから五分以上も経ってからのことだった。

「平井が車で先まわりをして、美術館から三つ先のバス停で当のバスに乗りこみましたが、そのときには年寄りも年寄りを助けた男も乗客のなかには見当たりませんでした。運転手に訊くと、ひとつ手前のバス停でふたりが降りたことがわかりました。三崎坂《さんさきざか》前という商店街と住宅街の境にあるバス停です。平井から連絡を受けて、わたしたちは交番の巡査たちにも手伝わせて美術館の裏手から三崎坂までのあいだにあるすべての店舗と住宅、細い路地まで捜索を実施しましたが、いまだにふたりを発見するには到っていません」

「平井たちはいまなにをしている」

禿頭の男が腕組みをしたままで尋ねた。

「昼間しらみつぶしに調べた店舗や倉庫、ガレージなどを、念のためもう一度捜索し直しているところです。この天候ですから、ふたりが屋外を徒歩で移動しているとは思えません。車をどこかで調達でもしていないかぎり、かならずどこかにひそんで雨を避けているはずです」

木村がいった。

稲妻が光り、雷鳴がとどろいた。

「それで、おれをこんなところに呼びだした理由はなんだ」

禿頭の男がいった。

「年寄りを助けた男のことです」

木村の横にならんでふたりの話をおとなしく聞いていた中村が、勢いこんで口を開いた。

「はじめは気がつかなかったのですが、やつらを捕まえるために歩きまわっているうちに思いだしたんです。わたしたちが知っている男でした。鈴木一郎。二年前に鑑定入院中に病院から逃走し、指名手配されている男です」

「指名手配犯だと」

禿頭の男が視線を中村に向けた。

「逃亡中の男が、わざわざ向こうから刑事の前に飛びだしてきたというのか」

「われわれのことを、まさか警察の人間だとは思わなかったのでしょう」

中村がいった。

「それにしても逃げ隠れしている人間ならば、できるだけ人前に顔をさらしたくないだろう。昼日中《ひるひなか》に街中《まちなか》で騒ぎを起こすなどもってのほかのはずだ。なぜ危険を冒してまで、見ず知らずの年寄りを助けるような真似をした」

禿頭の男が尋ねた。

「それは、わかりません」

中村がいった。

「なにか考えがあるだろう。なにも考えなかった訳ではあるまい」

禿頭の男に決めつけられて、中村と木村はたがいに顔を見合わせた。

「単に、親切心から年寄りの頼みを聞き入れただけかと」

中村がおずおずと口にした。

「その男と年寄りが、あらかじめ美術館の裏手で落ち合う手はずを整えていたということはないのか。ふたりになんのつながりもないというのは間違いないのか」

禿頭の男が尋ねた。

「鈴木が偶然通りかかっただけということは断言できます」

ふたたび中村と顔を見合わせてから、木村がいった。

「間違いないんだな」

「はい」

「それでおれにどうしろというのだ」

禿頭の男は、相変わらず腕を組んだままでいった。

「指名手配されている鈴木一郎がまだこの町に潜伏中であることを、県警本部に報せるべきではないでしょうか」

中村がいった。

「鈴木は病院から逃亡した際に、連続爆破事件の共犯と思われる男を殺害していま す。殺人犯を追跡するとなれば、本部も大量の捜査員を投入するはずですから、捜索 範囲をいまより広げることができると思うのですが」

中村がいった。

「それはできん」

即座に禿頭の男がいった。

「なぜですか」

「おまえたちが取り逃がした年寄りが、いまも指名手配をされている逃亡者と行動を 共にしている可能性は低いと思うが、万が一ふたりがまだいっしょにいて、そこを本 部の捜査員に発見されでもしたら、鈴木だけでなく、われわれが追っている年寄りの ことまで本部に詮索されかねん。そのようなことは間違っても起きてはならん」

「われわれがあの年寄りを捜していることは、本部にも秘密だということですか」

中村が尋ねた。

中村の問いに禿頭の男は答えようとせず、口を開かなかった。

「鞍掛署の人間だけで捜索をつづけろということでしょうか」

木村がいった。

「そうだ」

禿頭の男が答えた。

「署長」

木村が口を開いた。

「あの年寄りは一体何者なのですか。なぜわれわれがあんな年寄りを追わなければならないのです」

「おまえたちがそれを知る必要はない」

署長と呼ばれた男は、そういうなり立ち上がった。

「おまえたちはこれからどうするつもりだ」

立ち上がった男は、木村と中村を見下ろしながら尋ねた。

「平井たちのところに戻ります」

中村がいった。明らかに気落ちした口調だった。

「非番の警官にも全員招集をかけろ。パトカーもすべて平井たちが現在捜索している地区にまわせ。ただし警官たちには、鈴木一郎の名前を伝えてはならん。あくまで氏名不詳の年寄りと氏名不詳の若い男ということにしておくんだ。良いな」

中村と木村がしぶしぶうなずいた。

男はそのままテーブルにふたりを残してレストランをでると、店の前に駐めておいた自分の車に乗りこみ、エンジンをかけた。

鞍掛署の署長である石長勝男《いしながかつお》には、その夜会わなければならない人間がもうひとりいた。

車を発進させ、完成したばかりの新しい高架ハイウェイに向かった。

ワイパーがきかないほどの土砂降りで、慎重にハンドルを操作しなければならなかった。ハイウェイに乗ってからは街の中心部の金融地区を目指した。

オフィス街の高層ビルが見えてきたところで旧道に下り、銀行の建物の前を通り過ぎてその先にある立体駐車場まで車を走らせた。駐車場のなかに入ると、螺旋《らせん》状になっているコンクリートの坂を一気に駆け上がった。

最上階まで上がると広い駐車スペースのいちばん奥まで車を進め、そこでエンジンを切った。

真夜中の駐車場に人の姿はなかった。

腕時計を見た。午前一時五十分になっていた。

石長は運転席に座ったまま、約束をした人間がやってくるのを待った。聞こえるのは剝きだしのコンクリートの建物の外ではげしく降りつづいている雨の音だけだった。

数分ほどしたとき、静まり返った駐車場のどこからかかすかな足音が響いたような気がして、石長は顔を上げた。腕時計の針はちょうど二時を指していた。

聞き違いではなかった。

最初はかすかだった足音が次第に大きくなり、こちらに向かってまっすぐ近づいてきたかと思う間もなく、助手席の窓がノックされた。石長はドアを開け、背広姿の男を車のなかに迎え入れた。

男は背が高く、高い頰骨と尖った顎が鋭角的な輪郭を描いていた。まるで銀行員のように隙のない身なりをしているにもかかわらず、皺ひとつない服の上からでもたくましい体つきをしていることがうかがえた。

「頭師《ずし》が見つかったそうですね。いまどこにいます」

助手席に座った男は石長の方に目を向けようともせずにいった。

「見つけたことは見つけたが、まだ確保はできていない」

石長がいった。

「どういうことです」

「もう一歩のところで逃げられた」

「相手は七十歳過ぎの老人ですよ。それを取り逃がしたというのですか」

「予想外の邪魔が入った」

石長がいうと、男がはじめて石長に顔を向けた。

「予想外の邪魔とはなんです」

「うちの刑事が頭師を捕まえようとしたところに、たまたま居合わせた男がいた」

石長がいった。

男は石長の顔を見つめたままだった。

「その男に邪魔をされた」

「邪魔とは、どんな邪魔です」

「男が刑事ふたりをたたきのめした」

石長がいった。

「刑事ふたりがひとりの男にですか」

「男が何者かはわかっている。ただの通りすがりの通行人という訳じゃなかった。鈴木一郎という指名手配犯だ」

「鈴木一郎」

男が口のなかでくり返した。

「鈴木一郎というと、二年前に愛宕医療センターから逃亡し、それ以来行方をくらましている男ですか」

「あんたはそんなことまで知っているのか」

石長は驚いて男の顔を見た。

「逃亡中の男が、なぜ警察の人間に抵抗してまで頭師を救うようなことをしたのです」

石長の反応にはまったくとりあおうともせず、男が尋ねた。

「理由はわからん。部下の話だと、単に助けを求めてふところに飛びこんできた年寄りに同情して、とっさにかばったというだけのことらしい」

石長はいった。

「鈴木一郎が偶然通りかかったというのはたしかですか」

「おれもその点は念を入れて部下にたしかめた。待ち合わせをしていた様子などまったくなかったし、ふたりが初対面だったことも断言できるそうだ」

男が何事か考える顔つきになった。

「それはそうと、頭師の居場所がどうしてわかったのですか」

長い沈黙に石長がいたたまれなくなったころ、男がようやく口を開いた。

「それは、おれの部下たちの粘り強い捜索の結果だ」

石長はいった。

「われわれが三年近く捜しても発見できなかった人間です。あなたたちにそう簡単に見つけられるとは思えません」

男は言下に石長のことばを否定した。感情のこもらない平板な口調だった。

石長は男を納得させられるような説明をなんとかひねりだそうとして口ごもったが、無駄な努力だった。

「今朝、署に電話がかかってきた。頭師が明石堀《あかしぼり》の現代美術館にいるという匿名の電話だ」

石長は素直に事実を打ち明けた。

「あなたに直接かかってきたのですか」

「いや、刑事課のフロアの電話だった」

「正確にはなんといってきたのです」

「あんたたちが捜している男が、明石堀の現代美術館にいる。その一言だけで電話は切れたそうだ。電話を受けた刑事は、電話の主は声を加工していたといっていた。それも通話口をハンカチでふさぐなどという子供だましのものではなく、音声変換器のような機械を使った本格的なもので、男か女かさえ判別できなかったらしい」

「あんたたちが捜している男が、明石堀の現代美術館にいる。そういったのですね」

男の問いに、石長はうなずいた。

「すると電話をかけてきた人間は、頭師の居場所を知っていたというだけでなく、あなたたちが頭師を捜していることも知っていたことになりますね」

「そういえば、そうかも知れん」

石長はいった。

男に指摘されるまで考えもしなかったことだった。

「それだけ事情にくわしい人間に心当たりがありますか」

「見当もつかない」

石長はかぶりをふった。

「さらにいうなら、電話をしてきた人間は頭師がどういう人間なのか、彼の裏の顔を知っている可能性が高い。むしろ間違いなく知っていると考える方が合理的かも知れません。そしてそれは同時に、われわれが頭師を捜している理由も当然わかっているということを意味しています」

「なにがいいたい」

「あなたの署の人間が、頭師のことを外部に洩らしたということはありませんか」

「馬鹿な。そんなことは絶対にあり得ない。部下には最小限のことしか伝えていない。頭師の名前さえ伝えていないくらいだ。裏の顔どころか、頭師の表向きの仕事を知っている人間さえおれの部下にはひとりもいない」

石長はいった。

男は長いあいだ石長の顔を見つめていた。

男はうなずきはしなかったものの、それ以上石長を追及しようとはしなかった。

「わかっているでしょうが、われわれにはどうしても頭師が必要なのです。頭師をこちらの手におさめることができれば、あなたの将来は約束されたようなものです。県警本部長はおろか知事になることさえ夢ではありません。しかし、もし頭師がふたたびわれわれの手の届かないところに行ってしまうようなことになれば、明るい将来が待っているどころか、あなたもわたしも待っているのは破滅だけということになります」

男はそれだけいうと、車から降りた。

開け放たれたドアから、冷たい風とともに細かな雨の霧が吹きこんできた。

男が暗闇のなかに姿を消すのを、石長は運転席に座ったまま無言で見送った。

5

クリーニング店の脇の月極駐車場に数台の車が駐まっていた。

防寒用の上着のうえに雨合羽を着た坂本《さかもと》と石川《いしかわ》というふたりの制服警官は、車に近づくと懐中電灯の光を向け、車のなかをのぞきこんだ。

ふたりは手分けして一台一台慎重に車内を調べた。

駐まっている車のなかに隠れている人間がいないかどうか確認する作業を、土砂降りのなかふたりはもう二時間以上もつづけていた。

「いたか」

坂本が訊いた。

「いない」

石川は答え、店じまいをして明かりを落とした食料品店、装身具店、居酒屋などを見渡した。どの店の前にも駐まっている車は見当たらなかったが、通りの向こう側にアーケードの入口があった。

「あそこに商店街がある。おれたちの受け持ちじゃあないが、念のために調べてみないか」

石川が坂本にいった。屋根つきの商店街なら、雨を避けながら身を隠すのに最適な場所ではないかと思ったのだ。

坂本は一も二もなく石川の提案に飛びついた。ほんの少しの時間でもこの吹き降りから逃れられるなら、どんな寄り道でも歓迎だった。

ふたりは通りを渡り、アーケードのなかに足を踏み入れた。

通りの両側の商店は、一軒残らずシャッターを降ろしていた。

人の姿はなかった。

天井にとりつけられた小さな照明の、オレンジがかった寒々しい明かりだけを頼りに通りを進んだ。

店舗と店舗のあいだに少しでも隙間があれば懐中電灯の光を向けて、身をひそめている人間がいないか、隙間の奥をのぞきこんだ。

店の前に大きなポリバケツが置いてあったり、段ボールの空き箱が積み重なっていればわざわざ脇に退けて、物陰に隠れている人間がいないかたしかめた。

商店街の半分ほどまできたとき、石川は人影を見たような気がして、坂本の肩を叩いた。

「どうした」

「人だ。人がいる」

「どこだ」

「その先でなにかが動いた」

「たしかか」

「犬や猫でなかったことだけはたしかだ」

ふたりは懐中電灯の光を消し、前方に目を凝らしながら足音を忍ばせて通りを進んでいった。

一歩ごとに緊張が高まり、ふたりは雨合羽のうえから腰のふくらみに手をやって、ホルスターに拳銃が収まっていることをたしかめずにいられなかった。

食料品店があり、美容院があり、喫茶店があった。和菓子店の前を過ぎ、雑貨屋の手前まできたとき石川が坂本を手で制した。

「この辺りだ」

ふたりは首をめぐらせて左右を見まわした。

雑貨屋の先に、通りに面してドアがある、明らかに店舗とは種類の違う建物があった。

ふたりは建物に近づき、石川がドアノブに手をのばした。音を立てないようゆっくりとノブをまわした。

鍵がかかっていなかった。

ドアを押すと、内側に開いた。ふたりは顔を見合わせ、一度深呼吸をしてから無言でうなずき合って間合いを計った。

ドアを押し開け、建物のなかに入った。

湿った臭いが鼻を突いた。

奥行きが五メートルほどのせまくるしい部屋だった。

懐中電灯の光を四方八方に向けたが、誰の姿も目に入らなかった。光に浮かび上がったのは、つぶした段ボール箱の山、古びた自転車、ペンキ缶と刷毛《はけ》、部屋の隅に重ねて置かれている何枚かの合板、それに工具箱だけだった。

商店街の共同の物置か、なにかの作業場のようだった。

坂本が壁にあるスイッチを見つけ、明かりを点《つ》けた。天井の蛍光灯がまたたいた。

ふたりは照明が灯った室内をあらためて見まわしたが、やはり人の姿はなかった。

緊張が解け、思わず安堵のため息が洩れた。

明かりを消し、建物の外にでた。

その瞬間だった。

「人だ」

坂本が通りの前方を指さしながら大声を上げた。石川も驚いて坂本が指さす方向に顔を向けた。

たしかに人がいた。それもふたり。

暗くて人相までは確認できなかったが、ひとりは中肉中背、もうひとりはひときわ背が低いことだけは確認できた。

捜索して確保するよう命じられた人間の特徴と、少なくとも背格好の点では一致していた。

ふたつの人影は通りを右に曲がった。そこは路地になっているらしかった。

「やつらだ。間違いない」

ふたりは猛烈な勢いで駆けだした。

商店街が尽きる手前で、坂本と石川は迷わず右側の路地に走りこんだ。

雨が吹きつけてきた。

ふたりは全力で走った。

しかし、いくら走っても手配犯の背中が見えてこなかった。

手配犯との距離は二十メートルと離れていなかった。それに手配犯のうちのひとりは七十歳過ぎの年寄りのはずで、現役の警官より速く走ることができるなどとは到底考えられなかった。

それなのに一向に追いつかないどころか、影も形もなくなっていたのだった。一瞬だけ見えた人影は、現実ではなくまるで幻であったかのようだった。

坂本と石川のふたりの巡査は、立ち止まってもう一度辺りを見まわした。

人の姿らしきものはどこにもなかった。

左右に視線をふり向けながらしばらく進むと小学校の前にでた。

ふたりは校門の前で足を止めた。

校舎が雨に打たれていた。三階建てのコンクリートの黒々とした建物が、はげしい雨に肩をすくめているように見えた。

校門の文字は松原《まつばら》小学校と読めた。

路地をこのまま進めば、松原町交差点にでるはずだった。

「ここが思案のしどころだ」

坂本がいった。

「このままおれたちふたりでやつらを追って手柄を上げるか、それとも潔くあきらめて無線で応援を呼ぶか。おれたちふたりで追跡をつづけて、運良くやつらを確保することができれば万々歳だが、もし取り逃がしてしまうようなことになったら大目玉を食らうどころか、この先出世の見こみがまったくなくなる。いますぐ無線連絡をすれば、やつらを発見すると同時に応援を呼んだとなんとか言い抜けることができる。もしふたりが捕まったとしても、残念なことにおれたちの手柄にはならないが、そのかわり後々上から責められる心配はなくなる。どっちを選ぶ」

「応援を呼ぼう」

石川が即座に答え、坂本がうなずいた。

第四章

1

吉野は前日有坂優子と会った喫茶店『愚麗酔乱弩《ぐれいすらんど》』にいた。ジーンズにTシャツ、ニット帽にダウンジャケットという服装も前日とまったく変わっていなかった。

百武《ひやくたけ》との待ち合わせ場所にその店を選んだのは、昼のあいだはほとんど客がおらず、人に聞かれたくない話をするにはもってこいの場所だと思ったからだった。

約束の時間から十分遅れて現れた百武は、店内を見まわすこともなくすぐに吉野を見つけて歩み寄ってきた。

「こんなところに呼びだして、おれに一体なんの用だ」

椅子に腰を下ろすなり百武がいった。

吉野は百武を見て、相変わらずしょぼくれた恰好をしていると思った。百武は大柄な男なので、みすぼらしい服装が余計に目立つのだった。

「ご迷惑でしたか」

「いや、おれの方からおまえに連絡しようと思っていたところだ」

百武がいった。

「百武さんの方から声をかけようとしてくださるなんてめずらしいですね。なにかあったんですか」

「なにかあったという訳じゃないんだが。それにしてもその恰好はなんだ。まるで真冬の出で立ちじゃないか。おまえには季節感というものがないのか」

吉野のダウンジャケットを見て百武がいった。

「衣替えがしたくても、ネタを探すのに忙しくて寝る暇もないもんですから。百武さんこそ人の恰好をどうのこうのいえた義理じゃありませんよ」

「なにをいってる。おれはこうしてちゃんと背広を着てネクタイまで締めているじゃないか」

「ネクタイは曲がってるし、上着の裾からシャツがはみだしてます。それに髭くらい剃ったらどうです。それじゃまるでホームレスです」

吉野がいった。

百武が暴力団員から金を借りたことを記事にして雑誌に載せ、左遷される原因をつくったのがほかならぬ吉野だった。

記事がでると百武ばかりか、妻と娘が新聞記者やテレビ局のレポーターたちに連日追いまわされることになった。娘にいたっては学校から帰宅する途中を待ち伏せされて追いかけられ、通りに飛びだしたところをあやうく車に轢かれそうになったことが二度もあったくらいだ。

妻は娘を連れて家をで、実家に隠れたがそこにも記者たちは押しかけてきた。

疲労困憊し追い詰められたふたりの窮地を救ったのが吉野だった。

吉野はふたりを連れてビジネスホテルを転々とし、その費用も自分で支払った。

それを知った百武は、取材のためにふたりを連れ去ったに違いないと考えていきり立ったが、騒動が収束したのちに妻から聞くと、吉野はふたりをかくまいはしても百武の記事に関する話は一切しなかったということだった。

ジャーナリストとして抜け駆けの功名を狙った訳ではなく、ふたりを巻きこんでしまって申し訳がないという純粋な罪悪感からでた行動だった。

一時は仇同然に恨んだ吉野を百武が許す気になったのはそういうことがあったから

だった。

吉野は一見能天気な人間に見えて情にもろかったり、おかしなところでおかしな義侠心を発揮するような男だった。

「ぼくに話というのはなんです？　昨日の真夜中松原町の交差点に十台以上のパトカーが集まってきたことと関係のある話ですか。県警本部に大きな交通事故でもあったのかと問い合わせたら、そんな事故は起きていないという返答でしたが」

「そんなことをもう知っているのか」

百武が驚いたようにいった。

「相変わらずの地獄耳だな」

「それだけがとり柄なもんで。それでどうなんです。近所の住人から松原町界隈を走りまわっていたパトカーは鞍掛《くらかけ》署のものだけだったという話も聞いているんですが」

吉野がいった。

店のマスターが注文をとりにきて、百武はアイスコーヒーを頼んだ。

「そこまで知っているなら話は簡単だ。先におまえの話を聞こう」

「わかりました。あとではぐらかしたりするのはなしですよ」

「ああ、そんなことはしない」

百武がいった。

「じゃあ、ぼくの話を先にしますが、百武さんは能判官古代《のうじょうこだい》という男を知っていますか」

「なんだって」

「能判官古代。お能の能に、判官贔屓《ほうがんびいき》の判官と書いてのうじょうと読みます」

「こだいというのはなんだ」

「名前ですよ名前。古代、近代、現代の古代です」

「それが名前なのか」

「ええ」

「ずいぶん変わった名前だな」

アイスコーヒーがくると百武はストローを避《よ》け、グラスに直接口をつけて一息に半分ほども飲んだ。

「どうです、知っていますか」

「まったく知らんが、能判官という姓には聞き覚えがあるような気がする。たしか長くつづいた家系で、その家の最後の生き残りが一年か二年前に死んだんではなかったか」

「それは能判官秋柾《あきまさ》。死んだのは二年前のことです」

吉野がいった。

「それじゃあ、古代というのは一体誰なんだ」

「秋柾は能判官家の最後の生き残りではなく、息子がひとりいました。それが古代です」

「そうなのか。しかし、どうしておれがその男を知っていなければならんのだ」

百武がいった。

吉野が百武の顔をのぞきこんだ。

「百武さんは三年前鞍掛署の管轄内で起こった交通死亡事故を知っていますか」

「三年前の交通事故だと。知らん。おれの赴任前だ」

「ああ、そうでしたね」

「どんな事故だ。大事故だったのか」

百武が尋ねた。

「ありきたりといえばありきたりの交通事故で、衝突した相手の車を運転していた青年を死なせてしまった男が鞍掛署に連行されました」

「当り前だろう」

「ところがなんとも不思議なことに、署に連行されたはずの男がそれきり姿をくらましてしまったんですよ」

百武がアイスコーヒーのグラスから顔を上げて吉野の顔を見た。

「そのあと男が逮捕されたという記録もありませんし、もちろん裁判が開かれたという事実もありません」

「姿をくらましたというのはどういう意味だ。連行された男が警察署から逃げたということか」

ストローでグラスのなかのアイスコーヒーを乱暴にかきまわしながら百武がいった。

「署に連行されたきり男が消えてしまったというだけじゃない。事故を報じた三年前の新聞を見たんですがね、自損事故として小さく扱われていただけでした」

「自損事故？　衝突事故だといったじゃないか」

「そこが摩訶不思議なところなんですよ」

「おまえの話はさっぱりわからんな。第一、その姿をくらましたという男は一体どうなったんだ。警察署から逃げてそのまま捕まっていないのか」

百武がいった。

「逃げたというより、警察が逃がしたといったほうが正しいでしょうね」

吉野がいうと、百武の眉間にしわが寄った。

「逃がした？ 鞍掛署の誰かが死亡事故を起こした人間を逃がしたというのか」

「ええ、そうです。それに新聞には衝突事故ではなく自損事故と書かれた」

百武がもう一度吉野の顔を見た。

「誰かではないな」

しばらく考えてから百武がいった。

「おまえがいいたいのは、鞍掛署ぐるみで事故自体を隠蔽したということか」

「ええ」

「たしかなのか」

「たしかな話です」

「三流週刊誌に埋め草に使うような与太話じゃないだろうな」

「念押しにはおよびません。正真正銘の事実です」

吉野がいった。

飲みかけたグラスをテーブルに戻し、百武が考えこむ表情になった。

「それはつまり署長の石長が承認したうえでのことということだな」

「もちろん、そうでしょうね」

吉野が答えた。

百武は腕を組んで考えこみ、そのまま長いあいだ口を開こうとしなかった。

吉野は、いまは落ちぶれてみる影もないが、かつては県警本部のホープと謳われた男の顔を見つめた。

無精髭のやつれきった顔に心なしか赤みが差し、かつての敏腕刑事の面影がよみがえってきたように思えた。

「それで、その古代とかなんとかいう男はそれとどういう関係がある」

組んでいた腕を解《ほど》いて百武が尋ねた。

「署に連行されたきり姿をくらませてしまったという男が、能判官古代なんです」

「それが衝突事故を起こした男なのか」

「はい」

「なにをしている男なんだ」

「いまわかっているのは名前だけで、能判官古代が何者でなにを生業《なりわい》にしている人間なのかはこれから調べるところです」

吉野がいった。

それを聞いた百武がふたたび腕を組んだ。

「どうしておまえにそんなことがわかった」

「そんなことというのは？」

「能判官古代なんて名前が一体どこからでてきたかと聞いているんだ」

「事故を起こした車を調べて、そこから持ち主を割りだしたんです」

「どうして事故を起こした車種やナンバーがわかったんだ。新聞にも自損事故とでただけだといったぞ」

百武がいった。

さすがに鋭いところを衝《つ》いてくる、と吉野は思った。

「種明かしをしますとね、実は事故の目撃者がいたんです」

「誰だ」

「名前はいえませんが、若い女です」

「その女が車のナンバーを見たんだな」

「いいえ、ナンバーは読みとれなかったそうで、彼女が見たのは車の形だけです」

「車の形？　ナンバーでもどんな車種だったかでもなく、見たのは車の形だけだと。そんなものから持ち主がわかったというのか」

「ええ」

「どうしたらそんな芸当ができるんだ」

「アストンマーチン・バンキッシュ」

吉野がいった。

「聞いたこともない車だが、それだけで持ち主がわかったというのか」

「調べだすのは簡単でしたよ。アストンマーチン・バンキッシュなんて車は日本に何台もありませんから」

吉野がいった。

「能判官家というのが古い家系だということは知っているが、大金持ちなのか」

しばらく考えてから百武がいった。

「車のことですか？」

「車なんてどうでも良い。鞍掛署がその男を逃がしただけじゃなく、そもそも衝突事故などなかったようによそおったのはなぜかということだ。男が石長に金をつかませたとしか考えられないじゃないか。それも一千万や二千万なんかじゃなくとてつもない金額のはずだ」

百武がいった。

「古い家系だというだけで大金持ちだとは聞いたことがありませんね。調べはじめたばかりですから確実なことはいえませんが、手広く商売をしていた訳でもないし、大きな会社を経営していた訳でもない。吉備津《きびつ》市に立派な屋敷を構えていることだけはわかったんですが、代々の当主がなにをしていたのかさっぱりわからないんです」

「金じゃなければコネか。事故をもみ消すなんて金かコネしか考えられんだろう」

「さあ、それもどうですかね。交通事故といっても、人ひとりが死んでいるんですからね。どこかに多少のコネをもっていたとしても、事故そのものをなかったことにしてしまうなんてことは市会議員や県会議員くらいのレベルじゃとても無理でしょうし、それどころか県知事だって大物の国会議員だってむずかしいんじゃないでしょうかね」

吉野のことばに百武は口をゆがめたが、言い返そうとはしなかった。

「それより、署長の石長ですけど、捕まえた人間から金を受けとって逃がしてしまうなんて、そんな大それたことをやりそうな人間なんですか」

「やったとしても驚きはしないことだけはたしかだな」

百武がそういって、ふたたび考えこむ顔つきになった。

「石長がどれだけの悪党だろうと、そこまでのことをするにはなにかよっぽどの理由があるはずなんですがね」

「どんな理由だ」

「だからそれをいまから調べるんじゃないですか」

吉野がいった。

「三年前か……」

百武が無精髭の伸びた顎を撫でながらつぶやいた。

吉野は目の前のカップをもちあげて、コーヒーを一口飲んだ。

「ぼくの話はいまのところこれだけです。百武さんの話を聞かせてください」

「まあ、待て。いま考えているところだ」

「なにを考えてるんです」

「いろいろだ」

「ずるいですよ。まさか話してくれないつもりじゃないでしょうね」

「待てといっただろう。もう一度訊くが、おまえの話は本当なんだろうな」

「しつこいですよ。百武さんにガセネタなんかをつかませる訳がないでしょう」

吉野がいった。

残りのアイスコーヒーを飲み干した百武がいきなり立ち上がった。

「おれは帰る」

「百武さん。約束が違いますよ」

百武の顔を見上げながら吉野がいった。

「調べてみたいことがあるんだ。二、三日だけ待ってくれ。なにかでてきたらかならずおまえに話す。約束する」

そういうと、百武は吉野の抗議にもとりあわず背中を向けて店からでて行ってしまった。

2

「コーヒーをくれ」

茶屋《ちゃや》はいつものように店のいちばん奥の席に陣どると、カウンターのなかのマスターにいった。

「コーヒーですか。ワインではなく？」

マスターが尋ね返した。

「ああ、今夜はもう少し起きていなければならんのでな。そこのコーヒーで良い」

茶屋は染みの浮いたカウンターのうえにマスターがいつも置いている魔法瓶を指さしていった。

その日茶屋は朝早くからこの時間まで、氷室賢一郎《ひむろけんいちろう》が代表もしくは会長として名を連ねている会社を何社もまわっていたのだった。

最後に訪れた飯《はん》の木《き》建設は、年間百億円以上の仕事を受注する企業にふさわしく、本社オフィスが愛宕《おたぎ》市の中心部に建つ高層ビルのなかにあった。

愛宕川の河口に架けられたベイパーク・ブリッジやベイパークの大観覧車を愛宕市との契約のもとに建設したのは飯の木建設だった。

ビルは金融街でいちばんの高さを誇る八尾《はちお》・ミュニシバーグ銀行の真正面にあって、高さではやや劣るとはいえ、派手な外観と警備が厳重なことでは引けをとっていなかった。

ロビーから先に進むには受付嬢に警察手帳をかざすだけでは足りず、受付カウンターのコンピューターのキーボードに氏名と所属先を打ちこんで、やっと受付嬢からセキュリティーカードを受けとれるのだった。

受けとったセキュリティーカードを無造作に上着のポケットに入れてエレベーターに乗ろうとすると警備員が立ちはだかり、それをポケットのなかからだすまで一歩も動こうとしなかった。

茶屋は仕方なくプラスチックのカードを首からぶら下げなければならなかった。

エレベーターで最上階まで上ると、そこにはいかにも地域の代表的優良企業にふさわしい小道具がすべてそろっていた。

廊下には絨毯が敷き詰められ、通された広々としたオフィスのはめ殺しの窓からは、金融地区の高層ビル群と愛宕川の向こう側に広がる旧市街を見渡すことができた。

壁には市からの表彰状、本社オフィスを訪れた政治家を撮影した写真、慈善事業に対する感謝状などが飾られていて、飯の木建設の愛宕市における権力の基盤がいかに強固なものであるかを誇示していた。

訪問客に与える効果を慎重に計算したうえで配置されたのであろう椅子やソファはすべて革張りで、部屋の中央には新しい宅地開発のための巨大な立体模型が据えられていた。

しかし面倒な手間をかけて面会した専務と彼の秘書からは、ＡＩで制御されている防火設備がいかに精密かつ堅固なものであるかを事細かに説明されただけで、肝心の氷室賢一郎の生前の様子などについてはなにひとつ聞きだすことができなかった。

「なにしろ会長が会社に顔をだすことは滅多になく、直接お会いするのは二年か三年に一度、お屋敷で開かれるパーティーの場だけなものですから、最近の様子がどうだったかと尋ねられましても、わたしとしてはお答えできかねる次第でして」

それが茶屋の質問に対して、いずれの会社の重役たちも同じように返してきた答えだった。

「毎日どうしてこんな時間まで店を開けているんだ。客なんてないだろうに」

コーヒーカップに注がれた濃密な香りのコーヒーをすすりながら茶屋はマスターに尋ねた。どういう訳なのか、この店の主人が淹《い》れるコーヒーは長い時間が経っても香りが抜けないのだった。

「店を開けているのは不眠症のためで、お客様じゃなくて自分の都合で開けているだけです」

カウンターのなかで椅子に腰をかけ、これもまたいつものように『ラテン語入門』のページをめくりながらマスターがいったときだった。

入口のドアが開いてひとりの客が入ってきた。

「百武じゃないか」

茶屋は男の顔を認めたとたん驚いて声を上げた。

「こっちへ来い」

顔を上げた男は茶屋の顔を認めるとやはり驚いた表情になったが、茶屋の手招きにためらいなく応じて店の奥まで進み、向かいの椅子に座った。

「こんなところでなにをしているんだ」

「ついいましがた仕事を終えたところだったのですが、今日一日なにも食べていないことに遅まきながら気がついて、ここで腹ごしらえしてから家に帰ろうと思いまして」

百武が答えた。

百武は県警本部に捜査一課のホープとして在籍していたころ、班こそ違っていたが茶屋がその実力を認めて可愛がっていた後輩刑事のひとりで、この店にも何度か連れてきたことがあった。

「なにを召し上がります」

マスターが百武に尋ねた。

「とりあえずハンバーガーとビールをくれ。ほかになにか旨いものがあれば、それも」

いっぱしの常連になったらしく、慣れた口ぶりで百武がいった。

「それならきょうたまたま手に入った生きの良い河豚《ふぐ》がありまして、ぶつ切りにして醬油に漬けてありますから、それを唐揚げにしましょうか」

「ああ、良いな」

百武がいった。

「おい、ちょっと待て。唐揚げと聞いたら、こんなものを飲んではいられん。おれにもビールをくれ」

茶屋が大声を張り上げた。

「鞍掛署の居心地はどうだ」

マスターが河豚を揚げるために調理場に引っこんだのを見計らって、茶屋は百武に尋ねた。

「まあ、なんとかしのいで定年までは頑張ろうと思っています」

百武がいった。

「おまえ、監察の二輪《にわ》とちょくちょく連絡をとりあっているそうだな」

「誰がそんなことを」

「二輪の腰巾着の相原《あいはら》だよ。やつが廊下の端で同僚刑事とこそこそ内緒話をしているところにたまたま通りかかってな。おまえの名前が耳に入ってきたんで、何事かとちょっと締め上げてやった。パチンコをしているところを二輪に見つかったらしいじゃないか」

茶屋がいうと、百武は顔をうつむかせた。

「二輪のことだ。どうせよからぬ企《たくら》みをもちかけたんだろう。なにを吹きこまれたんだ。鞍掛署の石長の首を引っこ抜くネタでも寄こせば本部に戻してやるとでもいわれたんじゃないのか」

百武は顔を上げようとせず、黙ったままだった。

「図星のようだな。二輪の口約束なんぞ紙くずほどの価値もないぞ。やつらは定年後の自分自身の椅子を確保するために、あちこちにせっせと恩を売って歩いてまわっているだけだ。不正を糺《ただ》そうだの、組織を浄化しようだのなんて気は端《はな》からさらさらない。本気で所轄の不良事案をほじくり返しでもしたら、あとで自分の身にどんな災難が降りかかってくるかわからんからな」

「二輪の申し出が当てになどならないことは十分わかっています」

百武がつぶやくようにいった。

「ひょっとしておまえ、自暴自棄になっているのじゃないだろうな。スパイの真似事なんかしなくても、そのうちおれがおまえを本部に戻してやるから心配するな」

「そんなこと、できますか」

「ああ、できるとも」

百武がいった。

茶屋が顔を上げて茶屋を見つめた。

「おまえ、氷室賢一郎が殺されたことを知っているか」

茶屋が尋ねた。

「ええ、聞きました」

「おまえ捜査本部の捜査班に加わっておれといっしょに仕事をしないか」

「自分がですか」

「どうだ」

「ありがたいですが、鞍掛署の管轄の事件ではありませんから」

「そんなことは関係がない。おれがおまえを欲しいといえば、誰も反対なぞせん。なんなら、おれが石長のところにいって直接談判をしても良いぞ」

茶屋は、これ以上ないほど邪《よこしま》な目つきをしていった。

「それだけは勘弁してください」

百武がようやく表情をやわらげていった。

マスターが生ビールのジョッキを二つと山盛りの唐揚げが載った皿を運んできてテーブルのうえに置いた。

茶屋は、表面でまだ油が爆ぜている唐揚げを手づかみにして口のなかに放りこんだ。

揚げたての唐揚げは、歯を噛み合わせるか合わせないかのうちに身が解け、醬油の香ばしい香りが鼻に抜けた。

それからしばらくのあいだ茶屋と百武は丸呑みしたいのを堪え、宝石でも口にふくむような神妙さで唐揚げに齧《かじ》りついては冷えた生ビールを喉に流しこむという作業を黙々とくり返した。

「それでどうする。おまえがもし石長の尻尾をつかんだとしても、二輪はそれを自分たちの出世のための取引の材料に使うのが落ちだ。結局おまえひとりが裏切り者だと白い目で見られて、いまよりもっと肩身のせまい思いをすることになるだけだぞ。どうなんだ、捜査本部に入る気はあるか」

ジョッキを空《から》にして太い息を吐きだすと、茶屋がいった。

「いまとりかかっている仕事があるので、それが片づくまで待ってもらえますか」

百武がいった。

3

店は安っぽく、汚らしかった。

置かれている酒も限られた数しかなく、つまみといえば袋入りの乾き物にかぎられ、火の通った料理など望むべくもなかった。

しかしそれは見かけだけのことで、あくどく飾り立てられた洗練さのかけらもない内装も貧弱な酒の品揃えさえも、大金をかけて周到につくりこまれた演出にすぎなかった。

その証拠に、地下の貯蔵室には世界中のあらゆる種類のあらゆる年代の酒が用意されていて、注文があればいつでも客に供することができるのだった。

客は男ばかりだった。

女装している男も何人かいたが、大半はふだん通りの恰好、勤め人であれば背広を着ていたし、自由業の人間はジャケットにジーンズ、足元は革靴ではなくスニーカーというような軽装の者が多かった。

ただし十代や二十歳《はたち》そこそこの若い男はおらず、いたとしても年長の男の連れとしてやってきて、経験不足の青白い顔をこわごわのぞかせているだけだった。

なにしろ見かけとは違って店は会員制であり、もしこの店で一夜を過ごそうと思えばたいへんな出費を覚悟しなければならないからだった。

店側の人間はバーテンダーをふくめてすべて女性で、それもとびきりの美女ばかりだった。

制服姿の女たちは念入りに化粧をほどこし、機智にとんだ会話と優雅な身のこなしで客をもてなしていた。

女たちがひとり残らず美形であることも露出度の高いお仕着せを身に着けていることも、この店の倒錯した趣向のひとつだった。

どれだけ美しかろうとたとえ裸に近い恰好をしていようと、女に興味のある者など客のなかにはひとりもいないのだから。

その男はカウンターの止まり木に座り、ひとりでグラスを傾けていた。

「なにを飲んでるの?」

若い男が、となりに腰を掛けるなりいった。

「ハイランド・パーク」

男は愛想よく答えた。

自宅のジムで毎日体を痛めつけているうえに、カットモデルのように髪型を一分《いちぶ》の隙もなく決めた男は、実年齢より十歳も二十歳も若く見えた。

「それ、おいしいの」

若い男が、無邪気をよそおった口調で尋ねた。

「さあ、どうかな。シングルモルトは人によって好みが極端に分かれるからね。きみはふだんはなにを飲んでいる」

「ウィスキーなんて飲んだことがない。ご馳走してくれる？」

「良いとも」

男は答えた。

「連れの人は？」

「ふってやった。あんまりしつこいから」

若い男が答えた。

バーテンダーが若い男の前にスコッチのグラスを置いた。

「わあ、おいしい」

一口飲むなり若い男がいった。

「気に入ったかね」

「うん。ものすごく気に入った。ウィスキーって強いお酒だと思っていたけど、全然そんなことないんだね」

「口当たりが良いだけで強い酒であることに変わりはないから、気をつけて。きみの名前は？」

「龍男《たつお》。ドラゴンの龍に男性女性の男。龍は難しい漢字の龍のほう。お兄さんは？」

「お世辞は止《や》めてもらいたいな。おじさんで良い」

男は笑っていった。

「お世辞なんかじゃないよ。お兄さんは、ぼくと二つか三つくらいしか違わないでしょう？」

「きみはいくつなんだ」

「二十九歳」

「はるかに下だ。それにしても龍男とは好い名前だ。ぼくは斉藤工作《さいとうこうさく》。工作は図画工作の工作だ」

男がいった。

「図画工作って？」

「そんなことも知らないのか。それともかまととぶっているだけかね」

「かまとというのは、かまぼこを見て、これはお魚のとなのかって訊いたご令嬢がその昔いたという笑い話に由来することば。ぼくが図画工作ってことばを知らないのは、単に文部科学省が定めた履修科目が世代ごとに違うせいで、教養の問題じゃないよ」

「それは失礼した。図画工作というのは美術の別の呼び方だ。図画は絵を描くことで工作はプラモデルみたいなものを手作りすることだ」

「手作りか。おじさん、手先が器用そう」

若い男がいった。

「きみは男娼なのか」

男が、若い男に顔を向けていった。

「なによ、いきなり。冗談だとしても笑えない。どうしてそんなことをいうの」

「娼婦のような口を利くからさ。それともほかになにか魂胆があるのか」

「失礼だね。これを見て」

若い男が財布のなかからラミネート加工されたカードをとりだして、男の目の前にかざした。

国立大学の学生証だった。

大学名の下に若い男の名があった。若い男の名は柘植《つげ》龍男で、しかも大学生ではなく院生だった。

「優秀なんだな。実家はどこ？」

「岐阜」

「近いじゃないか。ときどき帰っているのかね」

「ううん。こっちへきてからは一度も帰っていない。何年になるかな、十年か十一年くらいだね」

「そんなに長いあいだ帰っていないのか。なぜ」

「勘当されちゃったから」

柘植龍男がいった。

「勘当だなどと、そんな古めかしい制度がいまでも残っているのかね」

「法的に正式なものかどうかはわからないけど、父親に二度と顔を見せるなって追いだされたことはたしか」

「どうして」

「親に隠し事するのがいやだったから」

「それはつまり」

「ぼくの生まれつきの性的指向を正直に話したの」

「そうしたら勘当されたというのか」

龍男がうなずいた。

「それはまたずいぶん旧弊な親父だな」

「旧弊って？」

「古めかしくて時代遅れだということさ。お父さんはなにをしている人？」

「県庁に勤めている」

龍男がいった。

「お役人か」

「そう。世間体ばかり気にしているお堅いお役人って訳」

「お気の毒としかいいようがないな。お腹は空いていないか」

斉藤が尋ねた。

「ぺこぺこ」

「なにが食べたい」

「どこかへ連れて行ってくれるの」

龍男が目を輝かせた。

「わざわざ外にでなくてもここで食べられる」

斉藤がいった。

「ここで？」

龍男が店のなかをひとまわり見る仕種をして、疑わしげに尋ねた。

「食べたいものはなんでも」

斉藤がいった。

「なんでも？」

「ああ、なんでも」

「じゃあ、ステーキが良い」

龍男がいった。

斉藤は指を立ててバーテンダーを呼び、ステーキとワインを頼んだ。

「焼き加減は？」

斉藤が龍男に尋ねた。

「レアでお願い」

龍男がいった。

斉藤がうなずくとバーテンダーは軽く頭を下げ、厨房に注文を通すためにカウンターの奥へ引っこんだ。

「斉藤さんはなにをしている人」

龍男が尋ねた。

「会社を経営している」

斉藤が答えた。

「なんの会社？」

「いろいろさ」

「謎めかすんだね」

「きみは兄妹《きょうだい》はいるのか」

「兄さんがひとりいる」

「兄さんはなにをしているんだ」

「家電量販店の店員さん」

「お母さんは？」

「やだ。身元調べ？」

龍男がいたずらっぽい笑みを浮かべていった。

「そんなつもりはないよ。気に障ったのなら謝る」

「全然気にしていない。聞きたいことがあったらなんでも訊いて」

カウンターの奥からバーテンダーとは別の制服を着た女がでてきて大皿とワイングラスをカウンターのうえに置いた。

大皿には、縁《へり》からはみだすほど大きなステーキが載っていた。

「おいしそう」

龍男が歓声を上げると、斉藤の顔の前にワインのボトルが差しだされた。

止まり木に座った斉藤のすぐ横にいつのまにか立ってボトルを両手で捧げもっているのは、バーテンダーともステーキを運んできた女とももまた別の、糊のきいた白いワイシャツにネクタイを締め、ジレを身に着けた女だった。

斉藤がボトルのラベルに印刷された文字を読んでうなずくと、女は手慣れた手つきでコルクを抜き、斉藤の前に置いたグラスにほんの少しだけ注いだ。

斉藤は注がれたワインを形ばかりふくんで口のなかで転がし、女に向かってふたたびうなずいた。

女は心得顔《こころえがお》に会釈を返してあらためて斉藤と龍男のグラスに注ぐと、音を立てずにボトルを静かにカウンターに立て、今度は恭《うやうや》しく頭を下げてから店の奥へと消えた。

「なんだか魔法みたい」

女たちと斉藤の無言のやりとりを目を丸くして見つめていた龍男がいった。

「店に入ってきたとき、あんまり趣味が悪いからそのままま回れ右をして帰ろうかと思った。こんなに大きくて分厚いステーキが食べられて、おまけにワインまでどこからでてくるなんて驚き」

「大人の世界には秘密がいろいろとあるのさ」

ワイングラスを口元にもっていきながら斉藤がいった。

「きみはどんな大人になるつもりなんだ。官僚でも目指しているのか」

「官僚なんてとんでもない。とにかく大学に残りたいだけ」

「大学教授の肩書きが欲しいのかね」

「教授なんて夢のまた夢だよ。給料がたった三万円しかでない非常勤講師の口にありつけるかどうかすら怪しいんだから」

龍男がいった。

「きみはどこに住んでいるんだ」

「櫟《くぬぎ》町のぼろアパート。でも実家から仕送りが途絶えてからはそこの家賃も払えなくなって内緒で研究室に寝泊まりしていたんだけど、先月になって大学側にばれちゃった」

「それでどうなった」

「即刻退去するようにいわれた」

「追いだされたのか」

斉藤が尋ねると、龍男がうなずいた。

「それでいまはどうしているんだね」

「友達の家を転々としている」

「就職の当ては？　大学以外の就職先を考えたことはないのかね」

「変に聞こえるかも知れないけど、ぼくは社会にでてお金を稼ぐより学問を深めたいんだ。それに会社勤めなんて、どう考えてもぼくにはできそうもないし」

「ちっとも変ではないさ。それで見こみはありそうなのか。つまり当面の生活ということだが、なんとかなりそうなのかね」

斉藤がいった。

「大学に籍だけは残したいと思って、新聞配達までして頑張ってきたんだけど。なんだか無理みたい。はっきりいって絶望的」

龍男がそういってため息をついた。

芝居ではなく、本心からでたため息のようだった。

「塒《ねぐら》がないならぼくの家に来ないか」

龍男が、ステーキを切り分けるナイフの手を止めて斉藤の顔を見た。

「本当？」

「きみひとり泊めるくらいの部屋ならある」

斉藤がいった。

「きみさえよければ、いつまでいてもらってもかまわない。もちろん食事の面倒もみさせてもらうし、金の心配などする必要もない。きみはじっくり腰を落ち着けて、勉強だけに励めば良いんだ。どうだね」

斉藤と名乗った男が、ワイングラスを片手でもてあそびながらいった。

4

茶屋を残して店をでた百武が向かったのは、車でわずか五分ほどの距離の旧国鉄の資材置き場だった。

重機を使って鉄クズなどの廃材を積み降ろしする作業は昼間のうちに終わってお

り、トラックの通行は一台もなく人の気配もなかった。

百武は車を降りて一基の街灯もない歩道を歩き、小さな明かりが点《つ》いた倉庫のひとつまで進んだ。

出入口の前で立っていると倉庫の裏の暗がりからひとつの影が現れ、こちらに向かってゆっくりと歩み寄ってきた。

ジャンパーを羽織った小柄な男だった。

「妹尾《せのお》さん、やっぱり来てくれましたね」

百武が男に向かっていった。

「おまえから呼びだしを食らったら、応じない訳にはいかんだろう」

妹尾と呼ばれた男がいった。男は明らかに百武より年齢《とし》上の人間だった。

「ご家族はどうされていますか。お変わりありませんか」

「おまえと家族の話などをするつもりはない。さっさと用件をいえ。女房には学校から緊急の呼びだしがあったといって家をでてきたんだ。早く帰りたい」

男がいった。

妹尾は三十年以上前、百武が警察学校をでたてで交番に勤務していたときの先輩で、百武の指導係だった。

ところが指導係のはずの妹尾には盗癖があり、拾得物の金銭の額を少なめに記録して大半を懐に入れたり、巡回先のコンビニで菓子やらパンやらを万引きしたりする不良行為が日常茶飯事だった。

もしその事実を百武が上層部に報告すれば妹尾が即座に懲戒免職になり、百武の勤務成績にもプラス評価が与えられることが確実だったが、百武は報告を上げなかったばかりでなく、被害を訴えてできた人間を説き伏せて事実そのものを握りつぶしたことさえあった。

そのときの負い目が妹尾にはいまでもあるはずだった。

「その学校の話です」

百武はいった。

「学校？　一体なんのことだ」

「退職間近に懲戒免職になりかけた先輩が無事に任期をまっとうして退職金を満額受けとったばかりでなく、警察学校に再就職できたのはなぜなんです。どうしてそんなことができたんですか」

妹尾は交番勤務のあと鞍掛署の交通課に配属になったが、いくつになっても盗み癖は直らなかったらしく、児童公園のベンチに置かれたバッグのなかから財布を抜きとろうとしていたところを通行人に目撃されて訴えられたのだった。

ところが妹尾はなんの処分も受けず、懲戒免職も免れていた。鞍掛署の署長である石長が楯《たて》になって、県警本部の譴責《けんせき》から妹尾を守ったとしか考えられなかった。

「おれが警察学校の職を得たことが、おまえとなんの関係があるというんだ」

「関係があるなどとはいっていません」

百武はいった。

「暴力団とつきあっていたおまえだって首は切られず左遷されただけで済んだじゃないか。なにもおれだけが特別という訳でもないだろう」

「事情が違います。わたしは監察の内部調査でしたが、先輩の場合は違法行為が組織外の一般人に告発されて公《おおやけ》になっているんです。にもかかわらず、まったくなんの処分も下されなかった」

「警察学校といったって、なにも校長になった訳じゃない。総務課のそれも営繕係だぞ。タオルを首に巻いて毎日雑巾がけをしたり、故障したエアコンを修理したりしているんだ。ビルの掃除夫と変わらん」

「そういう言葉遣いは、差別的だと受け取られかねませんよ。職業に貴賤はないというじゃありませんか」

「ふざけるな。おまえの冗談につきあっている暇はないんだ。さっさと用件をいえといっているだろう」

妹尾がいった。

「真面目に勤め上げた警察官の大半に再就職の道が閉ざされている現状なんです。先輩のような経歴をもつ人間が、給料を毎月もらえているというだけでも夢のような話だとは思いませんか」

百武はいった。

「こんな時間にこんなところに呼びだしたのは、おれを詰《なじ》るためか」

「先輩を責めるつもりなど毛頭ありません」

「それなら、なんだというんだ。おまえ、おれを妬《ねた》んでいるんじゃないだろうな」

「いったでしょう。わたしの処遇と先輩とはなんの関係もありませんし、先輩をどうこうしようなんて思ってもいません。お呼びだてしたのは、お尋ねしたいことがあるからなんです」

「なんだそれは」

「三年前の交通事故のことです」

「三年前？」

「三年前に死亡者がでる衝突事故があった。交通課の係長だった先輩が扱った事案だったはずです」

「一年間に一体何百件の事故が起きると思っているんだ。いちいちおれが覚えている訳がないだろう」

妹尾がいった。

「とぼけないでください。死亡者がでたにもかかわらず、先輩が隠蔽した事故のことです」

妹尾の表情が一変し、百武を見つめる目つきが一段と険《けわ》しくなった。

「先輩が免職を免れたばかりでなく、警察学校に再就職できたのはその隠蔽工作に対する見返りだった。そうなのではありませんか」

「おまえ、酒でも飲んでいるのか」

「ええ、飲んでいます。ビールをたらふくね。でも酔ってはいませんよ」

百武がいった。

「それなら自分でなにをいっているのかくらいはわかっているはずだ。おまえはいまとんでもないことを口にしているんだぞ」

「ええ、わかっています」

「そんな大ボラを吹くからには、当然なにか根拠があってのことなんだろうな」

「根拠ならあります」

「ほう、一体どんな根拠なんだ。聞かせてくれ」

「それはいえません」

妹尾の口元に冷笑が浮かんだ。

妹尾は百武の全身を、初めて会った人間のように頭から爪先まで舐めるように見まわした。

「さてはおまえ、花形《はながた》の捜査一課から所轄署に飛ばされたことを逆恨みして、このおれを巻き添えにして自爆するつもりだな」

「いいえ」

百武はかぶりをふった。

「もう一度いいます。わたしは先輩をなんとかしようなどとは思っていませんし、まして や自爆など考えたこともありません。わたしも先輩と同じように、毎月給料をもらっているだけでありがたいと思っている人間のひとりですから」

「それならどうしておれにそんなことを訊くんだ」

「三年前に先輩と署長の石長とのあいだでどんなやりとりがあったのか、それが知りたいのです」

「だから、それを知ってどうするつもりかと訊いているんだ」

「どうするつもりもありません。事実を知りたいだけです」

「馬鹿にするのも好い加減にしろ」

妹尾が吐き捨てるようにいった。

「そんな戯言《たわごと》を信じるとでも思っているのか。おれをあんまり甘く見ているとしっぺ返しを食らうことになるぞ」

「嘘じゃありません。わたしは本当に事実が知りたいだけなんです」

百武はいった。

「話はそれだけか。それならおれは家に帰る」

妹尾が百武に背を向けようとした。

「待ってください」

百武がいった。

妹尾が動きを止めてふり返った。

「わかりました。本当のことをいいます。だからわたしの話を聞いてください」

妹尾が体の向きを変えて、百武と正対し直した。

「署長の石長です」

妹尾は口を結んだまま、百武に先をうながした。

「石長が本来なら県警本部の定席である天下り先を最近になってつぎつぎと切り崩していることは先輩もご存じでしょう。所轄の署長がもっている権力などたかが知れています。それなのに、石長は所轄の署長ひとりの力ではとてもできるはずのないことをやってのけている。どうしてそんなことが可能なのか、上層部はその秘密を探りだそうと躍起になっているんです」

「それとおまえとどういう関係がある。おまえはもう本部の刑事でもなんでもない。とっくの昔に切り捨てられた人間じゃないか」

妹尾がいった。

「監察に紐をつけられてしまったんです」

百武がいった。

妹尾は口をつぐんだまま、百武の息づかいでも聞きとろうとするかのように顔を近づけた。

「それはどういう意味だ」

「向こうから提案があったということです」

百武が答えた。

「監察から、か」

「そうです」

「興味深い話だったのか」

妹尾がいった。

自分は案じるべきなのか、という意味であることは明らかだった。

「一考に値する提案であったことはたしかです」

百武はいった。

「それはおれとおまえで話し合ったほうが良さそうなことか」

「いいえ、これはわたしひとりの問題です。先輩とはなんの関係もありません」

「それではわからん。もっとはっきりいうとどういうことなんだ」

「わたしが欲しいのは石長の首です」

百武はいった。

「監察に石長の首を差しだせば、おまえは本部に戻れるという訳か」

長い間《ま》のあとで、妹尾が百武の顔を見つめたままいった。

百武はうなずいた。

「悪いが、おまえの力にはなれそうもないな。やはりおれは帰らせてもらう」

妹尾は両手をジャンパーのポケットに突っこむなり、ものもいわず身を翻《ひるがえ》した。

「先輩」

百武は、歩きだした妹尾の背中に向かっていった。

しかし妹尾は足を止めようとしなかった。

「妹尾さん」

百武はもう一度呼びかけた。

「おれに二度と連絡してくるな。今度電話があったら、おまえが監察の狗《いぬ》に成り下がったことを皆に話す。誰彼《だれかれ》かまわずだ」

すでに倉庫の陰に体の半分が隠れた妹尾が、足を止めないままいった。

遠ざかっていく背中をなす術《すべ》もなく見守っているうちに、妹尾の姿が完全に見えなくなった。

百武はそれでも身じろぎもせず立ちつくしていた。

「『愛宕セキュリティー・コンサルタント』という会社を調べてみろ。おれが知っているのはそれだけだ」

暗闇のなかから声だけが聞こえてきた。

5

縣《あがた》は市の北のはずれの県道を車で走っていた。

初音《はつね》署の署長と県警本部の刑事部長の、「ぜひ市内をご案内させてください」という接待の誘いを断ってレンタカーを借りたのだった。

行き先も決めず気ままに車を走らせて、眠くなったら車のなかで一夜を過ごすつもりだった。

県道はベニヤ板が打ちつけられた倉庫と窓ガラスが割れた工場のならぶ、とうの昔に打ち捨てられた廃墟のなかに消えていた。

その先の小高い丘の裾に舗装もされていない小道があり、道端には生い茂った雑草のなかに廃棄されたテレビや冷蔵庫などの家電製品が堆《うずたか》く積み上げられて車を進めるのもままならない有様だったが、縣はかまわずアクセルを踏みこんでゆっくりと斜面をのぼった。

前日の雨のせいであちこちに大きな水溜まりができていたが、縣は水溜まりを避けようとせず、盛大に水しぶきをあげながら直進した。

灌木の茂みを抜けると丘のてっぺんにでた。そこには建物はなにもなく、空き地が広がっているだけだった。

縣はエンジンを切って外にでた。

夜気が心地よかった。

夜空には雲ひとつなく、靄もかかっていなかった。

縣は車の屋根のうえに上り、仰向けに寝転がった。

満天の星だった。

大都市とはいえさすがに東京とは違い、無数の星がはっきりと鮮明に見え、職人の手で精緻にカットされたダイヤモンドのようにきらめいていた。

なにも考えずに星を見上げているうちにまだ子供だったころのことを思いだした。

アラスカでも、草原に横になって星空を見上げたことが何度もあった。

子供のころの縣には、星々がダイヤモンドのような宝石ではなく、ぴんと張った真っ黒い天幕に細い針でひとつひとつ丹念にうがたれた小さな穴に見えたものだった。

天幕の向こうには昼も夜もなく永遠に光り輝いている世界が広がっていて、その光が小さな穴を通して地上に洩れいでてくるのだった。

縣は長いあいだ横たわったまま動こうとしなかった。

人の気配もなく物音ひとつしない暗闇のなかで星を見つめていると、体がふわりと浮いてそのまま天上に吸い上げられてしまうような気がした。

柄《がら》にもないことを考えている。

縣は苦笑して目を閉じた。

神秘めかした空想は縣がなによりも嫌うことだった。

縣は幼いころから謎を解くことが大好きだった。しかし、新聞や雑誌に載っているクイズやパズルでは簡単すぎた。十代のはじめに数学にのめりこんで、大学もそちらに進もうと考えたこともあったが、そうしなかったのはたぶん没入すればするほど、数学という学問があまりにも浮き世離れしていて、数学の世界でいわれる「真理」を真理として実感できなくなってしまったせいだった。

この世界で真実とは、それがどんな種類の「真実」であっても単なる事実以上のものではなく、事実の奥には神秘も深遠な哲学もなにもないというのが縣の考えであり、それは父母がアラスカで行方知れずになり二度と帰ることがなかった日から長い時間をかけて培ってきた信念だった。

地上のことは地上で終わる。

人間の世界の謎は人間の世界のなかだけで解決すべきものであり、数学の「真理」

や宗教の「真実」が割りこんでくる余地などどこにもないはずだった。縣は抽象的な世界ではなく現実世界の謎を解くためだけに頭脳を使おうと思った。警察官になったのもそのためだった。

車の屋根から降りようとしたとき、携帯の着信音が鳴った。

画面を見ると東京の桜端道《さくらばなとおる》からだった。

「宇宙のなかに秘密の方程式が潜んでいて、いつか人間が発見するのをじっと待っているんだと思う？」

縣は、電話をかけてきた相手の用件も聞かないうちに尋ねた。

「いきなりなに？」

道の面食らった声が伝わってきた。

「1、2、3という数《すう》とか数式とかは、宇宙がはじまる前からそこに存在していたのかっていうこと」

「それはない。数の世界は現実の宇宙とは関係なんかなくて、単なる人間の頭のなかの問題に過ぎないから」

道がいった。

「どうしてそう言い切れるの」

「だって、もし数学が神様みたいな存在から与えられたものだとしたら、方程式がこんなにたくさんある訳がないじゃないか。ひとつあれば足りるはずで、それだけで一瞬にして宇宙の隅から隅まで理解することができる。でも実際は、人間が宇宙の構造のほんの一部を解明するだけでも何百年もかかった訳だからね」

「それって詭弁のような気がするけど、まあ良いわ。それで、なにかわかったの」

「三人の被害者が利用していたネット通販の会社のことだけど、氷室賢一郎が統括しているたくさんの会社のうちのひとつだということがわかった」

会話の途中で唐突に話題を切り替える癖が縣にはあることを知っている道は、まごつくこともなく答えた。

「三人が三人とも氷室賢一郎氏の会社のネット通販を使って家具を購入していたのね」

「そういうこと」

「氷室賢一郎氏が三人の身分を偽造して、愛宕市から姿を隠すことに手を貸した可能性が高くなった」

「そうなるね」

道がいった。

「それで三人の素性はわかったの」

「それはまだ」

「小学校の卒業アルバムはとり寄せたんでしょう」

「うん。送ってもらってたしかめた。近藤庄三も山本花子も桜井守も、卒業したという小学校のアルバムには名前も写真もなかった。出身校も本籍地もでたらめだったよ」

「そこまでわかったのに、三人が本当は誰なのかがわからないの？」

「三人とも愛宕市に住んでいたらしいということはわかったんだ。あとはいくらでも探しようがあるから、心配しないでも大丈夫」

「三人がどこの誰でなにをしていたのかを突きとめなければ、なにもはじまらないんだからね。それがわからなければ、三人がなぜ身元を隠して愛宕市から姿をくらまさなければならなかったのか、誰がどんな目的で三人を拷問したうえで殺したのかを探りようがない」

縣はいった。

「氷室賢一郎も拷問されていたんだって？」

道が尋ねた。

「氷室賢一郎が殺されたと聞いて、てっきり犯人は氷室賢一郎の名前を聞きだすために近藤庄三、山本花子、桜井守の三人を拷問したんだなと思ったんだけど。見当違いだったのかな」

「犯人が三人を拷問した理由は氷室賢一郎氏の名前を聞きだすことだったのはたしかだと思う。その結果、犯人はこの愛宕市にたどりついたんだから」

「でも単に殺すだけじゃなくて拷問したってことは、氷室賢一郎からもなにかを聞きだそうとしたってことだろう？　つまり犯人の狙いは氷室賢一郎を殺すことじゃなかったってことになる。氷室賢一郎という人物を殺すことが狙いじゃなかったとしたら、四人の人間を殺した動機って一体なんなんだろう」

「いまのところ見当もつかないけど、とにかく氷室賢一郎氏を殺すこととは別の目的があることはたしか。それがなにかを知るためには、どうしても三人の素性を知る必要があるの」

縣はいった。

「ええ」

縣が答えた。

6

愛宕市の西と東の端には海に向かって突きだした細長い角《つの》のような形をしたふたつの岬があり、西側の岬は毬矢《まりや》岬、東側の岬は大神《おおみわ》岬といった。

海に伸びたふたつの岬が両腕で抱いているのが相阿弥《そうあみ》湾で、西の岬の根元近くに愛宕港が、東の岬に高月《たかつき》港がある。

ふたつの港を擁する地区はともに愛宕市の郊外域であり、相阿弥湾をはさんで対岸同士の距離は十五キロほどだった。

百武は市の中心部を離れて南下したあと、海沿いの県道を西に向かって車を走らせていた。かつては高月港と愛宕港を結ぶ大型トラックの車列の絶えない繁忙をきわめた搬送路だったが、いまは法定速度を守って走る対向車にときおり遭遇するだけだった。

愛宕川にでた百武はハンドルを切って右に折れ最初の角を曲がったところでライトを消し、運送会社のわきにある広い草地のなかに入った。

運転席から周囲を見まわして目指すものを見つけるとライトを消したままUターン

して、何百メートルにもわたって積み上げられている運送用のコンテナの列のいちばん端まで戻りはじめた。

そこには警備員のためのプレハブ小屋が建っていて、窓から明かりが洩れていた。

百武はフェンスの前で車を停めた。

潮《しお》の匂いがした。

車から降りて小屋の前まで歩くと、ノックをする前に戸口がなかから開いた。

ドアを開けたのは二輪の部下の相原だった。

「遅いぞ。約束の時間は五分も前だ」

小屋のなかの粗末なテーブルに腰をかけた二輪がいった。

二輪は、二枚目気どりの鼻持ちならない小男《こおとこ》だった。

「人と会う用事があった」

百武がいった。

「おれたちを待たせなければならないほど重要な人間か」

「たった五分くらいのことで難癖をつけるな。それより鞍掛署の連中が本部にも報告せずに捜しまわっている人間が誰なのかわかったのか」

百武はいった。

「冗談をいうな。それこそあんたが調べて、このおれに知らせなけりゃならんことじゃないか」

「わからず仕舞いということか。あれをしろこれをしろとうるさく指図するだけで、自分たちではなにもしようとはせず安全な巣のなかで誰かが餌を運んでくるのを待っているだけか」

百武はいった。

「指図しているつもりなどない。おれたちはあんたの手助けをしようとしているだけだ。あんたが本部に戻れるようにな。しかしそれには上の人間を説得するだけの材料がいる」

二輪がいった。

「どうぞ、座ってください」

相原が小屋の隅にあった椅子を百武のほうに押しだしながらいった。

百武は相原の方に顔を向けようともしなかった。テーブルに腰をかけてこちらを見ている二輪の爪先の前に顔をもっていくつもりなどなかった。

「それでなにかわかったのか」

二輪がいった。

「おまえたちが石長の身辺を探りはじめたのはいつからだ」

百武がいった。

「なんだって」

「監察が鞍掛署に目をつけたきっかけはなんだったのかと訊いているんだ」

「どうしてそんなことを訊く」

「良いから答えろ」

「たしか、丸山《まるやま》という退職警官が大手の興業会社の相談役におさまることが決まったと知ったのがことのはじまりだったはずだ」

二輪がいった。

「大手の興業会社というのは？」

「市内にスロットとパチンコの店を何店舗ももっている会社だ」

「それがなにか問題だったのか」

「丸山は鞍掛署の刑事課にいた当時、消費者金融から金を借りていて三度も聴取を受けていた。借金は親戚が肩代わりするということでなんとか不問に付されはしたが、監察の記録には残った」

「それだけのことか」

「ほかにも協力者に渡すという名目で少なからぬ額の金を署から引っ張っていたという噂が現役のときから絶えない男だった。退職後にすんなりと再就職できるようなきれいな経歴とはほど遠かった」

「その興業会社の相談役のポストは、本部の退職者の定席だったのか」

百武が尋ねた。

「本部の課長クラスと中央署の部長クラスの退職者で順番に分け合っていた」

「交互に、ということか」

「そうだ」

「そこに丸山が割りこんだのか。丸山の退職時の役職は」

「鞍掛署の刑事課の課長だ」

「たしかに異例だな」

百武がいった。

「異例というより異常事態だな」

二輪が無用の注釈を差しはさんだ。

「その興業会社には直接出向いて、丸山を相談役に迎え入れた経緯を聞いたのか」

「警務の誰かが行ったと思うが、そこでどんなやりとりがあったのかくわしいことまでは聞いていない。その会社に勤めはじめる前に丸山が癌で入院して、そのままあの世に行ってしまったんだ。それで問題はそれ以上大きくならなかった」

二輪がいった。

「何年前のことだ」

「三年前だ」

「やはりな」

百武がいった。

「やはりとはどういうことだ」

百武のことばを聞きとがめた二輪が、眉根を寄せた。

「同じ年に鞍掛署の管轄で交通事故があった」

「一体なんの話だ」

「まあ、黙って聞け。鞍掛町の県道で起きた車同士の衝突事故で、死亡者がひとりでた」

「覚えがないな。相原、おまえは」

二輪が、戸口に立っている相原に尋ねた。

「三年前のいつ頃の話でしょう」

「三年前の十月一日だ」

百武がいった。

「十月一日……。いえ、自分も記憶にありません」

しばらく考えてから、相原がいった。

「そのはずだ。事故は鞍掛署が隠蔽した」

百武がいった。

「どういうことだ」

「衝突事故そのものをなかったことにしたんだ。翌日の新聞の記事でも、死亡した人間が運転していた車が起こした単なる自損事故として扱われた」

「そんな馬鹿な」

「記録を調べてみろ」

「ここで調べられるか」

二輪が相原に向かっていった。

「できます」

相原が上着の内ポケットから携帯をとりだし、指先で画面を操作した。

「ありました。自家用車の単独事故。現場は鞍掛町交差点付近。運転者死亡。氏名森下孝、年齢二十歳。飲食店手伝い。事故原因はスピードのだし過ぎによってハンドル操作を誤ったため、とあります」

「それはどこの記録だ」

「交通課の報告書です」

「鞍掛署の交通課か」

「はい」

相原が答えた。

「なにが隠蔽だ。ちゃんと記録に残っているじゃないか」

二輪が百武に向き直っていった。

「衝突事故だといったろう。森下孝はハンドル操作を誤ったのではなく、信号を無視して横合いからいきなり飛びだしてきた車に衝突されて死んだんだ」

百武がいった。

「よくわからんな。二十歳の男が運転していた車が起こした自損事故だという公式な記録があるのに、実際はそうではなかったというのか」

「そうだ」

「実際は衝突事故だった、と」

「そうだ」

「どうしたらそういうことになるんだ。新聞にも単独の事故だという記事が載ったのだろう？」

「鞍掛署がそういう発表をしたからだ」

百武がいった。

二輪が片方の眉を吊り上げた。

そんな荒唐無稽な話を誰が信じるのだ、とでもいいたげな表情だった。

「衝突してきたという車の運転手は？　衝突事故だったというなら、相手の車があるはずだろう。そっちの車を運転していた人間はどうなったんだ」

「鞍掛署が逃がした」

百武がいった。

二輪が堪え切れなくなったように、大声を上げて笑いだした。

百武は、二輪の笑いの発作が終わるのを黙って待った。

「あんた、おれたちのことを少々誤解しているようだな。こんな夜中にそんな根も葉もないでたらめなホラ話を聞かされて面白がるほど暇をもてあましているとでも思っているのか」

ひとしきり笑ってから二輪がいった。

「目撃者がいる」

百武がいった。

「なんの目撃者だ」

「衝突事故を目撃した人間がいたんだ。その目撃者の証言から車も特定されて、運転していた人間の名前もわかっている」

百武がいった。

二輪が、にわかに真顔に戻って百武の顔を見た。

「衝突事故が本当にあったと言い張るんだな」

二輪がいった。

「そうだ」

「衝突事故があってしかも死亡者まででたのにもかかわらず、鞍掛署が単独事故だと偽って発表した、と」

「そうだ」

「それだけでなく、事故を起こした当の本人を無罪放免にした」

「取り調べもせず逮捕もせずに、な」

百武がいった。

「相原、おまえどう思う。こんな話を信じられるか」

百武に視線を向けたまま、二輪が相原に尋ねた。

「申し訳ありませんが、自分には信じられません」

相原が答えた。

「そうだろうな。おれも同感だ」

二輪がいった。

「百武さんよ。あんたも長く警察で仕事をしてきたのなら、捜査の場数《ばかず》をそれなりに踏んできただけでなく、組織の裏も表もいやというほど見てきたはずだ。たしかに横領だの、取り調べをした女性被疑者に好意を抱いてつきまとっただのという違反行為は日常茶飯事で枚挙に暇《いとま》がない。警察官だって人間だからな。書類を書き忘れたり、あるいは一行か二行を故意に書き替えたりすることだってあるだろう。しかし、事件を丸ごとなかったことにするなんてのは別の次元の話だ。そんなことは逆立ちしたってできないことくらいは、あんたにだってわからないはずはないだろう。だいいち目撃者はどうする。事故で死んだ人間の家族だって黙っていないはずだ」

「父親が抗議のために何度も鞍掛署に押しかけている。事故を目撃したという人間を連れてな。だが、そのたびに門前払いを食わされたそうだ」

百武がいった。

「門前払いだなどと、そんなことが所轄のそれも交通課の一存でできる訳がない」

二輪がいった。

「その通りだ。交通課の一存ではそんなことはできない」

百武が二輪のことばをくり返した。

二輪がテーブルから降り、百武の正面に立った。

二輪の顔は百武の胸の辺りまでしかなかった。

「署ぐるみで事故を隠蔽したといいたいのか」

「署全体とはいわないまでも、少なくとも署長の石長の承認はあったはずだ」

百武がいった。

二輪が戸口の相原に視線を向けた。

相原の表情を見ることはできなかったが、二輪と相原は長いあいだたがいの顔を見合っていた。

「証拠はあるのか」

百武に顔を戻すと、二輪がいった。

「目撃証人がいるといっただろう」

百武はいった。

「誰だ」

「名前はわからない」

「どういうことだ」

「事故のことを調べた男が教えてくれなかった」

「事故のことを調べた男、だと」

二輪の表情が一変した。

「あんた、人から聞いた話を自分の手柄みたいな顔をしていままで得々《とくとく》としゃべっていたのか。さんざん時間をとらせておいて、挙げ句は又聞きだったというのか」

「又聞きだろうとなんだろうと、ちゃんと裏づけはとれている」

「ふざけるな」

二輪が吐き捨てるようにいった。

「証人の名前もわからないで、なにが裏づけはとれている、だ。そんな好い加減な話を誰が信用するというんだ」

「信用しろとはいっていない」

百武がいった。

「なんだと」

「おれは自分が見聞きしたことをそのまま話しているだけだ。それをどう利用するかはあんたたち次第で、おれとは関係がない。石長の首を欲しがっているのはあんたたちであっておれではないからな」

百武がいった。

興奮すると紅潮するのではなく血の気が引く体質《たち》であるらしく、二輪の顔がみるみる青ざめた。

「あんた、自分の立場がわかっていないようだな」

「立場は十分わかっているさ。おまえさんたちは、石長が本来本部の退職者が座るべき椅子に鞍掛署の退職者を無理筋《むりすじ》で押しこんでいることを面白く思っていないし、組織に対する反逆も同然の越権行為だと考えている。なにより腹立たしいのは、たかが所轄の署長でしかない石長のどこにそんな力があるのかがわからないことだ。だからおれがヒントを与えてやった」

百武がいった。

「三年前の交通事故が関係しているというのか」

二輪がいった。

「考えてもみろ。あんたのいう通り、衝突事故を単独事故だったことにするなんて簡単にできることじゃないし、仮にできたとしてもリスクが大きすぎる。実行するには、リスクを冒すだけの相応の理由があったはずだ。金の問題などではあり得ないな にか特別な理由がな」

百武がいった。

やり場のない怒りに顔をゆがめて、二輪は百武の顔を見上げた。

「事故を調べたという男というのは誰のことだ」

「吉野だ」

「吉野？　誰だ、そいつは」

「実録記事を得意にしているフリーの記者です」

戸口に立って黙ってふたりの会話に耳を傾けていた相原がいった。

「おまえが暴力団員とつるんでいたことを雑誌にすっぱ抜いた男か」

二輪が百武にいった。

「そうだ」

「あんたが島流しにされる原因をつくった男じゃないか。そんな男とつきあっているのか」

「いろいろあってな」

「フリーのジャーナリストなどといえば聞こえは良いが、あることないこと手当たり次第に書きちらして小銭にありついているだけのごろつきだ。やくざ者同然のそんな男のいうことを誰が真《ま》に受けるものか」

「同感だな」

百武が表情ひとつ変えずにいった。

「衝突した車を運転していた男の名前はわかっているといったな。それは誰だ。それも聞いていないなんていうんじゃないだろうな」

「いや、聞いている」

「誰だ」

「それはまだいえない」

「なぜだ」

「それこそ又聞きで、おれ自身まだ確信がある訳ではないからだ。おれなりに調べてみて、確実だとわかったらあんたに話す」

百武がいった。

「なんのつもりだ。いまさら刑事の真似事か」

「性分でな」

「間違いないだろうな」

「ああ、間違いない」

「年寄りの冷や水もけっこうだがな、ぐずぐずしている時間はないぞ」

二輪が百武をにらみつけながらいった。

「あんたは、どつぼにもう首まで浸かっているんだ。急がないと溺れ死ぬことになるぞ」

7

通された部屋にはなんでもそろっていた。

どっしりとしたデスクに、座り心地がよさそうな肘掛け椅子、壁には黒檀《こくたん》の書棚が据えつけられていた。

「こちらが寝室だ」

斉藤が隣りの部屋のドアを開けると、埃避《ほこりよ》けに真っ白なシーツが掛けられたダブルベッドが見えた。用箪笥《ようだんす》のうえには古風な置き時計が置かれ、寝台の脇のサイドテーブルには丸い陶器の笠のランプが載っていた。

「本当にここを使っても良いんですか?」

上気した柘植龍男が斉藤にいった。店のなかとはがらりと口調が変わっていた。

「もちろんだ」

斉藤がいった。

龍男の顔が火照っているのは酒のせいばかりではなかった。店の駐車場に駐めてあった斉藤のスポーツカーを見て息を飲み、キーパッドを操作する直通エレベーターに乗っては悲鳴のような歓声を上げ、最上階の広いリビングルームを目の当たりにしたときにはいまにも卒倒せんばかりになった。

「夢を見ているみたいです。どうにかなりそうだ」

龍男が瞳を潤ませていった。

「水を飲むかね」

斉藤が尋ねた。

龍男がうなずき、ふたりはリビングルームのバーに引き返した。

斉藤は龍男を椅子に座らせるとカウンターのなかに入って、冷蔵庫からミネラルウォーターの小瓶をとりだした。

龍男はカウンター越しに差しだされたグラスを両手でもって一気に飲み干した。

「少しは落ち着いたかね」

斉藤がにこやかな笑みを浮かべていった。

「あんまり豪華なんで驚いたんです。ご家族はどこにいらっしゃるんですか」

「家族はいない」

斉藤がいった。

「こんな広いところにひとりで住んでいるんですか」

好奇心を隠そうともせずに龍男が尋ねた。

「残念ながらね」

「独身ってことですか」

「そうだ」

「奥さんと離婚したとか」

「いいや。結婚をしたことはない」

「一度も、ですか」

龍男のたたみかけるような質問に、斉藤は鷹揚《おうよう》にうなずいてみせた。

「想像ができない」

龍男がいった。

「なにが想像できないんだね」

「こんなところに、たったひとりで暮らしていることがです」

「おかしなことをいう。想像するもなにも、きみはいままさにここにこうしているじゃないか」

斉藤がいった。

龍男は座ったまま椅子を回転させて後ろを向き、頭《こうべ》をめぐらせてリビングルームを見渡した。

「こんなところに住めたら、毎日が楽しいでしょうね」

龍男は全面ガラスの壁の脇に置かれた大理石の彫像に目を奪われながらいった。斉藤のことばなど耳に入っていないようだった。

「どんなところに住んでいるかなんて、人生の楽しさとは関係がない。なにかを快感と感じるか不快と感じるかは、頭のなかの問題だからね」

斉藤は、若い男の素朴な質問に苦笑しながら答えた。

「そうかな。そうともいえないのじゃないでしょうか」

龍男がいった。

「ほら、昔からいうでしょう。衣食足りて礼節を知るとか、貧すれば鈍するとか。だって、貧乏な暮らしをしていると、頭の働きまで鈍くなってしまうような気がします」

「それが身をもってきみが学んだことか」

斉藤が口元に笑みを浮かべたままいった。

「人間本来の能力を物質的な条件で縛ることはできない。たとえ監獄に閉じこめられたとしても、人間には空想するという自由が残されているのだからね」

「そんなことばは満ち足りた生活を送れているからこそいえるんだと思う、っていったら怒りますか？　だってあなたたなら、空想なんかしなくても食べたいと思うものがあればなんでも食べられるし、行きたいところがあればどこにでも行けるでしょう？」

龍男がいった。

「実際に経験するより、頭のなかであれこれ考えているときの方がずっと楽しいということだってある。風光明媚な土地に実際足を運んでみれば、観光客であふれんばかりで人いきれに嫌気がさしてしまうし、何百億円もする名画だって美術館で実物を鑑賞するより、印刷物やカメラで撮影した動画の方が、細部をより鮮明にしかもより生々しく見ることができる。食べ物だって想像のなかで食べる方が味の陰影が格段に濃いものだ。きみは法学を学ぶ人間じゃないか。たとえば裁判官になったときのことを考えてみ給え。被害者の事情はもちろんだが、加害者の生活環境や精神状態も細《こま》やかに斟酌《しんしゃく》しなければ正しい判決は下せないはずだ」

「とんでもない。それこそ法律を司る者が厳に戒めなければならないことですよ」

龍男がいった。

「どういうことかね」

「法律と想像力は水と油だということです。ぼくがまだ学部の一年生のとき、刑法の授業で刑事事件の想定問題を解かされたことがあります。持参の六法全書を参照しても良い試験だったのですけれど、ぼくはそれを一切見ないで解答を書きました。ぼくは知能指数が百九十ですし、大学に入るための試験勉強などしたこともありません。だからろくに法律を知らなくても、簡単に答えられると思ったんです。試験は思った通り簡単で、自信満々で答案用紙を提出しました。ところが採点は零点でした。結果に納得がいかず、教授にどうして零点なのですかと訊くと、きみの解答は刑法や刑事訴訟法に定められた条文にまったく従っていないからだといわれました。条文がそのままあてはまらないような複雑な事件をわざわざ仮構した想定問題なのだから、条文に明記されていない部分を自分の考えで補ったのだと説明すると、条文にない場合は過去にあった判例を当てはめなければならない。誰もきみの個人的な見解など聞こうとは思っていないのだ、といわれました」

「それできみは納得したのかね」

「はい。それで法律を真剣に勉強する気になりました」

「それでは自由などどこにもないじゃないか。なにもかもが決められているものなら、なにも学校で学ぶ必要などないのではないかね」

「いいえ、正反対です。すべてにわたって自由が許されているものなら、それこそ大学まで行って学ぶ必要などありません。独学で十分足りることです。決まり事があるからこそ、手とり足とりしながら教えてくれる人間が必要になるのです」

「法律を学ぶためには、想像力を押し殺さなければならないということかね」

斉藤の問いに、龍男がうなずいた。

「しかし、それではいくらなんでも無味乾燥すぎやしないかね。刺激がまったくないのでは、勉強も捗《はかど》らないと思うが」

「刺激にこと欠くことはありませんでしたよ」

「たとえば？」

「そうですね。ぼくは法医学の授業をとっていましたし、死体の解剖だって実際に何度も見学したことがあります」

龍男がいった。

「意外だな。それはきみの趣味なのかね」

「恐いもの見たさですよ。いまから思えば子供じみた虚勢を張ったものだと思います。なにしろ法医学の教科書などは、担当教授が自ら一冊ずつ綴じた手作りのものでしたからね」

「教科書が手製とは、それはまたどういう訳だね」

「一般の書店にはとてもならべられないような内容だからですよ。どのページをめくっても変死体を撮影した身の毛もよだつような写真のオンパレードなのですから」

「それはまた……」

斉藤がつぶやいた。

「変死体のうちでもとびきりグロテスクなのはなんといっても水死体です。海から引き上げられた死体は、海中に漂っているうちにたいてい船のスクリューでずたずたに引き裂かれてしまうんです。手足が千切れているくらいなのはまだましなほうで、ひどいものになると頭の上半分をスクリューの羽根で切り飛ばされて、首には眼から下の部分しかつながっていないことだってあるんです」

「なんと、すさまじい」

「刃物の傷もむごたらしいものが多いですが、強烈なのはやはり日本刀で突いたり斬られたりしたものです。日本刀で肩口を袈裟《けさ》懸《が》けに斬られたらどうなると思います」

龍男が悪戯《いたずら》っぽい笑みを浮かべて尋ねた。

「一体どうなるんだね」

斉藤がいった。

「肉は切れるのではなく、真っ二つに割れるんです。張りつめた筋肉が断ち割られる瞬間には、耳をつんざくような破裂音がするといいますよ」

「聞いているだけで顫《ふる》えがくる」

「でも、こんなのはまだましなほうです。本当に恐ろしいのは、想像することさえ到底耐えられないようなものです。たとえば町外れの一軒屋でひとり暮らしをしていた老人が夏の真っ盛りに衰弱死した場合を考えてみてください。もう何日も姿を見ていないが、無事かどうかたしかめて欲しいという近所の人間の要請を受けて、警察官が様子を見に行ったとします。すると部屋のなかに布団が敷いてあり、掛け布団が人間の形にふくらんでいるのを見つけます。エアコンの設備などもちろんないぼろ小屋で、真夏の温気《うんき》のなかに何日間も放置されていたのです。布団をかぶった死体は腐乱しているに違いありません。そうとわかっていて、布団をめくってみなければならない警察官の気持ちが想像できますか？　仰向けの姿勢で横たわっているのか、それともうつぶせなのか。いずれにしても体中を漿液《しょうえき》と膿汁《のうじゅう》にべっとりとおおわれ、敷き布団にしみでた血膿にひたっているのは間違いありません。掛け布団をめくろうとしても、腐肉が布団の布にへばりついてなかなか剝がれないし、布団から漏れでる臭いを嗅いだだけで気が遠くなりそうになる。どうです？　それでもあなたは、掛け布団の下にあるものを想像したいと思いますか」

「勘弁してくれ」

斉藤がいった。

「警察官になどならなくてよかったと心底から思うよ」

「降参ですか？」

龍男がいった。

「いかにもぼくは、想像力ということばを安売りしすぎたようだ」

斉藤はふたつのグラスに酒を注ぎ、片方を龍男に差しだした。

「きみの反対弁論に乾杯だ」

斉藤がグラスを打ち合わせる仕種をしていった。

「反対弁論だなんてとんでもない。単なる愚痴に過ぎませんよ。いまのぼくは、外部の物質的な条件に縛られて自由に手足さえ動かせない状態なんです。生活に忙しくて、想像力を働かせたくても働かすことができないというだけですから」

龍男はグラスをもちあげると、一息に飲み干した。

「もう一杯もらえます？」

斉藤はいわれるがまま、龍男のグラスに酒を注いだ。

「退屈しているんでしょう？　こんなところにひとりで住んで暇をもてあましているんだ。だから退屈しのぎにぼくを招き入れた。そうなんでしょう？」

龍男はあっという間にグラスを空にし、斉藤が酒を注ぎ足した。

「ああ、おいしい」

注がれた酒をふたたび一息で飲み干して、龍男がいった。

「皮肉だとは思いませんか。片方に生活に追われて勉学にあてる時間さえもつことができない人間がいるかと思えば、もう片方には望むものならなんでも手に入れられるにもかかわらず、空想をもてあそんで時間を空費している人間がいる。いえ、ぼくは決して妬みや嫉《そね》みの気持ちからこんなことをいうんじゃありませんよ。貧乏人は飢餓の苦痛ゆえに不幸であり、富める者は豊穣がもたらす倦怠ゆえに不幸である、なんて古くさい警句をふりまわすつもりなんか毛頭ありません。なにが豊穣がもたらす倦怠だ。こういう陳腐な常套句こそ唾棄すべきものです。法律家のいちばんの敵は、益体《やくたい》もないことば遊びなんですから」

龍男の舌がもつれた。呂律がまわらなくなっていた。

「ぼくはあなたに全面的に賛成しますよ。想像力こそ人間の特権です」

龍男がまわらない舌でもどかしげにいい、斉藤は空になったグラスに黙って酒を注いだ。

「正直にいえば、退屈しのぎの道具になるなら、空想だろうがなんだろうがかまわないんです。ぼくで退屈がまぎれるのなら、どうとでも利用してください。契約社会に生きる者には、提供されたものに対して代償を払う義務がある」

龍男がグラスをつかもうとしたが、眼が虚ろで焦点が合っていなかった。

斉藤が龍男の手をつかんでグラスをもたせた。

「義務だなどと、それではまるでぼくに下心があるように聞こえる」

斉藤がカウンターのなかからでて、いった。

「堅苦しく考えるのは止めにして、今夜はひとつ愉快に遊ぼうじゃないか」

「どんな遊びです？　どうせ金持ちの道楽でしょう。そうに決まっている」

龍男がグラスを口元にもっていこうとして、酒がこぼれた。

「でも金持ちの道楽、大いに結構。なんでもおつきあいしますよ」

立ち上がろうとして、龍男が足元をふらつかせた。

「奥に秘密の部屋があるんだ。そちらへ行こう」

「どこへなりともお供します。でも痛いのは御免ですよ。自慢じゃありませんが、ぼくは痛みにはからっきし弱いんですから」

龍男がよろめいてカウンターに両手を突いた。

グラスが倒れた。

「怖がることはない。すべては想像で、頭のなかで起きているだけだと考えるんだ」

朦朧として上体をゆらゆらと揺らしている龍男を抱きかかえながら、斉藤がいった。

第五章

1

東京の桜端道《さくらばなとおる》から電話がかかってきたのは、丘の麓《ふもと》を流れる小川の畔《ほとり》に停めた車のトランクから大きな鞄を引っ張りだして、着替えをしている最中だった。

携帯の画面には、午前七時と表示がでていた。

「もしかして徹夜した」

縣《あがた》は携帯を耳に当てていった。

「お陰様で」

「それで、どんなふう」

「三人の身元がわかった」

道がいった。

「本当？　どうやったの」

縣は右手で携帯をもち、左手をシャツの袖に通しながらいった。

「三人が解剖されたときに撮影された顔写真を使って照合した」

「照合したって、なにと」

「日本中の同年齢の人間の顔写真と照合したに決まってるだろ」

「まさか」

「本当さ。捏造されたデータのうえでは近藤庄三が五十五歳、山本花子が三十九歳、桜井守が七十二歳ということになっているから、念のために前後五歳の幅を設けて、その年齢に該当する人間を抽出した。男性は五十歳から六十歳までと、六十七歳から七十七歳までのふたつのグループ。女性は三十四歳から四十四歳までのグループということになる」

「比較する対象をそんなに広げる必要があるの？　簡単にいうけど、それで一体どれくらいの人数になるのよ」

「殺された三人が愛宕《おたぎ》市に長年住んでいたとしても、愛宕市で生まれたとは限らないからね。全国の出生記録をあたらなければならないのは当然だろ。でもまあ、順番として愛宕市からはじめるのが妥当だろうと考えて、そうしたけどね」

縣は着替えの手を止め、道の声に注意を傾けた。

「愛宕市には、男性の第一グループに当てはまる人間は二万九千三百七十三人。第二グループは三万一千八百四十六人。女性は四万三千三百三十九人いた。あとは顔写真を照合すれば良いだけだったんだけどね。思いの外《ほか》時間がかかってしまった。こんなに時間がかかったのは、写真が添付されている記録を探すのに苦労したから。運転免許証やパスポートをもっている人は問題なかったんだけど、そういうものをもっていないとなると、ありとあらゆる記録をひっくり返して、そのなかから写真を見つけなければならなかったものでね」

「それで」

縣は先をうながした。

「なんとかかんとか見つけだすことができた写真を、三人の顔写真とすりあわせてみた」

「それで、どうだったの」

「合致率《がっちりつ》が八十パーセント以上の人間が千三百二十三人いた」

「そんなに大勢いるの？」

「写真のプロでもなんでもない外科医の先生が解剖のついでに撮ったものだからね。三人の写真はどれもちょっとピンぼけ気味だということもあって、合致率をこれ以上上げることができなかった」

「それ以上は絞りこめなかったってこと？」

縣が尋ねた。

「うん。無理」

「どうしたのよ」

「写真以外のデータをひとつひとつ検証して、それらしい人物を見つけるしかないだろうね」

道がいった。道らしからぬおだやかさで、余裕を感じさせる口ぶりだった。

「見つけるしかないだろうねって、あんた三人の身元がわかったっていったじゃない。なにを勿体《もったい》ぶっているのよ」

「徹夜したご褒美に、少しくらい勿体をつけさせてもらっても罰《ばち》は当たらないだろう」

「前置きは良いから、さっさと結論をいいなさいよ」

縣は苛立ちを隠さずにいった。

「千三百二十三人のなかに、ある共通点をもっている人間が三人いた。共通点というのは、この三人がいずれも能判官秋柾《のうじょうあきまさ》という人物と関係があって……」

「ちょっと待って。のうじょうなんとかって、なんのこと」

道のことばを途中でさえぎって、縣が尋ねた。

「人の名前だよ」

道が答えた。

「ずいぶん変わった名前ね。一体どういう字を書くの」

「お能の能に判官贔屓《ほうがんびいき》の判官と書いて、のうじょうと読むんだ」

「オノウってなによ」

「能狂言の能だよ」

道がいった。

「歌舞伎は知ってるだろう?」

縣が一瞬黙りこんだので、道がことばを継いだ。

「知ってる」

「能や狂言も歌舞伎と同じ日本の伝統芸能で、能はお面をかぶって芝居をするんだ。そのお面に『尉《じょう》』という面があって、これは老人役の役者がかぶる翁《おきな》の面のことなんだけど、そもそも尉というのは律令制度の位《くらい》のひとつで、役所によっていろいろな漢字を当てていたらしい。そのひとつが判官で、検非違使《けびいし》なんかはそう呼ばれていたんだ。ほら、源 義経《みなもとのよしつね》のことを九郎判官《くろうほうがん》っていったりするだろう」

「あんた、なにをいってるの？」

縣は思わずいった。

「なにって、能判官って名前はどう書くのか説明してるんじゃないか。まあ、義経といっても、きみにはぴんとこないかも知れないけど。ちなみに九郎というのは、義経の通称だけどね」

「それくらい知ってるわよ。わたしだってれっきとした日本人だからね。あんたこそどこの生まれよ」

「正真正銘の日本男児に決まってるだろ。生まれたのは奈良県。なんといっても敷島《しきしま》は大和《やまと》の国だからね。ちなみに敷島というのは、大和にかかる枕　詞《まくらことば》だよ。枕詞というのはとくに意味はないんだけど、『月』とか『山』とか和歌でよく使われる単語にはかならずこれを頭につけるって古くから決まっている修飾語のことで、たとえば『ももしきや』とか『ちはやぶる』なんかがそう。ああ、でもこんなことをいってもわからないか。なにしろ能や狂言さえ知らないんだから、和歌なんて知っているはずもないし」

道がいった。

「なるほどね」

縣が負けずに言い返した。

「なにが、なるほどなんだよ」

「あんたの名前、桜端っていうんだよね」

「なんだよ、いまさら」

「それで、敷島の大和の国の生まれなんだって？」

「そうだけど、それがどうかしたかい」

「あんたにぴったりの和歌があるのを思いだしたの」

「どんな和歌」

「あのね、こういうの。敷島の大和心《やまとごころ》のなんのかの、胡乱《うろん》なことをまたさくら花」

「え、なにそれ」

道がいった。

道の面食らった声を聞いて、縣は口元をほころばせた。

「なんだって良いわ。それでその能判官秋柾という人物と、その三人はどういう関係があったのか教えて」

「ひとりは祖谷正義《うばがいまさよし》。六十歳の男で職業は弁護士、もうひとりは朽木圭三《くちきけいぞう》。七十三歳の男で職業は医師、三人目は四十歳の女で池畑純子《いけはたじゅんこ》。

祖谷正義はどうやら能判官秋柾の顧問弁護士を、町医者の朽木圭三は能判官秋柾のいわゆるお抱え医師を、池畑純子は能判官家で長年住みこみの家政婦をしていたらしい」

「はっきりしないわね。なによ、どうやらだとか、らしいとかって」

「ネットで見つけることができたのは三人の納税記録だけでね。そこから推測できることがそれくらいしかないんだ。残念ながら、いまのところそれ以上くわしいことはわからない」

「弁護士に医者に家政婦か……」

縣は、殺された近藤庄三、桜井守、それに山本花子の風貌を思い浮かべた。

「いかにもそれらしいけど、まさかそれだけっていう訳じゃないでしょうね」

「三人の愛宕市の住所から電気やガス、水道料金なんかの振替口座を調べてみた。そうすると、三人ともある月からとつぜん使用した形跡がなくなって、基本料金しか落ちていないことがわかった。そうなったのは、弁護士の祖谷正義が三年前の六月、家政婦の池畑純子が、同じ三年前の十二月、医師の朽木圭三が二年前の六月から」

道はそこまでいうとことばを切って、思わせぶりに間を置いた。

「この日付に、なにか覚えがない？」

「近藤庄三が北海道に引っ越したのが三年前の六月、山本花子が千葉県に引っ越したのが三年前の十二月、桜井守が長崎の離れ小島に移ったのが二年前の六月」

縣が即座に答えた。

「正解」

道がいった。

「銀行口座はどうなってる？」

縣が尋ねた。

「口座は閉じられていない。三人ともそのままになっている。でも、その後金が出し入れされた形跡は一切ない」

「三人に家族は？」

「家族や親類はひとりもいない」

「それじゃあ、行方不明者届もでていないのね」

「うん。届けがだされたという記録はない」

道がいった。

縣はしばし考えた。

「それにしても、電気やガスの利用がとつぜん止まったら、電力会社やガス会社が検査員を送って確認しそうなものだと思うけど」

「ところが、電気ガス水道が使用されなくなった月の三ヵ月後に何者かによって契約解消の手続きがなされているんだ。賃貸契約のほうも同じでね、持ち家に住んでいた朽木圭三は別にして、ほかのふたりは姿を消したと思《おぼ》しき月からそれぞれやはり三ヵ月後に、これも第三者によって賃貸契約が解約されている」

「周到だね」

縣がつぶやいた。

「きちんと辻褄を合わせておかないと、夜逃げしたんじゃないかなんて騒ぎにならないともかぎらないからね。三人の失踪に手を貸した何者かは、事後工作も抜かりなく行ったらしいよ」

道がいった。

「電気ガス水道が使われなくなっていた期間がたった三ヵ月間しかなかったのに、それに気づいたあんたもさすがだわ」

縣は本心からいった。

「近藤庄三の正体は弁護士の祖谷正義。山本花子の正体は家政婦の池畑純子。桜井守の正体は医師の朽木圭三。これで決まりね」

「うん、間違いないと思う」

道がいった。

縣は携帯を耳に当てたまま、目の前を流れている川を見つめた。

川の水面はどんよりと濁《にご》っていて、空を見上げるといまにも雨が落ちてきそうな怪しい雲行きだった。

昨日一日は束の間晴れたものの、きょうは雨に降りこめられることになりそうだった。

「それで、その能判官秋柾というのはどんな人物なの」

「妻を早くに亡くしていることと、愛宕市内に代々受け継いできた古い屋敷があって、二年前に九十三歳で亡くなるまでそこで暮らしていたらしいということだけはわかっている」

「それで」

縣がいった。

「わかっているのはそれだけ。そのほかのことはさっぱりわからない」

「どういうことよ。なにをしていた人なのかもわからないということ？」

「残念ながらその通りなんだ。役所や会社に勤めていたという記録もないし、なにかの親睦団体や宗教がらみの組織に属していたという記録もない。自宅以外に不動産を所有していたという記録もなければ、投資なんかの資産運用もふくめて、いかなる金融取引の記録もない」

「記録がなにもないなんて、そんなはずないでしょう」

縣がいった。

「ぼくもそんなはずがないと思って、考えられる限りの方法を使っていろいろ探ってみたんだけど、結局なにも見つけることができなかった」

道がそういうのなら、そういうことなのだろうと縣は思うしかなかった。

「どういうことなんだろう」

「ぼくにも一体どうなっているのか、さっぱりわからない。能判官秋柾という人物は、自分に関するあらゆる種類の記録を一切残さないように細心の注意を払っていたとしか思えない」

「記録を残さないって、なんのためにそんなことをするっていうの。そもそも生前の記録を残さないようにするなんて、そんなこと不可能じゃない」

縣がいった。

「同感だね」

道がいった。

「でも諦めるのはまだ早い。電子的なデータが見つからないだけで、アナログの記録は探せばどこかに残っているかも知れないから」

「どういうことよ」

「せっかく愛宕市にいるんじゃないか。コンピューターなんかに頼らずに、きみが足を使って調べたらなにか見つかる可能性があるかも知れないってことだよ」

道がいった。

2

縣は初音署の庁舎裏手の駐車場で車から降りた。

裏口から入って、三階の刑事課のフロアに上がると、給湯室脇の自動販売機の前に置かれた丸テーブルに座って、缶コーヒーを片手にのんびりと煙草をふかしている刑事がふたりいた。

膝のほつれたジーンズを穿き、白いシャツのうえに黒い革ジャンを羽織った若い女を見て、ふたりは目を剝いた。

「おまえ、どこから入ってきたんだ」

ふたりは唖然として一瞬ことばを失ったが、ひとりがようやく気をとり直して口を開いた。

「署長さん、いる？」

女がいった。

「署長さんだと。一体誰のことだ」

「ここの署長さんに決まってるでしょ。良いわ、自分で探す」

女がくるりと背中を向けて、刑事部屋の方に歩きだした。

「おい、こら、待たんか」

ふたりはあわてて立ち上がり、女のあとを追おうとした。

そのとき刑事部屋からひとりの刑事が廊下にでてきた。ネクタイを緩めた、だらしない恰好をした初老の男だった。

「蓮見《はすみ》さん」

女が呼びかけると、男がふり返った。

「鵜飼《うかい》さんじゃないですか。こんなところでなにをなさっているんですか」

蓮見が縣に歩み寄ってきた。

「蓮見さん、この女を知っているんですか」

女を追いかけてきた刑事のひとりが、詰《なじ》るような口調で蓮見に尋ねた。

「口の利き方に気をつけろ。このお方は警察庁から視察にみえられた鵜飼警視殿だぞ」

「この女、いや、この方が、ですか」

ふたりの刑事は反射的に直立不動の姿勢をとりながらも、信じられないという顔で縣の服装を上から下まで舐めるように見まわした。

「署長さんに会いに来たんだけど」

縣が蓮見にいった。

「署長はおりませんが、どのようなご用件でしょう。わたしでよければ、お話を承りますが」

蓮見がいった。

「蓮見さんで良いわ。どこか話ができるところがある?」

縣がいった。

「はい。こちらへどうぞ」

突っ立ったまま大口を開けているふたりの刑事を尻目に、蓮見は廊下の突き当たりの署長室に縣を案内した。

蓮見はノックもせずにドアを開けて部屋のなかに入った。

「おおい、誰か。コーヒーをもってこい。大至急だ」

縣を大きな机の前に置かれた応接セットのソファに座らせると、蓮見は戸口から顔だけをだして、刑事部屋に向かって大声を張り上げた。

「昨晩は署長たちといっしょだったのでは？」

向かいに腰をかけた蓮見が、縣に尋ねた。

「お誘いがあったけど、断った。面倒くさいから」

縣がいった。

「なるほど。それで署長は本部の刑事部長と不景気な面をつきあわせて一晩中やけ酒をあおったようですな。きょうは一日自宅待機にするという連絡が先ほどありましたから」

蓮見がいった。

盆を両手でもった栗橋《くりはし》が部屋に入ってきて、コーヒーを縣と蓮見の前に置いた。紙コップではなく陶器のカップだった。

「朝食は済ませられましたか」

蓮見が尋ねた。

「実はまだなの。食べる物はなんかある？」

「おい、なにかあるか」

蓮見が栗橋に尋ねた。

「サンドイッチなら」

栗橋がいった。

「自動販売機の、か。駄目だ、そんなもの大切なお客人に食べさせられるか」

蓮見がいった。

「なにそれ」

自動販売機という単語に反応した縣が、好奇心もあらわにいった。

「ホットサンドイッチですがね、そこの自動販売機で買えるんです」

栗橋がいった。

「それ食べたい」

「自分が買ってきます」

「どんなものか、わたしも見たい」

部屋をでようとする栗橋のあとについて、縣も部屋をでた。

コーヒーや清涼飲料水の自動販売機の横に、見るからにくたびれ、ところどころに錆まで浮いている旧式の販売機が据えられていた。

「ここにお金を入れるんです」

「わたしにやらせて」

上着から財布をとりだそうとした栗橋を縣が押し退けた。

「いくら入れれば良いの」

「二百円です」

栗橋がいった。

縣はいわれた通り、投入口に百円玉を二個入れた。

とたんに販売機が音を立ててうなりだした。

一分ほどで販売機の顫《ふる》えが止まり、とりだし口にアルミホイルで包まれたトーストサンドが落ちてきた。

「気をつけて」

とりだし口に手を突っこんで、アルミホイルの包みをとりだそうとした縣に向かって栗橋が声を上げた。

「あちっ」

包みをわしづかみにした縣が、あまりの熱さに驚いて包みを掌《てのひら》のうえで躍らせた。

それを見た栗橋がとっさに手を伸ばして、トーストサンドを空中でつかみとった。

「すごく熱いんです」

栗橋がいった。

二人は署長室に戻り、栗橋がテーブルに置いた銀色の包みを縣は慎重な手つきで開けた。

ハムとチーズを二枚の食パンではさんだだけのものだったが、パンには焦げ目がつき、溶けたチーズから湯気が立っていた。

縣はたまらずかぶりついた。

「おいしい」

「そんなものしかなくて申し訳ありません」

蓮見がいった。

「こんなおいしい物が毎日食べられるなんて、うらやましい。誰がつくっているの？」

「商品が途切れないように、業者のじいさんが手作りした物を毎日補充してくれているんです。八十歳を超えていまして、毎日早起きしてつくるのもしんどいから、好い加減止めさせてくれと泣きつかれているんですが、なにしろファンが多いものですから、少しばかり値上げしても良いからつづけてくれとお願いしているんです。機械そのものも古いですから、しょっちゅう故障を起こすのですが、そのたびにこの栗橋が修理しているんです。刑事としてはたよりないかぎりですが、手先だけは器用なものですから」

蓮見がいった。

「じいさんがいよいよ引退となったら、サンドイッチも自分がつくる覚悟です」

蓮見の横に座った栗橋が、真面目な顔をしていった。

「それで、署長にお話というのは」

縣がサンドイッチをあらかたたいらげると、蓮見が尋ねた。

「ちょっと聞きたいことがあって」

コーヒーをすすりながら縣がいった。

「どんなことでしょう」

「能判官って人のこと」

「のうじょう、ですか」

「お能の能に判官贔屓の判官って書いて、のうじょうと読むらしいんだけど」

「能判官ですか。栗橋、お前知っているか」

蓮見が横に座った栗橋に尋ねた。

「惣島町《そうじままち》に屋敷がある能判官のことでしょうか」

栗橋がいった。

「うん、それ。どういう人か知ってる？」

「愛宕市で代々つづいたとても古い家柄なんだそうですが、当主の秋柾という人が九十三歳だったか九十六歳だったか、とにかく百歳近い年齢で何年か前に亡くなってしまって、能判官家の血筋は絶えてしまったということくらいしか……」

「家族はいないの？　たとえば息子がいたとか」

縣がいった。

「さあ、息子がいたという話は聞いたことがありませんね」

栗橋がいった。

「その能判官家が、今度の事件となにかかかわりがあるんですか」

蓮見が尋ねた。

「多分あると思うんだけど、その能判官家がどういう家で、なにを生業《なりわい》にしていたのかすらさっぱりわからないの。生前どういう人たちとつきあいがあったのかだけでもわかれば、捜査のとっかかりになると思うんだけど」

「それは重大事ですね」

栗橋が身を乗りだしていった。

「うん、重大事」

縣がいった。

「急を要しますか？」

蓮見がいった。

「もちろん。早ければ早いほど良いわ」

縣がいった。

「それではわたしたちでは役に立ちません。屋敷がある惣島町は動坂《どうざか》署の管轄です。そこの人間に聞けばきっとなにかわかるはずです」

「ここから遠いの？」

「車で三十分ほどです」

「わかった。いまから行ってみる」

せっかちな縣が立ち上がりかけた。

「待ってください。わたしもお供します」

蓮見がいった。

「ご親切はありがたいけど、ひとりで行ける」

「いや、そういうことではありません」

蓮見がいった。

「そういうことではないって、どういうこと」

縣が眉をひそめた。

「動坂署というのは少々毛色が変わった所轄署でして、それに東京からきた監察官がとつぜん訪れたりしたら、あまり良い顔をしないどころか、なにをしでかすか予想もつきませんので」

蓮見がいいにくそうにいった。

「なによ、それ」

謎めいた物言いにとまどう縣にかまわず、蓮見が立ち上がった。

部屋をでると、革ジャンを羽織った監察官とは一体どんな人間なのか一目見ようと、刑事部屋の戸口に私服の刑事たちが、署長室のほうをうかがいながら騒がしく私語を交わしていた。

蓮見は縣の先に立って階段を降り、駐車場にでた。

三階の刑事部屋だけでなく、二階の窓にも大勢の人間がひしめいて、押し合いへし合いをしていた。

「見せ物ではないぞ。さっさと仕事に戻らんか」

蓮見が窓から首を突きだしている制服警官や女性の職員たちに向かって怒鳴り声を上げた。

「醜態をお見せして、まことに申し訳ありません」

縣に向き直って、蓮見がいった。

「映画スターにでもなった気分」

レンタカーのドアを開けながら縣がいった。

蓮見が反対側のドアを開け、助手席に座った。

縣が運転席におさまる前に庁舎に向かって笑顔で手をふると、一斉に黄色い歓声が上がった。

3

斉藤工作はオフィス街の一画を車で移動していた。

車はスポーツカーではなく地味なワンボックスカーで、服装もつなぎの作業服だった。

ゆっくりと車を走らせながら獲物を物色した。

獲物は男でも女でもどちらでもよかった。獲物を見つける方法も捕らえる方法もそのたびに変えた。ときには変名を使って獲物に堂々と近づくこともあった。狩りそのものが快楽だったからだ。

いままでに殺した人間は数知れず、正確な人数など覚えていなかったが、二日つづけて狩りをするのははじめてだった。

一睡もしていなかった。興奮状態が冷めないまま、前日に殺した学生の悲鳴が頭のなかで響きつづけていた。

工作はハンドルから手を離し、手のひらを返してまじまじと見つめた。

シャワーも浴び、服も着替えていたが、頭のてっぺんから爪先まで、全身が血で真っ赤に染まっているような気がして恍惚となった。

　正午になり、ワイシャツ姿のサラリーマンが三々五々オフィスビルからでてきた。そのなかのほとんどが数台ならんだキッチンカーの屋台で弁当やサンドイッチを買って、束の間の休憩時間を楽しむためにビルの谷間にある近くの公園へと歩きだした。

　工作も車を公園に向けた。

　公園には噴水のある池があり、人々は池のまわりのベンチに座ってそれぞれ昼食の包みを開いて食べはじめた。

　ときどき吹いてくる涼やかな風が公園の木々をさざなみのようにざわめかせた。目の前の光景は平和そのものだった。

　ひとりの女が目に留まった。

　制服を着たオフィスガールたちとは違い、スーツ姿で肩からショルダーバッグを提げていた。

　四十代か五十代で、会社勤めをしているなら責任ある地位に就いているに違いないと思わせる女だった。

　女は長い髪をなびかせ、ベンチに座って弁当をほおばっている人間たちを尻目に、悠然とした足どりで歩いていた。

工作はその女を尾《つ》けることに決めた。

公園を横切って通りにでた女は、通り沿いにあるパン屋に入っていった。

工作は店の手前で車を停め、女がでてくるのを待った。

五分ほどで店からでてきた女は、片手に紙袋をぶら下げていた。

女は横断歩道の前に立ち、信号が変わると通りを渡って向かい側のビルに入っていった。昼食を買ってビルに入ったのだから、そこに女のオフィスがあるはずだった。よその会社で腹ごしらえをするとは考えにくいからだ。

陽が落ちるまでにはまだだいぶ間があったが、待つことは一向に苦にならなかった。

まず女の入ったビルに地下駐車場があるのかたしかめるのが先決だ、と工作は思った。管理職なら、通勤に車を使っているに違いないからだ。

三浦里子《みうらさとこ》が仕事を終えてオフィスをでたのは午後七時過ぎだった。

ビル内にはまだ明かりが残っていたが、人気《ひとけ》はなく昼間の喧噪が嘘のように静まり返っていた。

里子はエレベーターに乗って地下にある駐車場に向かった。

オフィスがある七階から地下に着くまでエレベーターには誰も乗ってこなかった。

駐車場にも人の姿はなかった。

里子は急ぎ足で自分の車に向かった。ハイヒールの靴音が無人の駐車場のなかに鋭く反響した。

シルバーのセダンに乗りこむとすばやくドアをロックし、ドライビングシューズに履きかえてエンジンをかけた。

発車した瞬間だった。鈍い衝撃とともに車が横向きになって停まった。

脇からいきなり飛びだしてきたワンボックスカーが衝突したのだった。

車を降りて車体を見ると、横腹がほんの少しへこんでいた。十年以上大切に乗ってきた愛車だった。

里子は相手の車をにらみつけた。衝突してきたくせに、運転手が車から降りてくる気配がなかった。それどころか、信じられないことに運転している男はハンドルに置いた両腕に顎を載せたまま、里子のほうを見て薄気味悪い笑みを浮かべているではないか。

頭に血が上った里子はワンボックスカーに歩み寄って、乱暴にドアを叩いた。それでも運転手は動じる様子もなく、薄笑いを浮かべながら里子の顔を見ているだけだった。

「車から降りなさい。警察を呼ぶわよ」

里子はドアを叩きながら大声で叫んだ。

唐突にドアが開いた。

「どういうつもりなの。さっさと車を降りてきなさい」

最後までいい終わらないうちに、とつぜんたくましい両手で頭をわしづかみにされ里子は車のなかに引きずりこまれた。

「なにをするの」

里子は全身の力をふりしぼって抵抗したが、筋肉質の太い手から逃れることはできなかった。

無我夢中でもがきつづけていると、首筋に痛みを感じた。

男の片手に注射器があった。首の血管に注射を打たれたのだ。

「誰か助けて」

大声で叫ぼうとしたが、声を上げることができなかった。

里子はそのまま気を失ってしまった。

黒のワンボックスカーが、廃線になった鉄道の線路に沿って北に向かって走っていた。

みすぼらしい家並みが丘の上方へと広がっていた。伐採業者や材木を港へ運ぶ運送会社の社員たちが住んでいた町だが、いまは往時の活況は失われ、大半の住宅が空き家になっていて、時折見かけるのは道端に座りこんでいるホームレスばかりだった。

通りを走っている車もごくわずかだったが、工作は律儀にウィンカーをだし、制限速度を超えないよう注意を怠らなかった。

急な登り坂がはじまると、さらに人気がなくなった。砂利だらけの道なき道をしばらく走ってから、工作は車を停めた。

そこはいかにも見捨てられた場所だった。形ばかりの門と有刺鉄線でかこまれた敷地はスクラップ置き場だったが、スクラップのなかには圧しつぶされて積み上げられた車だけでなく、昔線路のうえを走っていた有蓋貨車までもが錆だらけになって放置されていた。

工作はいったん車を降りて門を開け、ふたたび車に乗りこんだ。

この場所は工作が一軒の農家とその家の田畑とを一括して買い上げたもので、スクラップ置き場を抜けたところに崩れかけた家があった。

工作は家の前で車を停め、毛布でくるまれた荷物を荷台から引きだすと、それを軽々と肩に抱え上げ、慣れた足どりで廃屋に向かった。

家まで歩くとそのまま裏へまわり、くず鉄や動物の死骸で巧みに隠された出入口の扉を開けた。

出入口はふだん封印されているも同然だったから、仮に道に迷って敷地のなかに足を踏み入れた人間がいたとしても、扉の存在に気づかれる虞《おそ》れはなかった。もちろん家の正面にも入口があったが、二重三重に戸締まりがしてあって、ドアをたたき壊しでもしない限りなかには入れないようになっていた。

扉を開けて家のなかに入ると、悪臭が押し寄せてきて体にまとわりついた。なかは暗くなにも見えなかったが、なんの問題もなかった。照明のスイッチがどこにあるかはわかっていたが、工作は明かりを点《つ》けなかった。明かりなどなくても家のなかを自由に動くことができるからだ。

苦労して散らかし放題にした居間を抜けて浴室に向かった。

浴室で荷物を下ろし、黒ずんだバスマットを脇に押し退けた。

床に膝をつき、わずかに空いている隙間に人差し指と中指の二本の爪をこじ入れて四角い床板を一枚、一枚剝がしていくと、その下に地下に通じる階段が現れた。

工作はふたたび荷物を肩に抱えて、せまい階段を慎重に降りた。

階段を降りきり、荷物を下ろした。ぐるぐる巻きにしてある毛布を解くと、なかから意識を失った女が転がりでてきた。

工作は衣服を脱がし女を裸にしたあと、天井の梁に吊してある作業用のライトを点けた。

コンクリートの打ちっ放しの壁とタイル張りの床だけの、なにもない空間が浮かび上がった。

家具らしい家具はひとつも置いておらず、壁の隅に焼却炉が据えつけられているだけだった。

焼却炉は特別製で、プラスチックでもガラスでもなんでも溶かすほどの高温を長時間保つことができた。

焼却炉のなかには前日鉈《なた》と鋸《のこぎり》でばらばらに切断したうえ、さらにナイフとはさみを使って念入りに細切れにして焼いた学生の骨の燃えかすがまだ残っているはずだった。

天井にはこれもまた特別あつらえのスプリンクラーがとりつけられていて、タイル張りの床に着いた汚れを大量の水で洗い流すことができるようになっていた。

工作は裸にした女に視線を向けた。

作業用のライトの強い光りで、陶磁器のように真っ白な肉体が濃い陰影をともなって照らしだされていた。

おそらく週に何度かスポーツジムに通って体を鍛えているのだろう。女は年齢のわりには筋肉にたるみがなく、張りがあった。

乱れた黒髪の何本かが細い首に巻きついていた。あらわになった頬骨は思っていたより高く突きだしていて、臍《へそ》の下に五センチほどの外科手術の痕《あと》があった。陰毛は薄く、剥きだしになった足の膝頭にかさぶたがあった。

曲線が別の曲線につながり、丘をつくり谷をつくっていた。

女の全身を隅々まで探るように見つめているうちに、欲望が膨《ふく》れあがってくるのを感じた。

この隠れ家のなかでだけは、工作は思うさま自由にふるまうことができた。

4

縣は蓮見の指示に従ってハンドルを操作していた。

車は通りの両側にパン屋や喫茶店、クリーニング店などがならぶ、どこにでもあるようなのどかな街並みに入った。

「またぞろ雨になりそうですな」

車の窓から空を見上げながら助手席の蓮見がいった。

「そうね」

縣は短く同意の返事をした。

「この辺りが市境《しざかい》で、商店街を抜けると吉備津《きびつ》市になります」

蓮見がいった。

「動坂署って、愛宕市じゃなく吉備津市にあるんだ」

「ええ。でも隣り合わせですから」

「動坂署は毛色が変わっているって、どんな風に変わってるの」

「一言ではとても説明できないのですが……」

蓮見がいった。

「東京からきた監察官がとつぜん顔をだしたらなにをしでかすかわからないって、ちょっと大げさなんじゃない。わたしを脅してもなにもでないわよ」

「脅すつもりなんか毛頭ありません。事実を申し上げているだけです」

「なんだかとんでもないところみたいだけど、警察署であることには変わりがないんでしょう」

「それはそうですが、ただの警察署ではなくて、不祥事を起こしたにもかかわらず、表立った処分ができない人間を飼い殺しにしておくための収容施設だという噂があるのです」

「表立った処分ができないって、どういうこと」

「免職処分にすると、それがきっかけになって上層部の責任問題にまで発展しかねない場合であるとか、組織の人事や裏の事情に通じすぎていて、社会に野放しにするにはあまりにも危険だと判断された場合などに、動坂署に転任させて仕事らしい仕事を与えず定年まで隔離しておくらしいのです。あ、そこを左折してください」

いわれた通り小さな郵便局の角を曲がると、勾配のきつい坂道だった。

「なんだかわくわくする」

縣がいった。

「冗談をいっているのではありません。なにしろ署長の桐山《きりやま》さんをはじめ一筋縄ではいかない連中ばかりですから」

「蓮見さんは、動坂署の人たちと顔見知りなの?」

「ええ、よく知っています。一度煮え湯を飲まされたこともありますしね。といっても、そのときは動坂署と本部の捜査一課とのつばぜり合いだったので、一課の刑事たちに寝床を提供していただけのわれわれは、直接被害をこうむらずに済みましたが。あ、そこです」

どんな煮え湯を飲まされたのと尋ねようとしたとき、蓮見が坂道に沿って長々とつづく石塀が途切れている場所を指さした。

ハンドルを切って、敷地のなかに入った。

建物の外観が目に入るなり、縣は思わず声を上げそうになった。

動坂署は白い外壁に蔦の絡みついた三階建ての洋館だった。

辺りは物音ひとつせず、目の前に広がっている一画だけが外界から切りとられて、過去の時間のなかにとどまっているようだった。

「隣りはなんなの？」

「簀《す》の子《こ》神社という大きな神社です」

蓮見がいった。

敷地の境がはっきりしないうえに深い森が敷地のすぐそばまで迫ってきているの

で、動坂署の建物自体が広い神社の境内のなかにぽつんと建っているように見えた。

「少し風変わりかも知れませんが、根は気の良い人間ばかりです。お尋ねになりたいことがあれば、まずどんなことでも包み隠さずお話しになるのが得策です。どんなに些細なことでも、隠し事があると悟れば貝のように口を閉ざしてしまいかねませんから。それから、なにを見ても驚かないように」

「なんですって？」

車を降りた蓮見が縣のほうに顔を向けて不可解なことばを口にし、なんのことかと縣が聞き直す間もなく先に立って歩きだした。

建物のなかに入ると、一階のフロアには地域課と交通課のデスクがならんでいたが、人の姿はどこにも見えなかった。

無人のフロアを見ても驚いた様子も見せず、蓮見は二階へつづく階段を上がった。

二階の刑事部屋にも誰もいなかった。

戸口からのぞいて人の姿がないとわかると、蓮見はそのまま廊下を進んで突き当りの部屋の前に立った。

ボール紙に手書きで『鑑識』と書かれた表札がドアノブにぶら下がっていた。

蓮見がドアをノックした。

なかから返事はなかった。

蓮見がふたたびノックをした。

やはり返事はなかったが、ノックをしたのは単に形ばかりの所作に過ぎなかったらしく、蓮見は頓着する様子もなくドアを開けた。

そのとたん強烈な臭いが部屋のなかから流れでてきた。部屋のなかにはなにかを燃やしたような煙が立ちこめていた。

煙を透かして目を凝らすと、さまざまな機械や器具が乱雑に置かれ、奥の机にこちらに背を向けて座っている白衣姿の男がいた。鼻でも詰まっているのか、それとも生まれつき嗅覚が鈍いのか、蓮見が平気な顔をしてなかに足を踏み入れたので縣もそのあとにしたがって部屋に入った。

白衣姿の男がこちらをふり返った。

縣はその顔を見て思わず叫び声を上げそうになった。

学校の理科室に置いてある人体模型のように、頬から顎にかけて皮膚が剝がれ落ち、表情筋がのぞいていたのだ。

「おや、めずらしい。蓮見さんじゃないか。なにか用かね」

男がいった。

よく見ると、皮膚が剝がれ落ちている訳でもなんでもなく、ただの火傷の跡だということがわかった。表情筋がのぞいているように見えたのは、火傷の引《ひ》き攣《つ》れだった。

「ひとり部屋に閉じこもって、またぞろ悪戯をしているらしいね。一体なにを燃やしたんだね」

蓮見がいった。

「裏庭にめずらしい草が生えているのを見つけたのでね。なにかの役に立ちやしないかと、いろいろ実験をしていたところだ。そちらの女性は？」

蓮見の後ろに立っている縣に目を留めて、男が尋ねた。男は短くなった煙草を口にくわえていた。

「こちらは東京からいらした警察庁の鵜飼さんだ」

「警察庁だって？　まさか、うちの署の監察にきた訳じゃないだろうね」

男がいった。

「いや、氷室賢一郎氏が殺された件でこちらへこられたんだ。事件のことは知っているだろう？」

「氷室賢一郎というと、氷室家の当主のことかね。殺されたのか。それは驚いたな。

まったく知らなかった」

男は驚いた表情も見せず、のんびりとした口調でいった。

「署長さんたちはどこにいるんだ。姿が見えないようだが、どこかへでかけているのかね」

蓮見が尋ねた。

「いや、会議をしているんだ。署長室で待っていれば、すぐに戻ってくるはずだ」

男が答えた。

「わかった。そうさせてもらうよ」

蓮見はそういって部屋をでた。

「あの人、本物の鑑識員なの？」

蓮見のあとについて廊下を歩きながら縣が尋ねた。

「本物もなにも、彼は四年前まで科捜研で働いていた優秀な科学者ですよ。なんでも博士号を三つももっているという噂があるほどですから」

蓮見がいった。

「博士号を三つも？　そんな人がどうして所轄にいるの」

「科捜研で試薬をつくるために化学薬品を調合しているときに、誤って火をだしてしまいましてね。その火事で火傷を負っただけでなく、保管してあった証拠品を全部燃やしてしまったんです」

「それで所轄に飛ばされたという訳？」

縣が尋ねた。

「そうです。本人は試薬をつくるためだったなんていっていましたけれど、なんの実験をしていたか知れたものではありませんがね」

蓮見はそういって笑った。

蓮見の話にも驚かされたが、なによりも印象に残ったのは、縣が警察庁の人間だと紹介されても、男が少しも驚かなかったことだった。

署長室は廊下の反対側の突き当たりにあった。

蓮見はドアを開けてなかに入ると、デスクの前に置かれたソファを勝手知ったる様子で縣に勧め、自身も縣の横に腰を下ろした。

署長室はせまく質素で、賞状やトロフィーの類すらなにひとつ見当たらなかった。

三分と待たないうちにドアが開いた。蓮見が立ち上がったので、縣もそれに倣《なら》った。

部屋に入ってきたのは制服姿の小柄な男だったが、署長の桐山に違いなかった。

「勝手にお邪魔しています」

蓮見が桐山に向かって頭を下げた。

「蓮見さんか。これはめずらしい」

桐山が挨拶を返し、デスクをまわりこんで椅子に腰をかけた。小柄な体格のせいで、デスクがやけに大きく見えた。

「そちらは？」

桐山が、背の高い縣を見上げるようにしていった。

「警察庁の鵜飼縣」

蓮見が答える前に、縣は自分で名乗った。

「ほう、警察庁の方ですか。まさかうちの署の監察にいらしたなどというのではないでしょうな」

桐山が元科捜研の男と同じことを尋ねた。

縣が警察庁の人間だと名乗っても少しも驚いた様子を見せず、身分証を見せろなどといわないところまで同じだった。

手振りで腰を下ろすように促されて、縣と蓮見はソファに座り直した。

「鵜飼さんは、氷室賢一郎氏が殺された件でこっちにみえられたのです。氷室賢一郎氏の事件を署長はご存じですか」

　蓮見が桐山に尋ねた。

「ええ、聞きました。ほかにも身元がわからない人間がふたり殺されていたそうですね。一課からは誰が出張《でば》ってきているのです？」

「茶屋警部です」

　蓮見が答えた。

「おお、茶屋さんか。それは良い」

　桐山がいった。茶屋とは旧知の間柄であるような口ぶりだった。

「で、ご用件は事件とかかわりのあることですか。わたしでお役に立てるようなことがあれば、なんでも聞いてください」

「能判官秋柾氏という人物を署長はご存じでしょうか」

　蓮見が尋ねた。

「能判官さんですか？　もちろんです。惜しい方を亡くしましたよ」

「二年前に亡くなったって聞いたけど、死因はなんだったの」

　縣が横合いからとつぜん割りこむようにして尋ねた。

　ならんで座っている蓮見が、縣の不作法な態度に驚いてとがめるような視線を向けたが、桐山のほうはとくに気を悪くしたようでもなかった。

「死因といって特別な病気ではなく、老衰ですが」

「間違いない？」

「それはもう間違いありません。床《とこ》に伏せるようになってから、わたし自身ご自宅に何度も見舞いにうかがいましたから」

駄目の念を押すような質問に対しても、桐山は気にするようなそぶりも見せず答えた。

「寝たきりだったということ？」

「ええ。まあ、そういうことです。長い期間入院されていたのですが、死期が間近に迫っているのを悟られると、退院して自宅に戻ったのです」

「家族は？」

「長年ひとり暮らしでした。わたしが知る限りは」

「奥さんは早くに亡くしたって聞いたけど、どれくらい前のことなの」

「三十年以上も前のことになるのではないでしょうか。秋柾氏がまだ六十代のことだったと本人からうかがったことがありますから」

「再婚とかしなかったの」

「ええ、結婚は一度切りだったはずです。亡くなった奥様以外の女性には興味がないとおっしゃっていましたよ」

「口だけってこともあるんじゃない？　奥さん以外の女性には興味がないとかなんとかいいながら、どこかの別宅に愛人をかこっていたとか」

縣が尋ねた。

「わたしは秋柾氏の人柄をよく知っていますから、そんなことはあり得ないと断言できます」

「そう。でも、ひとりで暮らしていたのなら、誰が食事なんかの面倒をみていたの？」

「市のヘルパーさんが日替わりで通っていました。たしか二、三人はいたはずです」

「ヘルパー？　決まった家政婦さんではなく？」

縣がいった。

矢継ぎ早の質問にも言い淀むことなく答えていた桐山の表情がくもり、何事か考える顔つきになった。

「おかしな質問に聞こえるかも知れないけど、どうしても知りたいことなの」

縣がいった。

「いいえ、かまいません。あなたにいわれて思いだしましたが、そういえば、たしかに住みこみで働いていた家政婦さんがひとりいましたね。おかしいな。彼女はどうしたのだろうか。わたしが見舞いに行くようになってから顔を見ていない」

「その家政婦さんって、いくつくらいの人だった？」

「面と向かって年齢《とし》を聞いたことはありませんが、三十代後半から四十代前半というところでしょうか」

「名前は？」

「名前……。なんだったかな。そうそう、秋柾氏はたしか純子さんと呼んでいました」

桐山が答えた。

池畑純子に違いない。縣は内心で快哉を叫んだ。道の推理はやはり核心を突いていたのだ。

「秋柾さんが退院して家に帰ったのは何年前？」

「三年前ですね」

桐山が答えた。

池畑純子が千葉に引っ越したのは三年前の十二月だった。池畑純子だけでなく、弁護士の祖谷正義と医師の朽木圭三がそれぞれ北海道と長崎にとつぜん現れたのも三年前から二年前にかけての期間だった。

おそらく三人のとつぜんの引っ越しは、体が不自由になった能判官秋柾が退院して自宅に帰ったことと密接に関係しているに違いなかった。

「署長さんは秋柾さんとつきあいが長いの？　知り合ってどれくらい？」

「秋柾氏は九十三年の生涯をまっとうされた方ですし、われわれが知り合ったのは十三、四年前のことですから、わたしが知っているのは秋柾氏の長い生涯のほんの一部分だけといえるかも知れませんね。その頃は秋柾氏もまだお元気で、散歩の途中でお会いしたのが最初でした。他愛のない話をしているうちにお互い贔屓にして通っているパン屋が同じだということがわかって、それで意気投合したのです。趣味が碁とうかがってからはいっしょに碁会所にでかけたり、お宅にうかがって碁を打ったりしたこともありました」

「能判官さんの趣味は碁だったの」

「ええ、そうです。とても熱心でしたよ」

「ほかに趣味はなにかあった？　おいしい食べ物のためならどこにでもでかけて行ったとか、高級な外車のコレクターだったとか」

「高級外車だなんてとんでもありません。食べる物もしかり、実に質素な暮らしで、決して贅沢なものなど求めない方でした」

「秋柾さんはなにをしていた人なの？」

縣がいった。

「なにをしていたとは？」

縣のあまりに単刀直入な問いかけにとまどったらしく、桐山が聞き返した。

「つまり、仕事はなにをしていたかということ」

「ああ、そういうことですか。仕事といって定職はもたれていませんでしたね。蓮見さんも知っているでしょうが、能判官家というのはひじょうに古い家系ですので、たとえば不動産などの資産をあちらこちらにもっておられて、そこから得られる収入で悠々自適に暮らしておられるのだろう、とわたしは思っていました」

「古い家系って、どれくらい古いの？」

縣は好奇心から尋ねた。

「室町時代からつづいているそうです」

「そんなに古いの」

縣は驚いていった。

「ええ、そうです」

桐山がいった。

初対面の人間にもかかわらず、桐山が隠し事をするでもなく、縣の質問に誠実に答えようとしていることは疑いようがなかった。

ほかに質問することがあるだろうかと縣は考えたが、とっさに思い浮かばなかった。

これ以上立ち入った質問をしようとすれば、少ないながら手持ちの情報をすべてさらけだす必要がありそうだった。

「祖谷正義という名前に聞き覚えはある？」

「うばがい、ですか」

「弁護士らしいんだけど。どう？　聞いたことはない？」

「さあ、ありませんね」

桐山が首をかしげながらいった。

「じゃあ、朽木圭三という人は？」

「朽木、さん。医者の朽木さんですか？」

「ええ、そう。知ってる？」

「秋柾氏のお宅で一、二度お見かけしたことがあります。秋柾氏とはずいぶん懇意にされているようで、秋柾氏は何十年も朽木さん以外の医者にかかったことはないといっておられました」

そこでことばが一瞬途切れた。

「そういえば、秋柾氏が床に伏せってから朽木さんの姿も見ていません。本来ならば朽木さんが秋柾氏の最期を看《み》とるべき人であるはずなのに。わたしとしたことが、どうしていままでそのことに気づかなかったのだろう。鵜飼さん、あなたは純子さんという家政婦や朽木さんが顔を見せなくなった理由をご存じなのですか？」

桐山が縣に尋ねた。

「そのふたりともうひとり、弁護士の祖谷さんの三人は愛宕市にはもういない」

「どこにいるんです？」

「三人とも殺された」

縣はいった。

「殺された？」

思わず声を上げたのは、隣りに座っている蓮見だった。

「三人とも、ですか？」

桐山が尋ねた。

縣はうなずいた。

「誰が殺したんです」

「それはまだわからない。わたしが愛宕市にきたのもその事件の捜査のためなの」

縣がいった。

「氷室賢一郎氏が殺された事件もその三人が殺されたことと関係があるということでしょうか」

「同じ犯人だと思う。三人が殺された手口が賢一郎氏と同じだった。拷問されたうえで殺されていたの」

「朽木さんたちは、愛宕市やこの吉備津市で殺されたのではないのですね。そんな事件があったら、わたしの耳に入らないはずがありません」

「ここではなく、三人ともばらばらの場所。祖谷さんは北海道、池畑さんは千葉、朽木さんは長崎。それも殺されたときには本名ではなく、祖谷さんは近藤庄三、純子さんは山本花子。朽木さんは桜井守という名前だった」

「それはどういうことです?」

桐山が眉間にしわを寄せた。

「三人とも偽名を使っていたの」

縣がいった。

「偽名を……」

桐山が眉をひそめた。

「名前を変えていただけじゃない。戸籍からなにから経歴をすべて偽造していた」

「経歴をすべて……」

顔をしかめた桐山が、信じられないというようにつぶやいた。

「なぜです？　三人はなぜそんなことをしたのです」

「三人が自発的にしたことではなく、秋柾さんが仕組んだことだとわたしは思っている。秋柾さんは体の自由が利かなくなってから、身近にいた三人を遠ざけた。それもただ遠ざけただけでなく、三人の身分を隠し、偽の経歴を用意して、北海道、千葉、長崎に住まいを移させることまでした。でも、秋柾さんがなぜそんなことをしたのか理由はわからない」

「秋柾氏が三人の経歴を名前からなにからすべて偽造した、と」

「秋柾さんはパソコンを使っていた？」

縣が尋ねた。

「いいえ。携帯電話さえもっていなかった」

桐山が答えた。

「秋柾さんに頼まれて、経歴の偽造をはじめ三人が身をひそめるために手を貸した第三者がいたはずで、それがおそらく氷室賢一郎氏だと思う」

縣がいった。

「氷室賢一郎氏が……」

桐山が顎に手を当てて考えこむ顔つきになった。横に座っている蓮見も、口を半開きにしたままことばもでない様子だった。

「秋柾さんが氷室賢一郎氏と親しい間柄だと聞いたことはない？」

「いいえ、ありません。ふたりのあいだになにか関係があるなどと想像したこともありませんでした」

桐山がかぶりをふり、しばらく考えてからデスクのうえの電話に手をのばした。

「鹿内《しかない》君、すまないがこっちへきてくれんか」

内線にかけたらしく、桐山が電話機に向かっていった。

「鹿内というのはうちの刑事課長ですが、県内の政財界の事情に通じている男です。彼ならなにか耳にしていることがあるかも知れません」

縣に向き直って桐山がいった。

雨が降りだしたらしく、鎧戸のついた古風なガラス窓を雨粒が叩きはじめた。

ほどなくドアが開き、細身のスーツをスマートに着こなした三十代の男が入ってきた。

「蓮見君は知っているね。こちらは警察庁の鵜飼さんだ」

桐山が男にいった。

「警察庁、まさかうちの監察に見えられたのですか」

縣に視線を向けた男が、鑑識の男や桐山と同じことをいった。縣が穿いている膝のほつれたジーンズを見ても顔色ひとつ変えないところもまったく同じだった。

鹿内は部屋の隅に置いてあった椅子を引き寄せてソファの横にならべると、そこに腰を下ろした。

「氷室賢一郎氏のことは知っているね」

桐山が鹿内に尋ねた。

「屋敷の地下室で身元がわからないふたりの男といっしょに殺されていたとか」

「茶屋君からなにか聞いているかね」

「いえ、いまのところはなにも」

鹿内と呼ばれた男が答えた。

「賢一郎氏は生前能判官秋柾氏と関係があったらしい」

「一昨年亡くなった能判官家の秋柾氏とですか」

「そうだ。わたしが秋柾氏と懇意にしていたことはきみも知っているだろうが、彼の口から賢一郎氏の名前がでたことなど一度もなくてね。ふたりのあいだにつきあいがあるなどと思ってみたこともなかった。きみはなにか知っているかね？」

「つきあいというのは、どういった類のつきあいなのでしょうか」

鹿内が桐山に尋ねた。

「わたしが説明するわ」

縣がいった。

「賢一郎氏が殺される前に三人の人間が同じ手口で殺されていて、その三人が秋柾さんとひじょうに近しい人たちだったの。ひとりは家政婦さん、あとのふたりは弁護士とかかりつけの医者だった」

「同じ手口というのは？」

鹿内が縣に目を向けて尋ねた。

「三人とも殺される前に拷問されていた。それは賢一郎氏も同じ」

鹿内が縣から蓮見に視線を移すと、蓮見がうなずいた。

「三人が殺されたというのはいつの話です」

鹿内が縣に向き直って尋ねた。

「今年のはじめ。それもわずか一ヵ月のあいだ」

「拷問されて殺されたなどという事件があれば耳に入ってこないはずはないが、そんな話は聞いたことがない」

鹿内がいった。

「事件があったのはここじゃなくて、北海道と千葉、それに長崎なの」

「ばらばらの土地でわずか一ヵ月のあいだに三人が殺されたと？」

「ええ」

縣がうなずいた。

「拷問というのは、どういう拷問なのですか」

「ひとりは手の指を切り落とされ、もうひとりは足の指を一本ずつハンマーのようなものでつぶされていた。三人目は性器が焼けただれて炭になるまで酸を少しずつ垂らされていた」

縣がいった。

「指を一本ずつ切り落としたりつぶしたり、酸を垂らしたりというのは、被害者を単に痛めつけたいという嗜虐的な性向のためというより、殺害犯が被害者たちからなにかを聞きだすために行った拷問のように聞こえますね」

しばらく考えたあと、鹿内が顔色ひとつ変えず、冷静な口調でいった。

なるほどただ身なりが良いだけの伊達男ではないらしい、と縣は思った。

「わたしも同じ考え」

「三人とも本名ではなく偽名で、そればかりか経歴まで偽っていたそうだ」

桐山が鹿内にいった。

「経歴を偽っていたというのはどういうことです？」

鹿内が桐山に尋ねたが、答えたのは縣だった。

「ネット上のデータをすべて書き替えていたの。言い忘れたけど、わたしはいま警視庁に出向していて、現在進行形の事件もふくめて捜査記録を整理分類する仕事をしているんだけど、その過程でたまたま三件の未解決の殺人事件を見つけてしまったの。さらに三人の被害者の背景を調べているうちに、経歴のすべてがでっち上げであることがわかったという訳」

「なぜ経歴を偽らなければならなかったのです」

「殺人犯から身を隠すためだとしか考えられない。秋柾さんは自分の死期が近いことを知って、身近にいた人間を遠く離れた土地に逃がしたのだと思う」

「自分の近くにいると危害が及ぶと秋柾氏が考えた、ということでしょうか」

鹿内がいった。

「多分、そう。いまのところ推測でしかないけど」

「ネット上のデータをすべて書き替えたとおっしゃいましたが、それも秋柾氏が手ずからしたことなのですか」

「秋柾さんじゃないと思う。ネット上のデータに手を加えるには、相当くわしいコンピューターの知識がないとむずかしいから。わたしは氷室賢一郎氏が手を貸したのじゃないかと思ってる。彼はいくつもの企業を経営していて、そのなかにはネット関連の会社もあるようだし」

「なるほど。それで秋柾氏と氷室賢一郎氏の関係がどういうものなのかをお知りになりたい訳ですね」

鹿内が得心したようにいった。

縣にしてみれば、ネットやコンピューターについてわずらわしい説明をしなくてもなんなく話を理解してくれるだけでも大助かりだった。

「しかし、なぜ氷室賢一郎氏は殺されたのでしょう。しかも拷問されていたということは、殺人犯は賢一郎氏からもなにかを聞きだそうとしていたことになる」

桐山が縣にいった。

「わたしもそれが引っかかっていました。それについて、鵜飼さんにはなにか考えがおありなのですか」

鹿内が尋ねた。

「おそらく秋柾さんの近くから消えた人間がもうひとりいる」

縣がいった。

「殺人犯はその人を捜しているのだと思う」

隣りに座っている蓮見が息を飲むのがわかった。

鹿内と桐山が顔を見合わせた。

「署長、鵜飼さんを父に紹介してもかまいませんか」

しばらく沈黙があったあと、鹿内がいった。

「わたしも最初からそのつもりだった」

桐山がいった。

「え？　父ってなんのこと」

会話の筋道がわからず、とまどった縣がいった。

「鹿内君の父上は鹿内創業という財閥グループの総帥で、能判官家と同じとはいえないまでも愛宕市では相当に古い家系なのです。彼なら氷室家のこともよく知っているはずです」

桐山がいった。

「あなたの父親をわたしに紹介してくれるっていうの」

縣が鹿内に顔を向けて尋ねた。

「鵜飼さんさえよろしければ」

鹿内がいった。

「もちろんよ。それで、いつ連れて行ってくれる」

「それは……」

鹿内が口ごもった。

「連れて行ってくれないの？」

「できれば鵜飼さんおひとりで会っていただきたいのです。わたしは顔をださないほうが良いと思うので。もちろん父にはわたしから電話を入れておきますが」

鹿内がいいづらそうにいった。

中年の男と父親のあいだに、顔を合わせられないような確執がなにかあるのだろうかと縣は思ったが、さすがにそこまで尋ねることはできなかった。

5

図書館の外にでると雨はさらにはげしさを増し、風も強まっていた。

吉野は突風のなかを地下鉄の駅に向かって歩きだした。

通りは戦場のような騒ぎだった。歩道には人があふれ、車道では動きがとれなくなった車がヒステリックにクラクションを鳴らしていた。

車のあいだを縫うようにして歩く人の群れに混じって、通りを渡った。

駅のなかに入り、家路を急ぐ通勤客で混み合っているのを見て、吉野は思わず舌打ちした。

腕時計を見ると午後六時を過ぎていた。図書館で新聞の縮刷版を閲覧していたのだが、時代遅れもはなはだしいことにまだデジタル化してデータベースを作る作業もされておらず、過去の地方紙を調べるにも、一ページずつめくらなければならなかった。そのためこれといった記事をひとつも発見できないまま、いたずらに時間ばかりかかってしまったのだった。

喉が渇いていたので、売店でコーヒーを買った。

満員の電車に乗って、雨に濡れた上着や傘を押しつけられるのはかなわない。電車ではなくタクシーで帰ろうかと、コーヒーを飲みながら考えているとき、通路の入口に立ってこちらをうかがっている男がひとりいることに気づいた。

コートの肩口が濡れているところを見ると、吉野のあとを追って急いで駅に駆けこんできたに違いなかった。

まったく見ず知らずの男で、尾行される覚えもなかったが、なぜかそんな気がした。

単なる気の迷いかどうか試すために、吉野は紙コップを手にもったまま人混みにまぎれた。

壁際まで歩いたところで立ち止まり、男が自分を捜しているかたしかめた。

首を伸ばして吉野を捜すような人目に立つそぶりはしていなかったが、男の視線はたしかに自分の行く先を目で追っているような気がした。

背筋に寒気が走った。

紙コップをゴミ箱に捨て、パーカのフードをかぶると、ふたたび人混みにまぎれた。

人の流れに逆らわないように歩きながら、次第に足を速め反対側の出口に向かった。

後ろをふり返って男があとを追ってこないかたしかめたい気持ちを堪《こら》えて歩きつづけた。

階段を上がって地上にでると、冷たい雨が顔に吹きつけた。

タクシーを拾うために手を挙げた。

タクシーはすぐにきた。

ドアが開くと、頭から飛びこむようにして座席に乗りこんだ。

「まっすぐ行ってくれ」

大声をだしたつもりだったが、うろたえているせいか、ささやくような声しかでなかった。

それでも運転手には聞こえたらしく、タクシーが走りはじめた。

ほっとしたのもつかの間、走りはじめたばかりのタクシーが信号に捕まって停まった。

先ほどの男が走って追いかけてくるのではないかと、吉野は気が気ではなかった。

土砂降りのなかで信号の赤い色が血の色のようににじんでいた。

信号はなかなか変わらなかった。

動悸が速まり、呼吸まで苦しくなった。

信号が青に変わった。

「そこを左に入ってくれ」

吉野は交差点の先の脇道を指していった。

脇道は暗く、人通りもなかった。

短い通りは石畳で、四階建ての低いビルが両側に建っていた。ビルはどちらもくすんだ煉瓦色をしていた。

吉野は座席で身をよじり、後ろを見た。

少なくとも走って車を追いかけてくる人間はいなかった。

ビルとビルのあいだを抜けると視界が開け、ふたたびにぎやかな通りにでた。

歩行者は風に傘をもっていかれまいとして懸命に踏ん張るようにしながら歩いており、バイクを運転している男の服はびしょ濡れになってぴったりと体にはりついていた。しかし、吉野の乗った車に注目している人間などひとりもいなかった。

土砂降りのなかでどたばた劇を演じている人々を眺めているうちに、動悸がおさまり呼吸も楽になった。

落ち着きをとり戻すと、自分のあわてぶりが急におかしく思えてきた。

単なる思い過ごしだったのだ。一体どこの誰が自分のような人間を尾行するというのか。ネタをとるためなら他人を蹴落とすことも平気だった駆けだしのころならいざ知らず、最近は人から恨みを買うようなことをした覚えもないし、金が目当てなら、どこから見ても金をもっているようには見えない男を追いかけてくるはずもなかった。

いろいろ考えてみても、やはり尾行される理由などなにひとつ思いつかなかった。

「馬場町《ばばちよう》に行ってくれ」

吉野は運転手にいった。朝からなにも食べておらず、空腹であることに気づいたのだ。

馬場町には、行きつけのスポーツバーがあった。

スポーツなどにはまるで興味がなかったが、酒だけでなくイタリアンの料理もだす店で、値段も安く、若者の客が多いせいで活気があった。

交差点を左折して中央通りに入ると、通りは比較的空いており、タクシーは順調に進んだ。

雨は止むどころかますますはげしくなり、運河に架かる橋を渡るころには、嵐と呼びたくなるほどにまでなった。灰色の波が車の窓に打ち寄せ、歩行者も車も建物も、すべてが怪しげにうごめく靄《もや》のようにしか見えなくなった。

運転手は広場前のロータリーでハンドルをまわして左へ切り返し、馬場町方面の車線に乗った。

後方からサイレンが聞こえてきたかと思うと、一台の救急車が飛沫《しぶき》をあげながら脇を通り過ぎていった。

暗さが増し、車がつぎつぎにヘッドライトを点灯させはじめた。次第に遠ざかっていく単調なサイレンの音を聞いているうちに、吉野は車酔いをしたような気分になった。

通りを走る車は多くはなかったが、途絶えることはなかった。

立体交差の下をくぐると大きな公園の前にでた。公園の鉄柵沿いを走る車のなかから、風になぶられて揺れる木々の影絵のようなシルエットを横目に見ているうちに、渋いバーやレストラン、しゃれたカフェや高級なブティックなどがならんでいる一画にでた。

「その信号を越えたところで停めてくれ」

運転手は指示通りのところで車を停めた。

吉野は料金を払って車を降りた。

外にでると、雨がたちまちパーカを濡らした。

よほどの理由がないかぎり外にはでたくないような天候のためだろう、いつもは大勢の人でにぎわっている通りにも人影はほとんどなかった。

吉野は店に駆けこんだ。

閑散とした通りとは打って変わって、店のなかは客でいっぱいだった。

店のなかに何台も設置してある大型画面にはサッカーの試合が流れていて、サッカーファンらしい男女がビールのジョッキを片手に騒がしく声援を送っていた。

吉野はカウンター席に座り、ウェイターに生ハムと生ビール、それにパスタを注文した。

どちらかのチームがゴールを決めたらしく、客たちが大きな声を上げた。

歓声につられてふり返ったとき、店に入ってきたふたりの男の姿が目に留まった。

たまたま視界の隅に入っただけだったが、自分が店に入った直後ということと、ふたりとも背広姿であることが気になった。スポーツバーに背広姿でくる客はあまりいない。

　男はどちらも地下鉄の駅で見かけた男ではなく、入口から店の奥のテーブルに座るまでのあいだも吉野のほうをうかがう様子もなかった。

　考えすぎだ。吉野は自分の小心ぶりを内心で笑い、あの男たちは雨宿りに立ち寄っただけの会社帰りのサラリーマンだと思い直した。

　注文した料理がくる前に、吉野はトイレに立った。

　トイレには窓はひとつもなく、非常口もなかった。用を足すと念入りに手を洗った。

　トイレをでたとき、店の奥のテーブルに座ってトイレの入口に視線を向けていた男たちが、あわてたように顔を伏せるのが見えた。

　気の迷いでも見まちがいでもなかった。ふたりの男はたしかにトイレに入った吉野をうかがっていた。

　カウンターに戻ると、ウェイターが、生ビールのジョッキと生ハムを載せた皿を吉野の目の前に差しだした。

　ふたりの男がトイレのほうに視線を向けていたのは偶然ではないということには確信があった。偶然だったとしたら、あわててこちらをうかがっていた訳ではないというようなふりをするはずもなかった。

生ハムを摘みながらビールを飲みはじめたが、背中に向けられているだろうふたりの男の視線が気になって仕方がなかった。

ビールを半分ほど飲んだところでパスタが運ばれてきたが、かきこむようにして食べたので味がわからなかった。

吉野はカウンターのなかのウェイターを小声で呼び寄せた。

「なにか」

「この店に裏口はある？」

「ええ、あの先に」

ウェイターがトイレの横のせまい通路を指さした。

「店の裏口にタクシーをつけてもらおうと思っているんだけど、なにか目印になるようなものはないかい」

「それなら店の裏の通りにこの店の看板がでていますし、通りの入口にいまどきめずらしい公衆電話ボックスがあるのですぐにわかると思います」

ウェイターがいった。

「ありがとう。それとビールをもう一杯頼む」

吉野はウェイターに礼をいって二杯目のビールの代金もふくめて勘定を払うと、パーカのポケットから携帯をとりだし、配車アプリを使って近くにいるタクシーを探した。

五分ほどで店にこられる距離にいるタクシーが見つかった。吉野は店の名前をいい、裏通りの入口の公衆電話ボックスの前で立っていると告げた。

吉野の声は客たちの喚声にかき消されて、奥のテーブルの男たちには聞こえていないはずだった。

携帯をしまい、ビールを飲みながら五分経つのを待った。

きっかり五分だけ待って吉野は半分ほどビールが残っているジョッキをカウンターに置き、ふたたびトイレに立つふりをして席を立った。

急ぎ足にならないよう、できるだけゆっくりと歩いた。

通路まで歩くと裏口に向かって一直線に駆けだしたくなったが、懸命にこらえて一歩ずつ進んだ。

裏口のとってに手をかけ、ドアを開けた。外にでたとたん、一心不乱に走った。

車道に躍りでたとき急ブレーキの音がして、吉野はあわてて足を止めた。あやうく自分が呼んだタクシーに轢かれるところだった。

タクシーのドアが開いた。

「まっすぐ行ってくれ」

後部座席に飛びこむように乗りこんだ吉野を面食らった顔で見ている運転手にいった。

タクシーが走りだした。

後ろをふり返ると、奥のテーブルに座っていたふたりの男が裏口から飛びだしてくるのが見えた。

雨に打たれながら敵意に満ちたまなざしで走り去る車を見つめるふたりの男を、吉野もまた信じられない気持ちで見つめ返した。

やはり錯覚でも思い過ごしでもなかった。ふたりの男は間違いなく自分を尾行してきたのだ。

しかし、一体どこから？

訳がわからなかった。地下鉄の駅からはタクシーに乗った。駅にいた男が追ってくることはなかったから、男とは別のふたり組がいて、彼らが車でタクシーを追いかけて店に入ってきたことになる。

そんなことがあるだろうか。考えれば考えるほど疑問は大きくふくれあがり、不安が襲ってきた。

　自分になにか尾行される理由があるのだろうか。ふたたび考えたが、やはり尾行されるような理由はなにひとつ考えつかず、それよりもいまはふたりの男をまくことの方が先決だと思った。

「番町《ばんちょう》通りに入って、川反《かわばた》駅へ行ってくれ」

　吉野は車が交差点に進入する寸前に運転手にいった。

　運転手はすばやく左右を確認するや、アクセルを踏みこんで左に急ハンドルを切り、往来の少ない交差点から番町通りに入った。

　東に向かって加速したあと、つぎの交差点を左に曲がった。

　吉野は車の窓から後方をうかがった。

　追いかけてくる車は見えなかったが、安心はできなかった。尾行している人間が四人以上いることも十分考えられたからだ。

　そう考える一方で、吉野は自分が尾行されていることがまだ信じられなかった。

　タクシーは十五階建ての五つ星ホテルの前を通り過ぎ、通りを西に進んだ。

　歩道を歩いている人間は、四方から吹きすさぶ雨混じりの風でいまにも飛ばされそうなくらいだった。

吉野は茫然としながら灰色の雨に包まれた窓外の景色を見つめていた。建物の正面に雨がたたきつけられ、バルコニーや窓から雨水が滝のように流れ落ちていた。

川反駅まではほんの十分ほどだった。

メインストリートをはさんで、雑多な店舗が広がっていた。看板を連ねた雑居ビルの多い一画で、どこにでもあるような駅前の風景だった。

吉野は駅の前でタクシーを降りた。

駅のなかに入り、階段を降りるとプラットホームはつぎに出発する電車を待つ通勤客であふれ、誰も彼もが足早に歩いていた。

吉野はプラットホームのなかほどまで歩いたところで、周囲を見まわした。

スポーツバーにいたふたりの男に似た男はいなかった。

吉野はプラットホームの端まで進み、通勤客と柱のあいだに姿を隠すようにして立った。

電車がきた。

吉野は押し合いへし合いする通勤客に混じって電車に乗った。

満員の乗客にもまれながら、これからどうすべきかを考えた。

家に帰る気にはなれなかった。

五分ほどでつぎの駅に着き、吉野は人をかきわけて電車を降りた。

プラットホームを出口に向かって歩きながら、四方に目を配った。

エスカレーターに乗って地上にでると、ふたたび後方をうかがい、自分のあとを追ってくる人間がいないかたしかめた。

あわただしく往き来する人々は自分自身のことで手一杯で、他人に注意を向けている者などひとりもいなかった。

吉野は外にでてタクシーを拾った。

雨はまだ降りつづいていた。

町の中心部に戻るとタクシーを降り、すぐに別のタクシーを拾った。

十五分ほど街中《まちなか》を走らせた後、また地下鉄に乗り、二度乗り換えをしてから地上にで、ビジネスホテルを探した。

ちょうど手頃なビジネスホテルが目と鼻の先にあった。

あとを追ってくる人間がいないか、何度も後ろをふり返ってたしかめながら足早に歩いた。

後方を歩いている人間の姿はなかった。

ホテルに入ると、手短に手続きを済ませてエレベーターに乗った。

三階でエレベーターを降り、廊下の突き当たりの部屋に入った。

部屋のなかに入って鍵をかけると、パーカを脱いだ。

浴室のタオルをとって頭と顔を拭った。

ようやく安堵のため息をつき、尾行される理由が自分になにかあるのだろうかとふたたび考えた。

一時間以上も考えたが、いくら頭をひねってもなにひとつ思いつかなかった。

6

警察車輛の列が中通りに入った。

数年前までその付近は田圃と畑ばかりで、建物といっても通り沿いにときどき現れるパチンコ店くらいだったのだが、大型のショッピングモールができてからは車の通行量も人出も多くなり、パチンコ店も一軒残らず姿を消して、小じゃれた住宅が建ちならぶようになっていた。

雨は夜中になってようやくおさまったが、晴れ間は見えずどんよりと曇った朝だった。

油井《ゆい》は、車列の先頭を走る鑑識班のバンに揺られながら悪い予感をふり払うことができなかった。

五年も勤めればベテランといわれる鑑識の仕事をすでに三十年以上つづけている油井は、犯人の足跡さえ採取することができれば事件は解決したも同然だという信念の持ち主で、現場では足跡を捜す作業をなによりも優先させていた。

しかし現場は郊外の宅地造成地で、それも住宅の建設工事が長いあいだ中断されたままになっている一画だという情報だった。

コンクリートで土留《どど》めでもしていない限り、前日の土砂降りでいたるところが水びたしになっているはずで、そうなると足跡を見つけること自体がむずかしくなるのは目に見えていた。

中通りを抜け、造成地に着いたところで車が停まった。

誰よりも先に車を降りた油井は目の前の光景を見て思わず内心で舌打ちした。

悪い予感は当たっていた。

一帯は粘土質の軟弱な土壌で、地面には直径が十メートルはあろうかという水溜まりができていた。それは水溜まりというより、もはや沼だった。

死体は、沼の真ん中に顔を埋めるようにうつぶせになって横たわっていた。

沼の手前に、一一〇番通報を受けて真っ先に現場に駆けつけてきたに違いない地域課の巡査がひとり立っていた。

「立ち入り禁止のテープは張らなかったのか」

油井は、巡査に声をかけた。

「はい。なにしろ水溜まりが大きすぎますし、無理をしてテープを張ったりして自分の足跡をつけてはいけないと思いまして」

巡査がいった。

「よくやった。それで良い。発見者は誰だ」

「建設会社の社員です」

「建設会社の人間が、こんな朝早い時間にどんな用事があってここにきたんだ」

「ここは宅地造成地なんですが、工事が長いあいだ中断しているのは、二年前に大規模な地滑り事故があったせいなんです。それで昨日の雨でまた、地滑りなどが起きていやしないかと心配になって見にきたそうです」

第一発見者から要領よく聞きとりをしていたらしく、巡査がよどみなく答えた。なかなか優秀な警察官のようだった。

油井はもう一度、沼の真ん中に浮いている死体を見やった。

遠目のうえにうつぶせの姿勢なのでたしかなことはわからなかったが、おそらく男性だった。

男は衣服を着けておらず、全裸だった。

後続の車が停まり、捜査員たちがつぎつぎに車から降りてきた。数台の車に分乗してきた五木署《いつき》の刑事たちだった。

ドアが開き、刑事たちが車の外にでたとたんだった。ぬかるみに足をとられ、ずぶずぶと靴底が沈んだ。

慎重に足を下ろすべきだったと後悔したときにはすでに手遅れで、身動きがとれなくなった刑事たちは声なきうめき声を上げた。

油井は後ろをふり返って、立っているのもやっとの様子で危なっかしくよろめいている刑事たちを見た。

皆革靴で、長靴を履いている者などひとりもいなかった。

ぬかるみになっているとわかっている現場に革靴で臨場するなど、愚の骨頂だというしかなかった。

「おれたちが先だ。あんたたちはそこから一歩も動くなよ」

刑事たちに向かって油井が大声をあげた。

動きたくても動くことができない刑事たちは、黙っていわれた通りにするしかなかった。

油井は、もともとプロと呼べるのは鑑識の人間だけで、刑事などはアマチュアに毛が生えたような存在にすぎないという考えであり、刑事たちも捜査の決め手になるような物証を数限りなく挙げてきた油井の輝かしい経歴を知っているので、油井の高飛車な物言いに面と向かって言い返そうとする者はひとりもいなかった。

「まず足跡からだ。手順はわかっているな」

鑑識員たちに向き直って油井は大声を上げた。

「沼のなかに足を踏み入れる前に周囲に足跡が残っていないかどうか徹底的に捜せ。全部が全部、雨で流されたなどということはない。かならずどこかに足跡が残っているはずだ。

それとタイヤ痕だ。昨日の土砂降りのなか、被害者も犯人もこんなところまで徒歩でやってきたとはとても考えられない。車に乗っていたはずだ。どこかにかならずタイヤの跡がある。沼の向こう側の斜面にまわりこんで、そこから円を描くようにこちら側に戻るようにするんだ。それと犯人が死体を引きずった跡だ。犯人は車から死体を下ろして、沼の真ん中まで運んで放置した。足跡だけでなく、引きずった跡もかならずどこかにある。沼のなかに入るなよ。沼のなかに入って死体を調べるのはすべての作業が終わってからだ。それと写真撮影も忘れるな。沼の周辺の写真を撮りまくれ。どんな小さな痕跡も見逃すな。良いな、くれぐれも慎重に足を運べよ。よし、はじめろ」

制服のズボンの裾を長靴のなかにたくし入れたうえに、泥が浸入しないように粘着テープでぐるぐる巻きにして口をふさぎ、さらにそのうえから足跡がつかないようにビニール袋をかぶせた鑑識班の人間たちが油井の号令で一斉に作業をはじめた。

油井も部下たちに混じって沼のまわりを一歩一歩慎重に歩を進めた。

一歩ごとに長靴が泥のなかに沈みこんだ。重量のあるぬかるみは、一度はまると引き抜くのが厄介だった。左足を抜き、右足を進めようとすると三歩目に思わぬ深みがあったりし、たった一メートル進むのにも思わぬ時間がかかった。

鑑識員のひとりがぬかるみに足をとられて抜けなくなり、身動きがとれなくなった。進むことも後退することもできず、鑑識員はその姿勢のまま釘づけになってしまった。

助けを求めて左右を見まわしていたが、ほかの鑑識員たちもそれぞれ一歩ずつ前進することに集中していて、同僚に注意を向ける者はいなかった。

鑑識員たちは動きを最小限に抑え、両足もなるべく動かさず、できるかぎり地面に自分たちの足跡を残すまいと懸命に努力していたが、動きが制約されている分、調べにも十分な力が注げないことは、彼らを遠くから眺めているしかない捜査員たちにも一目瞭然だった。

根気の要《い》る鑑識作業が粘り強くつづけられたが、足跡はおろかタイヤ痕すら発見することができなかった。

油井は三時間以上も曲げっぱなしだった腰を伸ばして立ち上がり、大きく息を吐いた。

「よし。遺体を調べるぞ」

油井は沼の周辺に散らばっている鑑識員たちに向かっていった。

「ここからじゃなにも見えない。もう少し近づいても良いか」

鑑識員たちの作業をなす術もなく眺めていた刑事のひとりがこらえきれなくなったように叫んだ。刑事課長の川上《かわかみ》だった。

油井は声をだして返事をする代わりにうなずいた。

刑事たちは靴底にまとわりつく泥をものともせず、大股で沼の縁まで進んだ。革靴はすでに泥まみれになっており、いまさらどれだけ汚れようと気にする者などいなかった。

油井は沼水のなかに足を踏み入れた。

単なる水溜まりと思っていた沼は予想外に深く、腿の辺りまであった。

細心の注意を払っているつもりでも足元は柔らかい泥なので、両脚を抜き差しするたびに重心が不安定になってよろめきそうになった。

前を進んでいた鑑識員のひとりが靴底が滑ったのか後ろ向きに倒れそうになった。

片倉《かたくら》という鑑識に入りたての新人だった。

片倉は両手を風車のようにまわしてなんとか倒れまいとしたが、それは単に反射的にでた動きに過ぎず、なんの役にも立たなかった。

両隣りを歩いていた先輩係員がとっさに手をのばして両側から支えようとしたが、それでも片倉の体は大きくのけぞったままで、いまにも背中から泥水のなかに倒れこみそうだった。

懸命に支え合っているはずなのに、泥水のなかであがいている三人の男の姿は互いに相手を泥のなかに引きずりこもうとしてもみあっているようにしか見えなかった。

間一髪のところで片倉がやっと姿勢を立て直し、泥水のなかに倒れこむのをあやういところで免れた。

鑑識員たちは悪戦苦闘の末ようやく沼の真ん中までたどりつき、油井をはじめとしてうつぶせの死体をかこむようにして立った。

首元に扼殺されたことを示す圧痕らしきものが見えたが、泥水で汚れているせいでそれがたしかに圧痕なのかどうか確信がもてなかった。

油井は死体の肩口に手を添え、少しだけ死体の向きを変えた。

たったそれだけのことをするにも足元を安定させておくために全身に力を入れていなければならなかった。

死体の顔が泥水のなかから半分だけ現れた。

首にたしかに圧痕があった。

腕をとってほんの少し曲げると、簡単に曲がった。関節はまだ硬くなっていないようだった。

ほかの鑑識員たちは足を滑らせないように苦労しながら、死体の足の裏や腕についた糸くずなどを泥ごとヘラでこそげとって採証袋に入れたり、爪や髪のサンプルを採取したりしていたが、泥水に腿まで浸かっての作業には限界があった。

油井は沼の際《きわ》に立ってこちらを見つめている川上のほうをふり返った。

「このままでは細かい作業ができん。遺体を引き揚げるぞ」

「わかった。やってくれ」

川上がいった。

「いかん。いかん。それは絶対にいかん」

川上のすぐ横に立っていた刑事が大声で異を唱えた。強行犯係の係長滝本《たきもと》だった。

滝本は課長の川上より階級は下だったが年齢は上で、刑事課ではいちばんの年長者だった。

「なぜだ」

かみつくような口調で油井が滝本をどなりつけた。

「まだ県警本部の人間がきていない。やつらが現場を見る前に、遺体を動かしたりしたら一体なにをいわれるかわからん」

滝本が答えた。

「なるほど」

滝本の横に立っていた川上が、いわれてみればその通りだというように小声でつぶやいた。

「本部の刑事が到着するまでもう少し待ってくれ」

油井に向き直った川上がいった。

「本部のやつらが来るまでおれたちに泥水のなかで突っ立っていろというのか」

油井が胴間声を響かせた。

「彼らはもうすぐ着くはずだから、少しだけ辛抱してくれ。すまん、この通りだ」

川上が、拝むように顔の前で両手を合わせた。


茶屋は機嫌が悪かった。

予感であるとか霊感であるとかの類を一切信じない茶屋だったが、この朝ばかりは「郊外の造成地で死体が見つかった」という緊急の呼びだしを受けたときから、なにやらよくないことが起こりそうな気がして仕方がなかった。

腕を組み前方をにらむようにして見つめていると、車を運転している黒谷《くろたに》という刑事が大きな欠伸をした。

「すいません」

黒谷は後部座席に座っている茶屋にミラー越しに詫びた。

「事件の捜査で徹夜でもしたのか」

茶屋が尋ねた。

「いえ、昨日は非番だったのですが、子供の夜泣きがひどくて眠れなかったんです。

申し訳ありません」

　黒谷が答えた。

「子供がいるのか」

「はい、三ヵ月前に長男が生まれたばかりでして」

「長男というと、男か女か」

「あの、男です。もちろん」

　黒谷がいって、それきり口をつぐんだ。

「被害者が誰で、どんな状況で発見されたのか聞いているか」

「いえ、いまのところ造成地で死体が発見されたというだけで、くわしいことはなにも聞いておりません」

「事故か他殺かもわからないのか」

「はい。申し訳ありません。あ、ここで停めますか」

　車が造成地の入口に達したところで、黒谷が茶屋に聞いた。

　車の窓から辺りを見渡すと一面が泥濘《でいねい》と化しており、前方の大きな水溜まりの手前に一列にならんでこちらに背を向けている五木署の刑事たちが見えた。

「いや、あそこの水溜まりの手前まで行け」

茶屋はいった。

ぬかるみにはまって下ろしたての靴を汚したくなかった。

黒谷がアクセルを踏み、速度を上げた。

エンジン音を聞いてふり返った五木署の刑事たちが、自分たちに向かって突進してくる車を見てあわてて飛び退いた。あまりあわてたせいで、刑事のひとりが足を滑らせて倒れ、泥まみれになった。

黒谷がブレーキをかけた。茶屋はドアを開け、念入りに足場を選んで外にでた。

「茶屋さん」

車から降りてきたのが茶屋だとわかると、刑事課長の川上が驚いて声を上げた。

茶屋はぬかるみを避けて歩きながら刑事たちに近づいた。

「茶屋さんがこられるとは思いませんでした。ご苦労様です」

川上が敬礼し、ほかの刑事たちも一斉に敬礼を送って寄こした。

茶屋は直立不動の刑事たちには一瞥もくれず、大きな水溜まりの真ん中に立ってこちらを見ている鑑識員たちに目を向けた。

沼のように広い水溜まりのなかに死体があって、それを鑑識員たちがかこんで立っているらしかったが、彼らの体に隠れて茶屋の位置からは死体の様子を見ることができなかった。

鑑識員たちのなかに油井がいるのが見えた。油井とは現場で何度も顔を合わせたことがあり、顔見知りだった。

「やっとご到着か」

茶屋の巨体を見た油井が大声を上げた。

「そんなところで泥んこ遊びでもしているのか」

茶屋が怒鳴り返した。

「冗談じゃない。あんたたちがくるのを待ってたんだ。本部の人間が来るまで遺体を動かすなといわれてな」

油井ががなり立てた。

「被害者は男か、女か」

「男だ」

油井が顎をしゃくってみせ、鑑識員たちが茶屋からも死体が見えるように足場を変えた。

泥水のなかにうつぶせで浮かんでいる死体が見えた。

背中しか見えなかったが衣服を着けていないようだった。

「身元はわかるか」

「いまのところ、どこの誰かわからん」

「大柄な男か、それとも小柄な男か」

「背も低くはないし体重もありそうだ。どちらかといえば大柄だな」

「年齢はいくつくらいだ」

「五十代というところだろう」

茶屋はふたたび一面泥におおわれている周囲を見まわした。前日の土砂降りのなかで、大の男が裸になって泥遊びをしていたとは思えなかった。

「衣服は」

「この辺りには見当たらなかった。犯人が剝いでもっていったんだろう」

油井がいった。

「殺人なのか」

「そうだ」

「他殺に間違いないんだな」

「間違いない。被害者は首を絞められている」

油井が答えた。

「死後どれくらいだ」

「おそらく昨日の真夜中だ」

昨日の真夜中だとすると、犯人は近くに車を停めて死体を沼まで運んだに違いないと茶屋は思った。

沼の向こう側になだらかな斜面が見えた。車を停めたとしたら多分あそこだ、と思った。あそこなら最短距離で死体を沼まで運べるはずだと。

しかし問題は真夜中という時間で、それに暴風雨なみの強い雨まで降っていた。明かりがなくては足元が覚束なく、歩行も困難だったはずだ。

真っ暗だから懐中電灯をもっていたろうが、被害者は大柄で体重も相当ありそうだと油井がいうのだから、ふつうの体格の犯人では運ぶにも苦労したに違いなかった。引きずったにせよ背負ったにせよ、水溜まりの真ん中に運んで行くには辺りを照らしながら歩く必要がある。犯人がひとりだったとしたら、懐中電灯をもっていても口にくわえるしかないはずだが、それはありそうもないことのように思えた。

おそらく犯人はふたり以上いたのに違いない、と茶屋は思った。ふたりならひとりが死体を引きずり、別のひとりが足元を照らすことができるからだ。

「タイヤ痕はあったのか」

茶屋はふたたび油井に向かって大声で尋ねた。

「タイヤ痕も足跡もすべて雨で流されちまっている」

「ひとつもないのか」

「好い加減にしてくれ。いつまで一問一答をつづけるつもりだ。こっちは面接試験を受けている訳じゃないぞ。一刻も早く遺体を引き揚げたいんだ。くわしく調べるには、引き揚げてからじゃないと無理なんでな」

油井が早口でまくしたてた。

「わかったよ。好きにしてくれ」

茶屋がいった。

長時間にわたる鑑識作業で頭から爪先まで泥まみれになった鑑識員たちが死体を引き揚げた。

茶屋が死体に近づくと、被害者の顔さえはっきりたしかめられない状態だった五木署の刑事たちも茶屋の後に従い、死体をかこんだ。

茶屋はぬかるんだ地面にうつぶせに横たえられた死体に目を向けた。油井がいった通り、大柄な男だった。

「仰向けにしてくれ」

茶屋がいうと、鑑識員がぬかるんだ地面に膝をついて死体の腹の辺りに両手を置き、慎重に仰向けにした。

付着していた泥が流れ落ちて顔が半分だけのぞいた。その瞬間、茶屋は息を飲んだ。

殺された男は茶屋がよく知っている人間だった。

茶屋は信じられない思いで、泥水で汚れた青白い顔を見つめた。

死体は百武だった。

7

ビルのなかに入ると、だだっ広いフロアの壁際に、直径一メートルはありそうな巨大な地球儀がこれ見よがしに置かれていた。

それを見た縣は、動坂署の鹿内に紹介された人物と、友好的とはいわないまでも打ち解けた会話ができるかどうかにわかに自信がなくなった。

受付のカウンターの前に、おそらく秘書なのだろう、ひとりの女性が背中の後ろで両手を組んだ姿勢で縣の到着を待っていた。

秘書はグレーのジャケットに膝丈の黒いスカートをはいていた。容姿は美しいが、首元に巻いたスカーフの端を純白のシャツの襟のなかにたくしこんでいるのがいただけない、と縣は頭のなかですばやく採点した。

「お待ちしていました。こちらへどうぞ」

秘書は縣の顔を見るなり、名前を聞くこともせずにエレベーターホールに向かって歩きだした。

エレベーターに乗ると、秘書が27のボタンを押した。

エレベーターは音もなく上昇し、二十七階で停まった。そのあいだも秘書はずっと背中の後ろで両手を組んだ姿勢を保っていた。

「こちらです」

秘書が先を歩き、広々とした部屋に通された。姿勢はロボットみたいに堅苦しいものだったが、動きは意外にもスムーズだった。

「こちらでしばらくお待ちください。会長はすぐに参りますので」

秘書はそういって部屋をでて行った。

いわれた通りソファに座って待っていると、隣りの部屋のドアが開いて三つ揃いのスーツを着た恰幅の良い男が入ってきた。

その男こそ動坂署の鹿内の父親、鹿内安太郎《しかないやすたろう》に違いなかった。

「あなたが鵜飼さんですかな」

ソファから立ち上がった白のパンツスーツ姿の縣を、上から下まで舐めまわすように見つめながら男が尋ねた。

年齢は八十は超えているように思えたが、上背もある恰幅のいい老人で、縣を見つめる目は猛禽《もうきん》を思わせるような鋭さがあった。

「初めまして。あなたが会長さん？」

縣が尋ねると、男がうなずいた。

「まあ、お座りください」

縣が座り、鹿内安太郎も向かいに腰を下ろした。

「鵜飼さんは警察庁の警視さんだそうですね」

「そうだけど、それがなにか？」

縣はいった。

「いや、お若いのにご立派なことだと思いましてね」

「国家公務員総合職試験に合格すれば出世が早いというだけの話。立派でもなんでもないし、わたしのせいでもない」

縣がいった。

「なるほど」

鹿内はそういって、口元に笑みを浮かべた。

「なにかおかしい？」

「いや、失敬しました。倅のやつもつくづく毎回変わった御仁を紹介してくるものだと思いましてな」

鹿内がいった。

縣は、旅先にもってきた衣装のなかでもいちばん地味なものを着てきたはずだし、自分のことを変わった人間だとはみじんも思わなかったが、あえて反論のことばは口にしなかった。

ドアが開き、盆をもった先ほどの秘書が入ってきて、テーブルのうえにグラスに入ったアイスティーを置いた。

「紅茶でよろしかったですかな」

鹿内が尋ねた。

「もちろん。ありがとう」

縣が礼をいうと、秘書は軽く頭を下げてから、空になった盆を片手に提げて部屋をでて行った。

やはり盆をもっていると背中の後ろで両手を組むのはむずかしいのだろうなと、部屋からでて行く秘書の後ろ姿を見送りながら縣は思った。

「セイロンティーね。それも最高級の銘柄のお茶」

縣はアイスティーを一口飲んで、いった。

「ほう、だいぶ紅茶におくわしそうですな」

「ううん、紅茶だけじゃなく、なんでもくわしいの。ごめんなさいね」

縣はいった。

「それにしてもあんまり大きな会社なんでびっくりしちゃった。鹿内創業ってなにをしている会社なの」

鹿内創業の本社ビルを訪れる前に東京にいる道にウェブサイトを検索させて、資本金の高《たか》や系列の子会社や下請け企業がいくつあるかくらいのだいたいの概略は承知していたが、縣は尋ねた。

「元々は港の荷役《にやく》作業を請け負う会社でしたが、いまはさまざまな貿易品を扱う商社で、ほかには建設会社とそれに薬品などの開発をしている会社もあります」

「それを会長一代で築き上げたの？　すごいわね」

縣は感心して見せた。

「とんでもありません。元々は父親がはじめた会社で、わたしは父親が敷いたレールの上を脇目もふらずひたすら走ってきただけです」

鹿内がいった。

「へえ、そうなの。それじゃあなたは二代目ってことね。三代目になるはずの息子さんはなぜ警察官をしているの」

「さあ、それは。わたしが聞きたいくらいですな」

肝が据わった人物に思えた鹿内が口ごもり、鋭い目が一瞬泳いだように見えた。

どうやら鹿内安太郎は、恐れていたような誇大妄想狂でも自己顕示欲の強い男でもなく、スーツをまるで鎧のようにまとった押しだしの良さとは裏腹の、馬鹿正直といってもいいくらいの純朴な気質の持ち主のようだった。

「能判官家のことをお聞きになりたいということだったが、なにをお話しすればよろしいですかな」

話柄《わへい》を変えようとしたのか、鹿内が縣に尋ねた。

「お言葉に甘えてさっそく質問させてもらうけど、まずはじめて能判官さんに会ったのはいつのことか教えて」

「それは敗戦直後のことです」

鹿内が答えた。

「敗戦直後にあなたと秋柾氏が会ったっていうこと」

縣が尋ねた。

「秋柾さんといいますと？」

鹿内が聞き返した。

「二年前に亡くなった能判官秋柾さんのこと」

縣がいった。

「ああ、それならわたしは秋柾氏とはお会いしたことはありません」

「え、面識がないの」

「はい。敗戦直後にはじめて顔を合わせたのはわたしの父親と能判官家の先代の方です」

「先代？」

「わたしはそのころ十歳か十一歳ですからまだ学校に通っていました。秋柾さんも長生きをされたが、先代も長命な方で、秋柾さんのほうはそのころは二十歳そこそこだったはずですから、まだ当主にはなっていなかったでしょう」

鹿内がいった。

鹿内は能判官秋柾とは直接の面識がないと聞いて縣は軽い失望を覚えたが、とりあえず質問をつづけることにした。

「ふたりの先代同士が初めて会ったのには、どんな経緯があったの」

「いまもいったように、わたしの父親と能判官家の先代が会ったのは、既成の秩序が跡形もなく崩れ去った敗戦直後の混乱期でした。そんな時代のある日、わたしの父親が経営していた荷役会社で事故が起きたのです。事故といっても、従業員のひとりが作業中に軽い怪我を負っただけのことなのですが、その従業員は、当時わたしの父親と荷役作業をどちらが引き受けるかで大もめにもめていたある団体の構成員だったのです。彼は人身事故を自作自演することで父の会社の評判を落とし、長引き過ぎて膠着状態に陥っていた鬩《せめ》ぎ合いを、なんとか自分たちに有利に運ぼうと企《たくら》んだ団体が送りこんだスパイだったのです。その従業員は後遺症が一生残るかも知れないなどという偽の診断書をでっちあげたうえに、徒党を組んで会社を糾弾する活動をはじめました。拙劣といえば拙劣なやり口でしたが、陰謀は功を奏して港で起きた事故をとりあげた左翼系の新聞が、事故は会社の劣悪な労働環境が生んだ必然的な結果だと書き立て、ほかの新聞もつぎつぎとその論調に乗っかった記事を載せるようになりました。

しまいには地元の地方紙だけでなく、東京に本社を置いている大新聞までもがそれに加わりました。その結果、父親の会社もおのずと事業を縮小せざるを得なくなりました。そんなときにある人が父親に能判官家の先代を紹介してくれたのだそうです。そして先代が仲介の労を執ってくれることになり、新聞社とわたしの父親のあいだで話し合いがもたれたという訳です」

「仲介って、どんな仲介をしたの」

「いまもいったように、父と新聞社の社主たちとのあいだの話し合いの席を設けてくれたそうです」

「地元の新聞社だけ？」

「いいえ、地元紙の社主だけでなく、東京に本社がある大新聞社の人間たちもふくまれていたそうです」

「その人たちのあいだで話し合いが行われたというの？」

縣が首をかしげた。

「そうですが、なにか疑問でもおありですかな」

鹿内が尋ねた。

「それで結果はどうなったの」

「くわしい経緯はわかりませんが、話し合いがもたれた日からほどなくして、事故を装った従業員の素性が暴かれ、彼を送りこんだ団体のはかりごとが明らかになったそうです。新聞は非難の矛先を一斉にそちらに向けるようになり、世論も沈静化しました。父は元のように仕事ができるようになっただけでなく、その事件がきっかけとなってさまざまな事業を展開することができるようになり、会社も急成長したという訳です」

「うまくいったという訳ね」

「ひと言でいえば、そういうことになりますな」

鹿内はそういって、ソファの背に悠々ともたれかかった。

「どうしてそんなにうまくいったの。能判官家の当主が会社と新聞社のあいだをとりもったというけど、それだけのことで新聞が糾弾の相手を手のひらを返すように変えるなんて信じられない。暴力で威圧したとか、お金を握らせたとかしたんじゃないの」

「とんでもありません」

鹿内が笑い声を上げた。

「暴力で威圧したなど、考えられないことです。当時能判官家の先代は六十歳を超えた老人だったはずですし、背後に暴力をちらつかせて相手を脅すような暴力装置があった訳でもありませんからな」

「それならどうして、そんなことができたの」

縣はしつこく食い下がった。

「能判官家はたいへん古い家柄で、さまざまな方面にたくさんの友人知己がいたということだけの話ですよ。新聞社の社主たちはもちろんだが、ひょっとしたらわれわれの会社と利権を争っていた団体の代表とも顔見知りだったということだって十分にあり得るのです。各方面の利害を調整して、お互いにとって最善の道を当事者たちに示してくれたということでしょう」

鹿内がいった。

「念のために金のことをつけ加えるなら、事件から一年ほど経ったときに、わたしの父親がなにがしかの礼をしたいと申しでたところ、かたくなに固辞されたと、これは父親自身から何度も聞かされました。父親は能判官家の先代の高潔な人格に感心することしきりでしたし、わたしも父のことばには嘘はなかったと思っています」

むずかしい顔つきで考えこんでいる縣に向かって鹿内がいった。

「そうなの」

縣がいった。

口ではそういったものの、完全に納得できた訳ではなかった。

「能判官家の先代は、なにをしていた人なの」

「なにをしていたとは？」

動坂署の署長と同じく、鹿内が質問にとまどったように聞き返した。

「つまり、仕事はなにをしていたかということ」

「ああ、そういうことですか。直接の面識がなかったわたしにはわかりかねますが、会社を経営していたとか、なにか事業をやられたという話は聞いたことがありませんな。なにしろ古い家系ですから、汗水を垂らして働かなくても最低限の生活くらいはできたのではないですかな」

「古い家系って、どれくらい古いの」

縣は、これも動坂署の署長にしたのと同じ質問をした。

「室町時代からつづいている家系だという人もいます。もともとはお伽衆《とぎしゅう》であったという人もいるし、いやお伽衆ではなく能楽師だったという人もいますが、いずれにしても当時の天下人《てんかびと》たちとひじょうに近しい家柄だったことは間違いないようです。愛宕《おたぎ》市のふたつの岬が抱えこんでいる海を相阿弥《そうあみ》湾と名づけたのは能判官家のご先祖のひとりだといわれていますし、そもそも愛宕市という名前自体、能判官家にかかわる故事に由来しているのだという説もあるほどです。それがどういう故事なのか、残念ながらくわしいことは知らないのですが、まあ、それほど古い家系ということですな」

鹿内がいった。

「古い家系だったってことはわかったけど、お金持ちだったの？　すごく大きな屋敷に住んでいるという話を聞いたんだけど」

「大きな屋敷といっても、豪華絢爛な大邸宅といったものとはほど遠い、日本風のたいへん質素な屋敷ですよ。まあ、敷地は広大ですし、庭などはさすがに風格を感じさせる立派なものですがね」

「訪問したことがあるの？」

「いえ、屋敷のなかに入ったことはありません。車で近くを通ったときに塀越しに眺めるくらいですが、地元の雑誌などには能判官家の庭の四季折々の景色を撮った写真が載ることもありますからな、愛宕市の人間なら誰でも、屋敷がどんな様子なのかは知っていますよ」

「先代じゃなくて、当代だった秋柾氏のことを知っている人があなたの周囲に誰かいない？」

「さあ、心当たりがありませんな」

鹿内はしばらく考えていたが、やがてそう答えた。

「秋柾氏のお葬式はどうだったの。そんなに有名な家系ならお葬式も盛大で、さぞ大勢の人が集まったと思うんだけど」

「葬式はありませんでした」

鹿内がいった。

「なかったって、どういうこと」

「葬儀の類は一切行われなかったということです」

「葬儀を行うことになにか不都合な事情でもあったの」

「いいえ、そうではありません。能判官家は当主が死んでも葬式は一切行わないという代々受け継がれてきたしきたりがあるのです。これは先代も同じことで、六十年近く前、七十九歳で亡くなったそうですが、わたしの父が、恩のある方なので葬式にはぜひ参列したいと申しでたところ、能判官家は当主の葬式は行わないというしきたりがあるのだと知人から聞かされて諦めたと、これも父親の口から直接聞きました」

「じゃあ、お墓はどこにあるの」

　縣は尋ねた。

「これも愛宕市の人間なら誰でも知っていることですが、能判官家には墓というものがないのです」

「お墓がない？」

　縣は驚いていった。

「秋柾さんは遺言によって民間の葬儀社が火葬の手続きをし、遺骨は相阿弥湾に散骨されたと聞いています。おそらく先代も同じことをされたのだと思いますな」

「でも、家族がいるでしょう。その人たちのお墓は？　それもないってこと」

「配偶者の方はおそらく実家の墓に入ったのでしょうが、先代も当代もわたしが知る限りでは、そのほかには家族と呼べる者はいなかったはずです」

　鹿内がいった。

「代々子供はたったひとりきりで、兄弟も姉妹もいなかったということ？」

「ええ」

「秋柾氏には子供はいなかった。ということは、能判官家は秋柾氏の代で途絶えてしまったということ？」

「残念ながら、そういうことになるでしょうな。いや、ちょっと待ってくださいよ」

鹿内がことばを切り、眉間にしわを寄せて束の間黙りこんだ。

「これは噂話をたまたま耳にはさんだだけなので、たしかなことはわかりませんが、秋柾さんには息子がひとりいたと聞いたことがあります。しかし、その息子は不行跡があったために勘当されたのだと」

「不行跡ってどんな不行跡」

縣は尋ねた。

「それはわかりません」

「勘当したというのは何年くらい前の話なの」

「二十年前だったか三十年前だったか忘れてしまいましたが、とにかくその息子が若いとき、まだ成人もしていない年齢だったころのことだそうです」

鹿内がいった。

「勘当された息子がなんという名前だったかはわかる?」

「古代です」

「コダイ?」

「ええ、能判官古代です。めずらしかったので、名前だけははっきり覚えているのですよ」

「どういう字を書くの」

「現代、近代、古代の古代です」

「それが名前なの」

「ええ、そうです」

鹿内がうなずいた。

聞きたいと思っていた話がようやく聞けた、と縣は思った。

能判官秋柾のひとり息子なら一連の事件に関係していないはずがなかった。たとえなんの関係もないとしても、どうしても捜しだす必要があると思った。

「その人はいまどこにいるの」

「知っていればもちろんお教えしたいが、なにしろわたしはたまたま名前を覚えていただけですし、そもそもこの噂が本当のことなのかどうかもわからないのですからな、その息子がどこにいてなにをしているかなどわかるはずがありません」

鹿内がいった。

「ありがとう。貴重な時間を割《さ》いてもらってお礼をいうわ」

ソファから立ち上がって縣がいった。

「これだけでよろしいのですかかな」

ソファに座ったままの鹿内が、縣を見上げながら困惑したように尋ねた。

「もちろんよ。すごく参考になった」

縣は笑顔でいった。

第六章

1

縣《あがた》はビルをでたところでタクシーを拾い、宿泊先のビジネスホテルに向かった。

そのホテルには前日から泊まっていた。思っていたより滞在が長引くことになりそうで、いつまでもレンタカーで移動している訳にもいかないだろうと考えたためだった。

行き当たりばったりでたまたま目に留まっただけのホテルで、市の中心部からはだいぶ外れたところにあったが、泊まってみるとなかなか快適だった。

冷蔵庫があり、清潔な浴室もあってスリッパはともかくバスローブまであり、ミニバーもついていた。

酒を飲まない縣には、まったく無用のものだったが。

ホテルには十五分ほどで着いた。

受付の前のせまいフロアを横切ってエレベーターに乗った。

三階のボタンを押して扉がゆっくりと閉まる寸前に男がひとりエレベーターのなかに走りこんできた。ジーンズにフードつきのパーカを着た学生風の若い男だった。

「何階?」

走ったために荒い息をついている男に縣が尋ねた。

「すいません。三階をお願いします」

男がいった。縣と同じ階だった。

エレベーターが三階で停まり、縣はエレベーターを降りた。縣の部屋はエレベーターから近い手前の部屋だった。

「すいませんでした」

あとから降りてきた男が、もう一度会釈をして縣の横を通り過ぎた。

この場合は「ありがとう」というのが適切な表現だろう、と縣は胸の内でけちをつけた。

男がドアの鍵を開けて入ったのは、廊下の突き当たりの部屋だった。

　県は部屋に入ると服を脱いでシャワーを浴びた。

　浴室からでるとバスローブを羽織り、ベッドのうえの携帯をとりあげて、東京の道《とおる》に電話をかけた。

「お疲れ様。そっちはどんな具合」

　電話にでた道が間延びした口調で聞いた。

「なに寝ぼけた声をだしているのよ。少しは眠ったの」

「お陰様で二時間ほどね。で、なにか収穫があった」

「ひとつだけわかった。能判官秋柾《のうじょうあきまさ》には息子がひとりいたらしい」

「息子がいたなんて記録はなかったけど」

「二十年か三十年前に勘当されて、家を追いだされたらしいの」

　県がいった。

「勘当って、家族の縁を切られたってことかい」

「そうだと思うけど」

「たよりないね。ま、良いけど。名前はわかる?」

「古代《こだい》。現代、近代、古代の古代。能判官古代、それが名前。勘当されたときにはまだ二十歳にもなっていなかったそうだけど、いまは四十代か五十代になっているはず」

「わかった。すぐに調べてみるよ。それはそうと、そっちにも動きがあったみたいだよ」

道が意外なことを口にした。

「動きって、どんな」

縣が尋ねた。

「死体がまたひとつでたらしい。県警本部の捜査一課も刑事を送りこんだから、殺人事件であることは間違いない」

「なんでそんなこと、あんたが知っているのよ」

「県警本部の通信指令室をハッキングして、所轄と県警本部のあいだのやりとりを逐一モニターしてるから」

当然だろうというような口ぶりで、道がいった。

「そんなことをしているから寝不足になるんじゃない。てゆうか、大体なんでそんなことをしてる訳？」

「地道なアナログな捜査をつづけているきみを、なんとかバックアップしようと思ってね」

道が答えた。相変わらずのんびりとした口ぶりだった。

「殺されたのは誰なの」

「それはまだわからない。殺人事件があったことをメディアも気づいていないみたいだし」

「氷室《ひむろ》賢一郎《けんいちろう》氏が殺された事件と関係がありそうなの？」

「それもわからないけど、捜査一課から出張って行ったのがきみのお気に入りの茶屋《ちゃや》警部らしいから、その可能性はあるんじゃないかな」

氷室賢一郎の屋敷で会った茶屋の、百メートル先からでもわかる個性的な外見や、巨体に似合わぬ頭の回転の速さなどについては道に伝えていた。

「所轄はどこ？」

「五木《いつき》署というところだけど、どうする。現場へ行ってみる？　現場へ行くなら地図を送るけど」

どうすべきか一瞬迷ったが、現場へ行くのは被害者が誰かわかってからでも遅くない、と思った。

「地図はあとで良い。氷室賢一郎氏の事件と関係があるとはっきりしたら、茶屋さんと連絡をとってみる。でも、あの人って携帯をもっているのかな」

「最新型のスマートフォンをお持ちだよ」

道がいった。

「だから、どうしてあんたがそんなこと知ってんのよ」

「スマートフォンはつい最近購入したばかりだ。鷲谷真梨子《わしやまりこ》先生と会話するために、一生懸命メールを打つ練習をしたらしいね。なにしろ、ショートメッセージのやりとりをしている相手は鷲谷先生だけだから」

あの茶屋警部がメールを打つ？

液晶画面に表示されたキーボードを、太い指で悪戦苦闘しながらタイプする茶屋の姿を想像して、縣はあやうく吹きだしそうになった。

「悪趣味なのぞきは止めてよね。それよりも、あんたにどうしても調べてもらいたいことがあるの」

「なに？」

「能判官家というのは恐ろしく古い家系らしいんだけど、仕事はなにをしていたのか聞いても誰も知らないの。不思議に思っていたんだけど、きょうたまたまある人から、敗戦直後に能判官家の先代が事故を起こした荷役会社と事故をとりあげた新聞社の仲立ちをしたという話を聞いたの。それで考えたんだけど、能判官家というのは代々フィクサーまがいのことをして財を築いたんじゃないかな」

「フィクサーまがいのことって、たとえばどういうこと」

道が尋ねた。

「決まってるでしょ。AとBのあいだをとりもってAからもBからも礼金を受けとるってことよ。古い家系だから、愛宕市のお偉いさんたちはたいてい友人知己の類で、いろんな方面に顔が利くってことだし」

「なるほどね。まあ、あり得ない話ではないだろうけど、前にもいったように、能判官家は決して金持ちではないよ。フィクサーみたいな仕事をしていたとしても、それで財を築いたというのはどうかな」

道がいった。

「もう一度調べてくれない。荷役会社と新聞社のあいだでは話し合いが行われただけだというんだけど、話し合いをしたくらいでもめ事が丸く収まったなんてとても信じられない。能判官家には、複数の新聞社を黙らせるだけの権力がかならずなにかあったはずなの。権力といえば、なんといってもお金でしょう？」

「能判官家が代々いろいろなトラブルを解決するフィクサーの役割を果たしてきたのだとするなら、その前提として、どうしてもありあまるほどの財産をもった資産家である必要があるってことかい」

道がいった。

「そういうこと」

「でも能判官家にはありあまるどころか、資産らしい資産なんてほとんどないよ」

道がそっけなくいった。

「前にもいったように、住んでいる屋敷以外に不動産はもっていないし、銀行に預金もなければ、金融取引をしていたという記録もない」

「現金じゃなくて金《きん》とか宝石とかだったら？」

縣がいった。

「同じことだよ。金や宝石を換金すればどこかに痕跡がかならず残るからね。領収書なしの取り引きをしようと、正規の帳簿に記録を残さないようにしようと変わりない。入金経路をどんなに複雑にしようと、インプットがあればかならずどこかにアウトプットがあるのが道理だからね。起点と終点の連鎖なんだ。だから起点と終点同士をつぎつぎと結んでいけば自然に金の流れが浮かび上がる。このぼくがそれを見逃すと思うかい。それに、きみがいっていることには矛盾があるって気づいてる？」

「うん、わかってる。お金を払って相手を黙らせて、その見返りに礼金をもらうなんて、そんなおかしな話はないよね。じゃあ、暴力のほうかな。暴力で相手を脅した、とか」

「話し合いの相手である新聞社って地元紙だけだったのかい」

道が尋ねた。

「地元紙だけでなく、中央の大新聞も入っていたといってた」

「それじゃあ、無理だよ。地元の人間が経営している小さな新聞社だったらいざ知らず、東京の新聞社を暴力で動かすことができるとはとても思えない」

「そうだよね」

「とにかく、能判官古代という男の行方を捜してみるよ」

「わかった。そうして」

縣はいった。

金でも暴力でもないとしたら、能判官家の権力の源泉はなんなのだろう。電話を切ったあとも縣はそのことを考えつづけた。

2

夜中に叫び声がして、縣はまどろみを断ち切られた。

叫び声は廊下からだった。ベッドから跳ね起き、ドアを開けた。

大男が別の男の首を締め上げ、壁に押しつけていた。

壁に押しつけられて苦悶の表情を浮かべているのは、昼間エレベーターでいっしょになった若い男だった。

必死に抵抗する若い男を壁に押しつけている大男には仲間らしき男がもうふたりいて、若い男を三人がかりでホテルの外に連れだそうとしているようだった。

「あんたたち、そこでなにをしているの。警察を呼ぶわよ」

大声を上げると、三人の男がいっせいに縣のほうに顔を向けた。全員が背広姿だったが、まるでボディービルダーのように体格の良い男ばかりだった。

「いまよ」

縣が声を上げると、若い男が押しつけられている手から逃れ、縣の部屋に向かって廊下を一目散に走りだした。

「早くこっちへ」

男が部屋のなかに駆けこんでくると縣はドアを閉め、ロックをしたうえさらにチェーンをかけた。

男はTシャツにジーンズを穿き、縣はパジャマ姿だった。

すぐにドアが執拗にノックされるに違いない。最悪の場合、ドアを蹴破られることになるかも知れないと縣は考え、なにか武器になるものはないかと辺りを探した。

サイドテーブルに載ったペーパーナイフを見つけ、手にとった。

「あんた、名前は」

ドアに向かって身構えながら、男に聞いた。

「吉野といいます」

「あの男たちは誰」

「わかりません。まったく知らない人たちです」

「襲われる理由がなにかある？」

「わかりません」

吉野が困惑したように答えた。なにが起こっているのか、本当に理解できていない様子だった。

一分が経ち、二分が経った。

三分経ってもドアは蹴破られも、ノックされもしなかった。

「あんたはここにいて」

吉野にいって、縣はゆっくりとドアに近づいた。

ロックを外し、チェーンはかけたままドアを細めに開けて外をのぞき見た。

廊下の突き当たりで意外な光景が展開していた。

一体どこから入ってきたのか、また別の男が現れて背広姿の男たちにかこまれていたのだ。

男はチノパンに白シャツだけという軽装で、手にも武器らしきものはなにももっていなかった。

天井の蛍光灯の光を受けて、男たちひとりひとりの影が廊下に落ちていた。

縣は四人の男たちの挙動を息を殺して見つめた。

半円を描いて男をかこんでいる背広姿の男たちのひとりが威圧するように前へ進みでて、鼻と鼻とがつきそうになるくらい顔を近づけた。

三人の大男にかこまれている男は、中肉中背で屈強な体つきをしている訳でもなかったが、視線はまっすぐ前を向いていて、臆している様子はなかった。

背広姿の男が拳をふり上げようとしたとき、チノパンの男のほうが、目にも留まらぬ速さで拳を前に突きだした。

背広姿の男が両手で鼻をおさえて後ろへよろめいた。

殴ったというより小突いただけのように見えたが、威力は見た目とは大違いだったようで、鼻骨を砕かれたらしい男の顔面があっという間に血だらけになった。

敏捷な拳を放った男は、顔面をおおってうめき声を上げている大男を無言で見つめていた。その表情にはなんの感情も浮かんでいなかった。

ふたり目の背広姿の男が飛びかかった。男は攻撃をなんなく避け、飛びかかってきた男の後頭部をつかんでそのまま思いきり壁にたたきつけた。

ふたり目の男はうめき声を上げる暇もなく、あっけなく廊下に崩れ落ちた。

三人目が心もち頭を下げ、壁を背にして立っている男の胸をめがけて突進した。

男はわずかに重心を移して真正面から突っこんできた三人目の男をかわすと同時に、うつむく恰好になった顔面に下から膝頭を打ちこんだ。強烈な膝蹴りだった。

背広姿の男の上半身が跳ね返るように上向きになり、倒れまいとしてよろよろと後ずさった。この男の鼻骨も粉々に粉砕されたらしく、顔面は血にまみれていた。

格闘はあっけなく終わった。

ほんの一瞬で半死半生の目に遭わされた男たちが捨て身の反撃を試みるのではないかと思ったが、そうはならなかった。

背広姿の男たちは互いを助け起こし、肩を抱え合いながら捨て台詞を投げつけることもなく撤収をはじめた。

すごすごとその場を立ち去ろうとする男たちを見て、縣が彼らを見かけ倒しだと思ったかといえばそんなことはなかった。むしろ、到底敵《かな》う相手ではないと見きわめると即座に撤退を決断したことに、場数《ばかず》を踏んできたプロらしい経験値の高さを感じたくらいだった。

三人の大男を一瞬で打ちのめした男は、エレベーターの横の階段を使って撤退する男たちを追おうともせず、無表情に後ろ姿を見送っていた。

そのとき、男の顔がはじめてはっきりと見えた。

衝撃が縣の体を貫いた。

指名手配の写真で何度も見て、よく知っている人間だったのだ。

男は鈴木一郎だった。

鈴木一郎はゆっくりと体を反転させると、非常口のドアを開けた。

「待ちなさい」

廊下へ足を踏みだした縣は鈴木一郎の背中に向かって声を上げた。

鈴木一郎はふり返ろうともせず、外階段を悠然と降りはじめた。

縣はパジャマ姿であることも忘れ、夢中であとを追った。

裸足のまま鉄製の外階段を駆けおりた。

暗い通りには誰もいなかった。閑散としていた。

階段脇に置かれた大きなゴミのコンテナの裏をのぞいたが、壁とコンテナのあいだには二、三センチほどの隙間もなく、人が隠れる空間などなかった。

コンテナの蓋を開けてなかも見た。食べ物の残りかすやプラスチックの容器などがあるばかりで、やはり人などいなかった。

通りの向かい側に小さい駐車場があったが、車は一台も駐まっておらず、そこにも人の姿はなかった。

二十メートルほど先に路地があったので、そこまで行って人影がないかたしかめた。

鈴木一郎はどこにもいなかった。影も形もなかった。

3

自分のオフィスで報告を待っていた日馬《くさま》に電話が入ったのは、午前二時過ぎだった。

「三枝《さえぐさ》です」

「吉野は捕まえたか」

日馬は尋ねた。

「それが、失敗しました」

「失敗？　なぜだ」

「邪魔が入りました。鈴木一郎です」

「なに」

日馬は思わず声を上げた。

「鈴木一郎が現れたのか」

「はい。三人がかりで排除しようとしたのですが、なにやら拳法らしきものの心得があるらしく歯が立ちませんでした」

三枝がいった。

「鈴木が吉野を救ったということか」

「はい」

三枝が答えた。

企業向けのリスク・マネジメントを業務としている『愛宕セキュリティー・コンサルタント』は、サイバーセキュリティー・システムの開発と導入だけでなく警備員の派遣も行っていて、そのほとんどが警察か自衛隊の出身であり、三枝にしても前身は警視庁捜査一課の刑事だった。

日馬は、頭師《ずし》を捕らえに行った刑事たちが手もなく倒されたという石長の話を思いだした。

二年ものあいだ警察の目をくぐり抜けて逃亡をつづけている男は単に狡猾なだけでなく、なみなみならぬ膂力《りょりょく》の持ち主であるらしかった。

しかし、吉野を拉致できなかったのは予想外の出来事ではあったとはいえ、鈴木が向こうからでてきてくれたのは日馬にとって千載一遇の機会だった。

「お前たちは、いまどこにいる」

日馬はすばやく思考を切り替えて、三枝に尋ねた。

「わたしと時森《ときもり》はビジネスホテルの前の通りの向かい側に車を駐めて正面の出口を、潮見《しおみ》がホテルの裏口を見張っています」

三枝がいった。

「それで良い。鈴木がでてきたら、時森か潮見に後を尾《つ》けさせろ。お前は十分な距離をとってそのあとを車でついていけ。くれぐれも近づきすぎるな。五分刻みで場所を報告しろ。適当な地点に人員を配置する」

「わかりました」

電話を切った日馬は薄暗いオフィスを見渡した。

壁に絵画がかかっている訳でも、花を生けた花瓶がある訳でもない殺風景な部屋で、デスクのうえにはパソコンさえ置かれていなかった。

企業のあらゆるリスクに対応し管理する『愛宕セキュリティー・コンサルタント』は、契約先の会社の命運を握る企業秘密に容易に近づくことができる立場にあるだけでなく、取締役たちをはじめとする社員全員の個人資産をふくむ財政状況から家族構成、セキュリティー・チェックのための指紋や虹彩スキャンなどの生体認証データまで簡単に手に入れることができた。

それらの情報を利用してさまざまな方面に投資を行い、資産運用をすることが日馬の役目のひとつだった。

いまでは市内でも三本の指に入る預かり運用資金をもつまでになっていたが、しかしその方法もそろそろ限界がきていた。

会社をさらに大きくするには、能判官家が何百年にもわたって蓄積してきた愛宕市の情報と知識がどうしても必要だった。

それを手に入れることができれば、事業を拡大し会社の規模も爆発的に拡大させることができるはずだった。

しかし、それがどこにどんな形で集積され保存されているかは能判官家の当主でさえ知らず、近づくことを許されているのは代々頭師家の人間に限られていた。

記録は膨大な量にのぼるはずだから、デジタル化してUSBメモリーやハードディスクに収められていると考えるのがもっとも合理的であり、そうだとすればどこかの隠し場所に置いておくというより、頭師が肌身離さず持ち歩いている可能性が高いように思われた。

鈴木一郎の居場所をつきとめることができれば、かならずその近くに頭師がいるはずだった。

4

縣はベッドの上にあぐらをかいて座り、吉野は椅子に座っていた。

縣はスウェットの上下に着替えていた。

「名前をもう一度教えて」

縣が男に尋ねた。

「吉野です」

男が答えた。

「下の名前も」

「吉野智宏《ともひろ》です」

「仕事はなにをしているの」

「フリーのジャーナリストです」

「ジャーナリスト？」

「あの、あなたは誰なんです」

吉野が反対に尋ねた。

「鵜飼縣」

「ウカイさん？　あなたが追いかけていった人は何者なんです」

「鈴木一郎」

「え？」

吉野が目を丸くした。

「鈴木一郎というと、二年前病院から逃亡して指名手配されているあの鈴木一郎ですか」

「そう。その鈴木一郎があんたを助けたの」

「ぼくを助けた？　どういうことです」

「それはこっちが聞きたいわ。あんた、鈴木一郎と面識でもあるの？」

「とんでもない。指名手配のポスターを見て知っているだけですよ。それより、ウカイさんは一体なにをされている方なんです」

「警察庁の監察官」

縣がいった。

「警察庁？」

吉野が声を上げた。

せた。

「本当ですか」

縣はサイドテーブルに置いてある小さな鞄から身分証明書をとりだして、吉野に見せた。

椅子から立ち上がった吉野がベッドのほうに歩み寄ってきて、縣が手にした身分証を穴が開くほど見つめた。

しばらくして顔を上げた吉野は、不思議なものでも見るような目で縣の顔を見つめて、視線をなかなか離そうとしなかった。

「納得した？」

「はい」

「この身分証が、偽物だとは思わないの」

「はい、警察手帳は日頃見慣れていますから。これは間違いなく本物です。あの、警察庁の監察官ってことは、階級は警視ってことですよね」

吉野がいった。

「まあ、これにも印刷されているけどね。警察のことにくわしいみたいだけど、どういう記事を書いているの」

「地元の警察関係の記事がほとんどです。はあ、そうでしたか。警察庁の警視様だったとは」

　驚いたせいなのかそれとも安堵したせいなのか、吉野はなぜか大きなため息をつきながら椅子に戻った。

「さっき襲われる理由なんかないっていってたけど、いまはどう？　なにか思いついたことはある？」

「あの、監察官というと、ここの県警本部の監察にこられたんですか？　それともどこかの所轄署が不始末をしでかしたとか」

「わたしのことは良いから。質問に答えて」

「それが、まったくないんです。すいません」

　吉野がいった。

「この二、三日、身のまわりで変わったことが起きた、とかはない？」

「それならあります」

　吉野が勢いこんでいった。

「どんなこと」

「尾行されました。昨日図書館で調べものをしたあと地下鉄に乗ろうと駅に行ったのですが、そこでぼくを尾けている男に気づいてタクシーに乗ったんです。そのタクシーで隣りの町にあるスポーツバーに行ったんですが、そこにもふたり組の男が現れて、あわてて逃げだしたんです。このビジネスホテルに泊まったのも、家に帰りたくなかったからで」

「尾行される理由でもあったの」

縣が聞いた。

「それがまるで見当がつかないんです。何時間も考えてみたのですが、なにひとつ思い当たることがなくて」

「今晩あんたを襲ってきたのは、あんたを尾行していた男たちとは違うの」

「ええ、初めて見た顔でした」

吉野がいった。

「でも、あんたを尾行していた男たちとさっきの男たちとは関係があることは間違いない。ということは、あんたをつけ狙っているのはひとりではなく、たくさんいるってことよね。ひょっとしたら、なにかの組織が総出であんたを捕まえようとしているのかも知れない。本当に思い当たることはないの」

縣がいった。

「ええ、すいません」

「いまはどんな事件を追っかけているの」

「それは、ちょっと」

吉野が肩をすくめた。

「格好つけないで。協力してくれれば、あとでわたしがいま扱っている案件について好きなだけ取材させてあげるから」

「本当ですか」

吉野が椅子から腰を浮かせた。

「エスキモー、嘘つかない」

縣は片手を無表情の顔の横までもっていき、手のひらを吉野のほうに向けて、いった。

「はあ？」

意味がわからなかったらしく、吉野が顔をしかめた。

アラスカではイヌイットではなく、エスキモーと呼ぶのだ。

「良いから、話して」

「警察が交通事故を隠蔽した事件を調べているんです」

吉野がいった。

「隠蔽って、事故そのものをなかったことにしたたってこと？」

「ただの他愛もない事故じゃありません。二台の車が衝突して死人まででた事故にもかかわらず、警察はマスコミに自損事故として発表したばかりか、あろうことか衝突した車を運転していた加害者を逃がしたんです」

「加害者を逃がした？　本当のことなの」

縣は吉野のことばがにわかには信じられず、聞いた。

「本当です」

吉野がいった。

「それって最近のことなの」

「三年前です」

「三年前に警察が起こした不祥事が今頃になって露見したのはどうして」

縣がたずねた。

「事故を目撃した人間が名乗りでたんです。いえ、正確にいうと、目撃者は三年前にすでに名乗りでていて、衝突された車を運転していて死んだ被害者の父親とともに何度も警察に抗議に出向いたのですが、その当時目撃者は衝突した車を運転していた男の人相も運転していた車のナンバーも見ていなかったので、警察のほうは知らぬ存ぜぬの一点張りで、まったくとりあおうとしなかったそうなんです。それが三年経ったいまになって、加害者が運転していたのと同じ車種の車を目撃者が見つけだしたんです」

吉野がいった。

「それからどうしたの」

「このぼくが車種から加害者を割りだしたんです」

「車の種類だけで、持ち主がわかったっていうの」

縣が疑わしげに聞いた。

「ええ。日本に何台もないめずらしい車でしたから」

吉野が得意満面で鼻をうごめかした。

「事故を隠蔽した警察ってどこなの」

「鞍掛《くらかけ》署という所轄署です」

「その所轄はどうして事故を隠して、おまけに犯人を逃がすことまでしたのよ」

「それを調べているんですよ。衝突事故を自損事故だと偽装して、加害者を裁判にもかけずに無罪放免にするなんて、よほどのことでもなければやるはずがありませんからね」

「それで、なにかわかった?」

「事故が起きたのは三年前なんですが、その所轄署つまり鞍掛署が勢力を拡大しはじめたのがその直後なんです。鞍掛署がとつぜん力《ちから》をもったのは、逃がした男となにか関係があるんじゃないかと、ぼくはにらんでいるんです」

「暴力団じゃあるまいし、地方都市の一所轄署が勢力を拡大するだの、力をもっただのって具体的にはどういうことなのよ」

「いままではほかの所轄署のものと決まっていた天下り先をつぎつぎに横どりしているんです。そのなかには県警本部の幹部クラスの定席と決まっていた企業のポストまでふくまれているんです」

「なるほど、それが勢力の拡大ってことか。それでその逃がした加害者っていうのは誰なの」

「いっても良いですが、どうせあなたは知らないでしょうし」

「良いから、いってみなさいよ」

「能判官古代です」

「なんですって」

今度は縣が腰を浮かす番だった。

「あれ、知っているんですか」

吉野がふたたび驚いたように尋ねた。

「たしかなのね」

縣は吉野に聞いた。

「ええ、たしかですけど。能判官古代のことを知っているなら、ぼくにも教えてください。いまのところわかっているのは名前だけなんです」

「そのことを誰かに話した」

「ええ、百武さんという鞍掛署の刑事に」

「鞍掛署のことを調べているのに、鞍掛署の刑事に話したの。どうして」

「百武さんは本部の捜査一課にいたころからお世話になっていた人なんですけど、鞍掛署には最近異動になったばかりで、ほかの署員たちから疎《うと》まれていますから」

「捜査一課の刑事だったの？　異動になったのはいつ？」

「去年ですけど、それがなにか」

「ちょっと、待って」

縣は吉野を手で制すると、サイドテーブルのうえの携帯をとり、道に教えてもらった茶屋の番号にかけた。

茶屋はすぐに電話にでた。

「誰だ」

いきなり茶屋の苛立った声が響いた。

「わたしよ。鵜飼縣」

縣がいった。

「どうしておれの携帯の番号を知っているんだ」

「いろいろ知ってるのよ。ごめんなさいね」

「こんな真夜中になんの用だ。おれは忙しいんだ」

「忙しいのはわかってる。また事件があったみたいね」

「そんなことまで知っているのか」

意表を突かれたらしく、茶屋が息を飲む気配が伝わってきた。

「被害者は誰だったの」

「お前さんには関係がない。早く用件をいえ。電話を切るぞ」

「ひとつ訊きたいことがあるの」

「なんだ」

「百武という刑事を知ってる？ 去年まで捜査一課にいたみたいなんだけど」

「なんだと。いま百武といったのか」

とつぜん茶屋が怒鳴り声を上げた。

「そう、百武さん。知ってる？」

「いまひとりか」

急きこんだように茶屋がいった。

「いいえ、吉野さんっていうジャーナリストと話をしていたんだけど、その人から百武という名前がでたから、あんたなら知っているかと思って」

縣はいった。

「お前さんは、どこにいるんだ」

「町外れのビジネスホテル」

「住所とホテルの名前を教えろ、すぐに行く」

「え、きてくれるの」

「おれが行くまでその吉野とかいう男を逃がすなよ。良いな、わかったな」

ホテル名を聞くと脅し文句をいって、茶屋が一方的に電話を切った。

「誰に電話をかけたんです」

吉野が縣に聞いた。

「茶屋さんという捜査一課の刑事だけど」

「茶屋警部ですって。あなたはあの茶屋警部をあんた呼ばわりしていたんですか」

吉野が目を丸くした。

「茶屋さんを知ってんの」

「愛宕市でこの商売をやっていて、茶屋警部のことを知らない人間なんていませんよ」

「へえ、そうなんだ。いまからここにくるって」

「ここに茶屋警部がくるんですか」

「うん。あ、そうだ。鈴木一郎のことはしゃべらないでね」

「どうしてですか」

「良いから、わたしのいう通りにして」

縣はいった。

5

三十分後にホテルの部屋に現れた茶屋は、真夜中にもかかわらず金のかかっていそうな三つ揃いのスーツを着こんでいた。

茶屋は部屋のなかに入るやいなや吉野を見つけると、縣には目を向けようともせず、隅にあったもう一脚の椅子を吉野の向かいに乱暴に据えた。

「お前が吉野か」

茶屋が吉野をにらみつけながらいった。

「はい」

吉野は茶屋の巨体と獰猛な形相に竦みあがって、声を震わせた。

「昨日はどこにいた」

茶屋がいった。

「え、ぼくが、ですか」

「お前のほかに誰がいるというんだ。さっさと質問に答えろ」

茶屋がいまにも嚙みつかんばかりに吉野の顔に自分の顔を近づけた。

「わかりました。答えますからそんな大声をださないでくださいよ。いまも鵜飼さんにお話ししたところですけど、図書館で調べものをしたあと地下鉄の駅に行くと誰かに尾けられている気がして、地下鉄には乗らずタクシーを拾って馬場町《ばばちょう》のスポーツバーに行くことにしたんです。でも、ぼくが店に着いた直後に入ってきたふたりの男がぼくをずっと見ているんです。恐くなって店をそっと抜けだそうとすると、なんと男たちが追いかけてくるじゃありませんか。店の裏口にタクシーを呼んであったので間一髪のところで逃げられましたが、あやうく捕まるところでした。それからは乗り換えたタクシーで街中《まちなか》をでたらめに走ったり、地下鉄をいくつも乗り継いだりして、たまたま見つけたこのホテルにたどり着いたんです。そのまま家に帰ると、ぼくを追いかけていた男たちとでくわすかも知れないと不安だったものですから」

「ホテルに着いたのは何時頃だ」

「十時を少し過ぎていたと思います」

「それからどこかにでかけたか」

「とんでもない。部屋にずっと閉じこもっていましたよ」

「一歩も外にでていないんだな」

「はい」

「嘘だったら、舌を引っこ抜くくらいでは済まさんぞ」

「滅相もない。嘘なんかついていませんよ」

「お前さんはいつからここに泊まっているんだ」

相変わらずベッドの端にあぐらをかいて座っている縣のほうをふり返って、茶屋が聞いた。

「昨日から」

「この男は昨日一晩中たしかに部屋からでなかったか」

「同じ部屋で寝ていた訳じゃあるまいし、そんなことわかる訳ないでしょ」

縣がいった。

「そうすると、お前が一晩中部屋からでなかったと証明できる人間はいないということだな」

吉野に向き直って茶屋がいった。

「勘弁してくださいよ。どうしてぼくにそんなことを聞くんです？　ぼくがなにかしたとでもおっしゃるんですか」

吉野が泣きだしそうな顔になった。

「百武は知っているな」

吉野の質問など頭からとりあおうともせず、茶屋が訊いた。

「はい」

「知っているんだな。最近会ったのはいつだ」

「昨日の昼に喫茶店で」

「昨日だと。百武とはどういう関係だ」

「どういう関係って……」

吉野が答えにくそうに口ごもった。

「どうした。どういう関係かいえんのか」

茶屋がふたたび吉野に顔を近づけた。

「去年、百武さんが暴力団の組員から大金を借りたことを記事にしました」

吉野が小さな声で答えた。

「なんだと」

茶屋が声を上げ、いっそう凶暴な顔つきになった。

「そうか。どこかで聞いたことがある名前だとは思っていたが、お前が吉野だったのか。百武が左遷させられた原因をつくった男じゃないか。そんな男がどうして百武と会ったりしているんだ」

「いろいろありまして」

吉野が小声でいった。

「おい、この男とどんな話をしたんだ」

茶屋がふたたびふり返って縣に尋ねた。

縣はいましがた吉野から聞いた話を、包み隠さず説明した。

「さあ、今度はこっちの番よ。百武さんの名前を聞いて、こんなところまで大慌てで駆けつけてきた理由を教えて」

縣が茶屋に尋ねた。

「今朝の事件と関係があるの？」

図星だったらしく茶屋が縣をにらみつけた。

「関係があるのね。百武さんがどうかしたの？」

「殺されていたのは百武だった」

茶屋がいった。

「百武さんが殺されたの？」

縣は眉をひそめた。

「え、百武さんが？」

ふたりのやりとりを聞いていた吉野が、文字通り椅子から飛び上がった。

「殺されたって、本当ですか。どうしてです？　なにがあったんです」

「昨日百武と会ったといったな。ふたりでどんな話をしたんだ」

またもや吉野の質問を無視して、茶屋が訊いた。

「いま鵜飼さんが茶屋警部に説明した話です。能判官古代が三年前死亡事故を起こして、その事故を鞍掛署が犯人ごと隠蔽した、と。それをそのまま百武さんに話しました」

顔面から血の気が引いて、蒼白になった吉野が答えた。

「百武はそれを聞いて、なにかいっていたか」

「いえ、なにもいいませんでした。でも、口にはだしませんでしたが、能判官古代のことを自分で調べるつもりだなと思いました。いまでこそ小さな所轄署で埋もれていますけど、百武さんはもともととても優秀な刑事ですから」

「そんなことは、部外者のお前にいわれなくてもわかっている」

茶屋が怒ったようにいった。

ほんの一瞬だったが、強面《こわもて》の裏の茶屋の素顔がのぞいたような気が縣にはした。

「百武さんが殺された？　そんな馬鹿なことが……」

吉野が両手を揉みあわせながら、呆けたようにつぶやいた。

「ちょっと待て」

茶屋が眉間にしわを寄せた。

「そもそも、お前たちはどうして同じ部屋にいるんだ」

茶屋が、縣と吉野の顔を見比べながら聞いた。

「吉野さんが三人の男たちに襲われて、わたしの部屋に逃げこんできたの」

縣が答えた。

「襲われたって誰に襲われたんだ」

茶屋が今度は吉野に聞いた。

茶屋の大声に驚いて、吉野が顔を上げた。

「まったく知らない人たちでした」

「強盗か？」

「昨日この人を尾行していた男たちと関係があると思う」

ベッドにあぐらをかいている縣が助け船をだした。

「それでその男たちはどうしたんだ」

茶屋が聞いた。

「わたしが大声で、警察を呼ぶわよって叫んだら、逃げてった」

縣は嘘をついた。

茶屋は疑わしそうな表情で縣の顔を見た。

「お前が狙われている理由はなんだ」

茶屋が吉野にふり返って訊いた。

「それが全然わからないんで途方に暮れているんです。いくら考えても、尾行されたり、ましてや襲われるような理由を思いつかなくて」

吉野がいった。

「なにか隠しているんじゃないだろうな」

「なにも隠したりしていません」

「百武が殺された理由と関係があるかも知れんのだぞ」

「関係があるんですか？　どうしよう、どうしたら良いんです？　本当になにも知らないんです。ああ、百武さんが殺されただなんて」

「能判官古代というのはどういう男なんだ」

吉野の泣き言にはかまわず、茶屋が質問をたたみかけた。

「二年前に亡くなった能判官秋柾氏の息子ということ以外なにもわかりません。過去の新聞や雑誌に名前だけでも載っていないかといろいろ調べているところなんです」

吉野がいった。

「お前さんはどうだ。能判官古代という男についてなにか知っているか」

茶屋が縣に聞いた。

「わたしは東京からきたばかりで、この土地のことはなにも知らないのよ。それを調べるのは、あんたたち県警の仕事でしょう」

縣がいった。

茶屋は言い返そうとして一瞬肩をいからせたが、縣の言い分につけ入る隙がないことに気づいたらしく、歎じみたうなり声を洩らしただけだった。

縣はまったく別のことを考えていた。

鑑定入院していた病院から逃亡して指名手配までされているにもかかわらず、鈴木一郎が二年以上もこの愛宕市に留《とど》まりつづけているのはなぜなのか、と。

6

玄関のドアが開いてすぐに閉じ、鍵とチェーンをかける音がした。

女が帰宅したのに違いなかった。

片方の耳にイヤフォンを差しこんだ男は、盗聴器が拾った音を黒のワンボックスカーの運転席に座って聞いていた。

女の家から五十メートルほど離れた公園の前だったが、市内を走る何台ものタクシーが休憩や仮眠をとるために終日駐車している路地で、長い時間車を駐めていても誰にも怪しまれない場所だった。

盗聴器のほかに、女が家のなかで過ごす時間が長い書斎と寝室に超小型カメラが仕込んであり、映像は携帯電話の画面で見ることができた。

三十年のあいだ一日として忘れたことがなかった女が目の前に現れたのは二年前だった。

鑑定していた患者が病院から逃亡するという事件が起こり、メディアのカメラに追いまわされ、戸惑いの表情を浮かべている精神科医の顔がテレビ画面にとつぜん大写しになったのだ。

女は鷲谷真梨子と名を変えていたが、幼いころの面影がはっきりと残っていたし、首筋にある星形のほくろは見間違いようがなかった。

そのときの驚きと興奮は生涯忘れることはないだろう。急いでリモコンの録画ボタンを押し、ほんの何十秒かのニュース映像を録画すると、その夜だけでも百回以上もくり返して見た。食事はもちろん酒さえも口にせず、テレビ画面を見つめたまま釘づけになり、呼吸することすら忘れるほどだった。

翌日には女の住む家をつきとめ、三度家宅侵入をくり返した。

一度目は家の間取りとオーディオ機器などの電気製品やコンセントなどを写真に撮って、盗聴器とカメラをどこに隠せばいいか慎重に検討するために。二度目はクローゼットやドレッサーを漁って、記念品になるようなものがないか探すために。そして三度目に盗聴器とカメラを仕掛けた。

女が上着を脱ぎ、浴室の方へ歩いていく音が聞こえた。

浴室にこそカメラを置きたかったが、どこに隠しても簡単に見つけられてしまいそうだったので、あきらめざるをえなかった。

浴槽に湯を溜める音が聞こえてきた。

下着を脱いで裸になった女の姿を想像し、男は目眩《めまい》がするほどの惑乱を覚えた。

女が浴室からでてきたのは十分後だった。

リビングを横切る足音が聞こえてきた。

女の家は清潔で広かったが、調度品は必要最低限のものしかなく、無駄な装飾も一切ない機能一辺倒の家だった。

寝室のドアを開ける音がした。

寝室に入ってきた女はバスローブ姿だった。

寝室もまたほかの部屋と同じように装飾の類はなく、ひとり暮らしの女にしては広すぎる寝室にはベッドのほかにサイドテーブルとドレッサーが置いてあるだけだった。

最初に侵入したとき、パソコンのなかに入ったデータを手に入れようとして家中を探したが、どこにも見つからなかった。職業柄なのか、女は自宅にはパソコンを置かないようにしているらしかった。

女がドレッサーのスツールに腰を下ろし、ドライヤーを使いはじめた。

ドレッサーの抽斗《ひきだし》のなかにはごくわずかな宝石類が入っているだけで、女の収入を思えば質素というより貧しいといえるほどだったし、化粧品もファンデーションと口紅以外なにもなかった。

女は嬰児《えいじ》のころでさえ、美しく整った顔立ちをしていたが、年齢を重ねてさらに美しくなっていた。ところが女は自分の容貌を誇るどころかまるで恥じ入っているかのような生活を送っており、家に男を連れこんだことも、それどころか男の知る限り同性の友人を家に招いたことすら一度もなかった。

男は、そのすべらかな黒い髪に触れ、きゃしゃな体を背後から羽交い締めにしたいと切望した。

居所をつきとめた以上、女を捕らえることは容易だったが、そうしなかった。

女が立てる足音や寝息を聞き、小さな画面で女の姿を見ることで欲望が頂点に達するときをひたすら待ちつづけた。

ドライヤーの音はつづいていた。

男は目をつぶって、女の髪の匂いを嗅ぎ、女の髪を指先で梳《す》いた。

狩りのときは間近に迫っていた。

7

驚いたことに、鈴木一郎はビジネスホテルの正面玄関から堂々と外にでてきた。

「鈴木がでてきた。ホテル前の通りを西に向かって歩いている。後を尾けろ」

三枝は裏口を見張っている潮見に電話をかけていった。

「時森、お前も車を降りて潮見の後をついていけ。おれは車でお前の後を尾ける」

三枝は助手席の時森にいった。

「了解しました」

時森はドアを開けて車を降りた。

三枝からの電話を受けて、潮見は路地に置かれたゴミのコンテナの陰に身を隠し、表通りをうかがった。

すぐに鈴木一郎が現れた。

鈴木が路地の入口を横切って姿が見えなくなると、潮見は路地の入口まで音を立てずに前進し、建物の陰から顔をだして鈴木の後ろ姿を目で追った。

鈴木は急ぐ様子もなく、ゆっくりとした歩調で歩いていた。

白いシャツは夜目にも目立ち、三十メートル以上離れて尾行しても見逃す虞《おそ》れはなかった。潮見は路地をでて、鈴木一郎の後を尾けはじめた。

風はなかった。交差点に女がひとり、街灯の下で行きつ戻りつしながら誰かと携帯で話していた。派手なドレスを着て、ヒールの高い靴を履いた細身の女だった。

鈴木は女に見向きもせずに、傍らを通り過ぎ通りを渡った。

通り沿いにならんでいる店はすべて閉じられ、窓から洩れてくる明かりもまったくなかった。

通りを渡った鈴木は右に曲がり、まっすぐ五分ほど歩いてからさらに左に曲がって、黒門《くろもん》小路に入った。そこは居酒屋ばかりがならぶせまい路地で、店から突きだしたテーブルが狭い道をいっそう狭くしていた。

夜中の二時を過ぎているのに、十数人の客が張りだし屋根の下で酒を酌み交わし、箍《たが》が外れたような笑い声を上げていた。

せまい路地をまっすぐ前だけ見て歩く鈴木に目を向ける酔客はひとりもなく、それは潮見に対しても同じだった。

潮見は、自分の後を時森がちゃんとついてきているかたしかめるために後ろをふり返った。

時森はちょうど黒門小路に足を踏み入れたところだった。潮見は時森に一度うなずいて見せてから前に向き直った。

鈴木は小路を抜けると右に曲がり、人影のない薄暗い路地に入った。

潮見は立ち止まり、鈴木の後をついて路地に入るべきかどうか考えたが、せまい道で一対一になるのは危険すぎると判断し、後ろをついてくる時森のさらにその後を車でつけてきているはずの三枝に電話をした。

「どうした」

三枝の声がした。

「いま鈴木が黒門小路をでました。右手にある路地に入ったのですが、その先になにがあるかナビで確認できますか」

潮見が三枝に聞いた。

「ちょっと待て」

三枝がいった。

答えが返ってきたのはほんの数秒後だった。

「愛宕地方裁判所だ。そこを過ぎて市役所通りに入ると、その先に松原公設市場がある」

三枝がいった。

松原公設市場は、野菜と果物の競りが毎朝行われている市場だった。

「お前と時森は市役所通りで鈴木が路地からでてくるのを待て。おれは公設市場に車で先まわりする」

「了解しました」

潮見はいった。

時森が追いついて、潮見の横にならんで立った。

「鈴木があの路地に入った。市役所通りに通じているそうだ」

潮見は路地を指さしながら時森にいい、ふたりは鈴木が入った路地とは別の脇道に逸れた。

脇道をでたところで、人気のない通りの五十メートルほど先を歩いている鈴木の後ろ姿が目に入った。

「おれはこのまま後を尾ける。お前は公設市場に先まわりしてどこかに隠れていろ。鈴木はきっとそこを通過するはずだ」

潮見がいうと、時森はうなずいて通りと平行する裏通りに向かって歩きだした。

五分ほどで公設市場のコンクリートの柱が見えてきた。

ときおり通る車のヘッドライトが、何十本もの柱と巨大な屋根を浮かび上がらせた。屋根はあるが壁などはなく、ほかに遮蔽物もないので雨が降れば屋根の下にも雨が吹きこむ。雨風が強い日には、仲買人たちは雨合羽を着こんで競りを行うのだった。

早朝には大勢の仲買人と野菜や果物を山積みにしたトラックで賑わう市場も、さすがに夜中のこの時刻には人の姿はなく、巨大で無骨な建造物《モニュメント》だけが暗闇のなかに白々と浮かんでいるだけだった。

鈴木は歩調をまったく変えることなく、市場のなかに入っていった。

潮見は靴音を立てないよう注意しながら、三十メートルほど離れて後をついていった。

鈴木はコンクリートの建物のなかを抜けて、市場の裏手の空き地にでた。その後をついて空き地にでた潮見は、三枝の車と時森がどこかに隠れていないか四方を見まわしたが、停車している車も時森の姿も見えなかった。

そこは潮見がはじめて足を踏み入れた場所で、その先になにがあるのか見当もつかなかった。念のために懐中電灯は携行していたが、明かりを点す訳にはいかず、鈴木の白いシャツを見失わないようにするのが精一杯だった。

鈴木が空き地を抜けると、その先にところどころコンクリートが剝がれ落ちている建物があった。

廃墟になった病院らしかったが、そこが目的地なのか鈴木は躊躇する様子もなく建物のなかに入っていった。

潮見は十分に間《ま》をとってから、鈴木の後を追って廃墟のなかに入った。

建物のなかに足を踏み入れたとたん、病院ではなかったらしいと気づいた。なかは通路が複雑に入り組んでおり、錆の浮いた金属のシャッターがならんでいた。シャッターの前を通り過ぎるたびに中央の通路とはまた別の細い通路があらわれ、十メートルと進まないうちに自分が建物のどこにいるのかわからなくなった。

通路にはインクの臭いがしつこく漂っていて、昔はあるいは印刷工場だったのかもしれないと思わせた。

潮見は携帯をとりだし、近くにいるはずの三枝に電話をかけた。

三枝はすぐに電話にでた。

「いまどこだ」

三枝が聞いた。

「廃ビルのなかです」

潮見は声をひそめて答えた。

「廃ビル？」

「公設市場の裏の空き地を抜けたところにある得体の知れないビルです」

「鈴木がそこに入ったのか」

「はい」

「わかった。なんとかそのビルを見つけて出口を見張る」

「時森がどこにいるかご存じですか。姿が見えないのですが」

潮見は尋ねた。

「心配するな、時森ならおれの車に乗せた」

「そうですか」

「良いな。くれぐれも無理な追跡はするなよ。もしお前が鈴木を見失っても、後はおれたちが引き継ぐ」

三枝がそういって電話を切った。

潮見は鈴木の後を追うために歩きだしたが、床がコンクリートのために靴音が響くので、靴を脱いだ。

手探りのような状態で十メートルほど前進すると、目の前に開け放たれた鉄の扉があった。

なかで鈴木が待ち伏せしているのではないかという不安があったが、思い切って扉をくぐるとそこは真っ暗な空間だった。

潮見は懐中電灯を点け四方を照らした。壁の隅に湿った段ボール箱が何段も積み重ねられ、裸の電線がとぐろを巻いて置かれていた。

出口はどこにもなく、完全な袋小路だった。

三枝はせまい私道を車で進むと、前方に半壊した建物があった。

窓ガラスは全部割られ、建物の脇に廃材が積み上げられていた。

立ち入り禁止の立て札が数メートルおきに立っていたが、三枝はかまわず車を進め、廃材の山をまわりこんで建物の裏側にでた。

「お前はここで降りて、鈴木がでてきたら後を尾けろ」

三枝は車のエンジンを切って、助手席の時森にいった。

時森は車を降り、伸び放題になっている丈の高い雑草の陰に身を隠した。

しばらくすると、非常階段の踊り場に鈴木が現れた。長年放置されていた非常階段は鈴木が一歩ずつ降りてくるたびに軋《きし》んで甲高い悲鳴を上げた。

地上に降り立った鈴木は警戒して辺りを見まわすでもなく平然と歩きだした。

通りにでるのかと思ったが、鈴木は道路に通じる道とは正反対の方角に向かおうとしていた。

雑草の陰に隠れていた時森が立ち上がって鈴木の後を尾けはじめたのをたしかめてから三枝は車のエンジンをかけ、あちこち千切れてなんの役にも立っていない有刺鉄線のフェンスに沿ってゆっくりと車を前進させた。

時森は五十メートルほど先を東に向かって歩いていた。

三枝はナビの画面で現在位置をたしかめ、日馬に電話を入れた。

「いまどこだ」

日馬の声がした。

「砧町《きぬたちよう》の廃ビルを東に五百メートルほど進んだところです。この先には民家も建物らしい建物もありません。草原と休耕した農地があるだけです」

三枝がいった。

「よしわかった。周辺に人間を配置する。お前たちは鈴木に近づきすぎるな」

「了解しました」

三枝は電話を切った。

歩調を保って歩きつづけている時森の行く手に草深い土手が現れた。

曲がりくねった道を進んでいくと、小石だらけの畑地にでた。低木の茂みにおおわれた土手があった。

土手のうえに荷台をカンバス地で覆ったトラックが停まっていた。トラックも長いあいだ放置されたままらしく、カンバス地は風雨にさらされてあちこちが破れ、タイヤは四本ともなくなっていた。

三枝は土手の斜面をゆっくりと慎重に登って停車した。

動くものはなにも見えなかった。

三枝は車を土手からいったん後退させ、木々のあいだをすり抜け、荒れ果てるに任せた畑の片隅をかすめるようにして進んだ。

茂みの陰で身をかがめている時森の姿が見えた。三枝はエンジンを切って車を降り、時森に近づいた。

三十メートルほど先に納屋らしき掘っ立て小屋があった。

「鈴木は」

三枝が時森に聞いた。

「見失ってしまいました。あの掘っ立て小屋に入ったらしいです」

時森がいった。

「ここからあそこまでは身を隠すところがない。これ以上近づくのは危険だな」

三枝はそういって、日馬に電話をかけた。

「三枝です。砧町と斎木町《さいきちょう》のあいだの農道にいます。農道の先にぼろぼろになった納屋がありますが、鈴木はその辺りで姿を消してしまいました。どうしたら良いでしょうか」

「わかった」

日馬がいった。

「お前たちはそれ以上近づくな。人員を周囲に配置して、二十四時間の監視態勢を敷け」

「了解しました」

三枝がいった。

納屋は暗闇のなかに沈んでいて、板張りの粗末な小屋だということくらいしかわからなかった。暗いなかでも、まわりより一段と暗さが濃い場所があるのが目に留まった。暗がりに引っこんでいるにもかかわらず、より暗闇の密度が高いように感じられた。

三枝は茂みから顔をだし、そこにあるのが打ちつけられた板なのか、あるいは壁のようなものだろうかとうかがったが、どれだけ目を凝らしても、それがなんなのかはわからなかった。

三枝からの電話を切った日馬は、古代に連絡しておくべきか否か一瞬迷ったが、頭師を見つけてからでも遅くないと考え直した。

部下の報告によると、古代は若いころからの剣呑《けんのん》な快楽にふたたび耽りだしたばかりか、最近ではますます歯止めが利かなくなっているようだった。

日馬は、古代の矯正しがたい悪癖によって『愛宕セキュリティー・コンサルタント』に危害が及びかねない事態になれば、たとえ主人であっても司直の手が迫る前に危険要因としてとり除くつもりだった。

（下巻へつづく）

本書は二〇二一年四月、小社より単行本として刊行されました。

|著者| 首藤瓜於　1956年栃木県生まれ、上智大学法学部卒業。会社勤務等を経て、2000年に『脳男』で第46回江戸川乱歩賞を受賞しデビュー。他著に『事故係 生稲昇太の多感』『刑事の墓場』『指し手の顔 脳男Ⅱ』（上・下）『刑事のはらわた』『大幽霊烏賊 名探偵面鏡真澄』がある。最新刊は『アガタ』。

ブックキーパー 脳男《のうおとこ》(上)
首藤瓜於《しゅどううりお》

2023年8月10日第1刷発行
2023年10月16日第2刷発行

発行者――髙橋明男
発行所――株式会社 講談社
東京都文京区音羽2-12-21 〒112-8001
電話 出版 (03) 5395-3510
販売 (03) 5395-5817
業務 (03) 5395-3615

Printed in Japan

講談社文庫
定価はカバーに
表示してあります

KODANSHA

デザイン―菊地信義
本文データ制作―講談社デジタル製作
印刷―――株式会社KPSプロダクツ
製本―――株式会社国宝社

ISBN978-4-06-532788-3

講談社文庫刊行の辞

二十一世紀の到来を目睫に望みながら、われわれはいま、人類史上かつて例を見ない巨大な転換期をむかえようとしている。

世界も、日本も、激動の予兆に対する期待とおののきを内に蔵して、未知の時代に歩み入ろうとしている。このときにあたり、創業の人野間清治の「ナショナル・エデュケイター」への志を現代に甦らせようと意図して、われわれはここに古今の文芸作品はいうまでもなく、ひろく人文・社会・自然の諸科学から東西の名著を網羅する、新しい綜合文庫の発刊を決意した。

激動の転換期はまた断絶の時代である。われわれは戦後二十五年間の出版文化のありかたへの深い反省をこめて、この断絶の時代にあえて人間的な持続を求めようとする。いたずらに浮薄な商業主義のあだ花を追い求めることなく、長期にわたって良書に生命をあたえようとつとめるところにしか、今後の出版文化の真の繁栄はあり得ないと信じるからである。

同時にわれわれはこの綜合文庫の刊行を通じて、人文・社会・自然の諸科学が、結局人間の学にほかならないことを立証しようと願っている。かつて知識とは、「汝自身を知る」ことにつきていた。現代社会の瑣末な情報の氾濫のなかから、力強い知識の源泉を掘り起し、技術文明のただなかに、生きた人間の姿を復活させること。それこそわれわれの切なる希求である。

われわれは権威に盲従せず、俗流に媚びることなく、渾然一体となって日本の「草の根」をかたちづくる若く新しい世代の人々に、心をこめてこの新しい綜合文庫をおくり届けたい。それは知識の泉であるとともに感受性のふるさとであり、もっとも有機的に組織され、社会に開かれた万人のための大学をめざしている。大方の支援と協力を衷心より切望してやまない。

一九七一年七月

野間省一

椎名　誠　埠頭三角暗闇市場
真保裕一　取引
真保裕一　震源
真保裕一　盗聴
真保裕一　朽ちた樹々の枝の下で
真保裕一　奪取(上)(下)
真保裕一　防壁
真保裕一　密告
真保裕一　黄金の島(上)(下)
真保裕一　発火点
真保裕一　夢の工房
真保裕一　灰色の北壁
真保裕一　覇王の番人(上)(下)
真保裕一　デパートへ行こう!
真保裕一　アマルフィ〈外交官シリーズ〉
真保裕一　天使の報酬〈外交官シリーズ〉
真保裕一　アンダルシア〈外交官シリーズ〉
真保裕一　ダイスをころがせ!(上)(下)
真保裕一　天魔ゆく空(上)(下)

真保裕一　ローカル線で行こう!
真保裕一　遊園地に行こう!
真保裕一　オリンピックへ行こう!
真保裕一　連鎖〈新装版〉
真保裕一　暗闇のアリア
真保裕一　ダーク・ブルー
篠田節子　弥勒
篠田節子　転生
篠田節子　竜と流木
重松　清　定年ゴジラ
重松　清　半パン・デイズ
重松　清　流星ワゴン
重松　清　ニッポンの単身赴任
重松　清　愛妻日記
重松　清　青春夜明け前
重松　清　カシオペアの丘で(上)(下)
重松　清　永遠《とわ》を旅する者〈ロストオデッセイ　千年の夢〉
重松　清　かあちゃん
重松　清　十字架

重松　清　峠うどん物語(上)(下)
重松　清　希望ヶ丘の人びと(上)(下)
重松　清　赤ヘル1975
重松　清　なぎさの媚薬(上)(下)
重松　清　さすらい猫ノアの伝説
重松　清　ルビィ
重松　清　どんまい
重松　清　旧友再会
新野剛志　美しい家
新野剛志　明日の色
殊能将之　ハサミ男
殊能将之　鏡の中は日曜日
殊能将之　殊能将之　未発表短篇集
首藤瓜於　事故係生稲昇太の多感
首藤瓜於　脳男　新装版
首藤瓜於　ブックキーパー　脳男(上)(下)
島本理生　シルエット
島本理生　リトル・バイ・リトル
島本理生　生まれる森

瀬那和章　今日も君は、約束の旅に出る
蘇部健一　六枚のとんかつ
蘇部健一　六とん2
蘇部健一　届かぬ想い
曽根圭介　沈底魚
曽根圭介　藁《わら》にもすがる獣たち
田辺聖子　ひねくれ一茶
田辺聖子　愛の幻滅(上)(下)
田辺聖子　うたかた
田辺聖子　春情蛸の足
田辺聖子　蝶花嬉遊図
田辺聖子　言い寄る
田辺聖子　私的生活
田辺聖子　苺をつぶしながら
田辺聖子　不機嫌な恋人
田辺聖子　女の日時計
谷川俊太郎訳　和田誠絵　マザー・グース　全四冊
立花隆　中核VS革マル(上)(下)
立花隆　日本共産党の研究　全三冊

立花隆　青春漂流
高杉良　労働貴族
高杉良　広報室沈黙す(上)(下)
高杉良　炎の経営者(上)(下)
高杉良　小説 日本興業銀行　全五冊
高杉良　社長の器
高杉良　その人事に異議あり〈女性広報主任のジレンマ〉
高杉良　人事権！
高杉良　小説消費者金融〈クレジット社会の罠〉
高杉良　小説 新巨大証券(上)(下)
高杉良　局長罷免―小説通産省
高杉良　首魁《しゅかい》の宴《うたげ》〈政官財腐敗の構図〉
高杉良　指名解雇
高杉良　燃ゆるとき
高杉良　銀行大合併〈短編小説全集(上)〉
高杉良　エリートの反乱〈短編小説全集(中)〉
高杉良　金融腐蝕列島(上)(下)
高杉良　勇気凜々
高杉良　混沌《こんとん》 新・金融腐蝕列島(上)(下)

高杉良　乱気流(上)(下)
高杉良　小説会社再建
高杉良　新装版 懲戒解雇
高杉良　新装版 大逆転！〈小説 三菱・第一銀行合併事件〉
高杉良　新装版 バンダルの塔
高杉良　第四権力〈巨大メディアの罪〉
高杉良　巨大外資銀行
高杉良　最強の経営者〈アサヒビールを再生させた男〉
高杉良　リベンジ〈巨大外資銀行〉
高杉良　新装版 会社蘇生
竹本健治　新装版 匣《はこ》の中の失楽
竹本健治　囲碁殺人事件
竹本健治　将棋殺人事件
竹本健治　トランプ殺人事件
竹本健治　狂い壁狂い窓
竹本健治　涙《るい》香《こう》迷《めい》宮《きゅう》
竹本健治　新装版 ウロボロスの偽書(上)(下)
竹本健治　ウロボロスの基礎論(上)(下)
竹本健治　ウロボロスの純正音律(上)(下)

講談社文庫 目録

2023年 9 月15日現在